서문문고
024

체호프 단편집

안톤 체호프 지음
김 학 수 옮김

※ 체호프 단편집

차 례

해설 · 김학수 ······························ 5
- 약혼녀 ································· 15
- 골짜기 ································· 57
- 귀여운 여인 ························ 139
- 상자 속에 든 사나이 ············ 165
- 함 정 ································· 193
- 아뉴타 ································ 231
- 사모님 ································ 241
- 약사 부인 ···························· 249

옮긴이 후기 ······························ 261

해 설

 러시아 문학을 논하는 사람은 물론이고, 적어도 외국 문학을 읽었다는 사람치고 안톤 체호프를 모르는 사람은 없으리라. 그만큼 체호프는 예술적 재능을 타고난 작가였고 위대한 예술가였다.

 그의 작품은 언뜻 보면 평범한 일상생활을 묘사한 데 불과하다고 느낄지 모르지만, 주의깊게 관찰함에 따라 그 평범한 생활은 점차 투명해져서, 그 속에서는 넓고 보편적인 의미를 가진 인생 그대로의 모습이 떠오른다. 이 표면적인 묘사의 밑바닥에 인간 본연의 모습을 제시하는 체호프의 작품은 가장 세련된 리얼리즘 예술인 동시에, 진실한 의미에서의 상징적인 예술이라 부를 수 있다.

 아주 평범하게 느껴지는 일상생활의 동작·언어·음향·형상 들이 천재적인 작가의 직감에 의해서 유기적으로 조화하여, 독자에게 유머·애수·고뇌·환희·불안·동경 등이 교차한 복잡한 생의 맥박을 느끼게 한다. 이런 의미에서 체호프의 작품은 표면적인 사실주의적 수법에도 불구하고 훌륭한 음악과도 같은 기능을 지니고 있다.

안톤 체호프는 1860년 1월 17일, 흑해에 면한 남러시아의 항도 타간로그에서 출생했다. 그의 조부는 돈으로 자유를 되찾은 농노였고, 아버지는 타간로그 거리의 상인이었다. 체호프는 타간로그에서 중학교를 마친 후, 모스크바로 가서 대학 의학부에 입학했다.

체호프의 문학적 생애는 1879년, 그가 대학에 들어가면서 시작되었다. 그때 아직 20대의 청년이었던 체호프는 학비를 벌기 위해서 명랑하고 유쾌한 유머 소품들을 쓰기 시작했다. 빛나는 기지와 유머에 넘친 그의 소품은 곧 문단의 주의를 끌게 되었다. 그의 최초의 단편집 ≪잡화집≫(1886년)이 출판되었을 때, 문단의 대가 그레고로비치는 감격한 나머지 최상급의 찬사를 아끼지 않았다.

이때부터 체호프는 재치있는 신인으로서 문단에 발을 들여놓게 되었다. 당시의 러시아 비평가들은 그를 가리켜 '종달새같이 노래 부르는 체호프'라고 말하며 신선한 스타일, 예민한 심리 해부, 정확한 묘사에 대해서 그의 재능을 칭찬하는 동시에, "이같이 재능있는 작가가 단지 사람을 웃기기 위해서 글을 쓴다는 것은 슬픈 일이다."라고 체호프를 편잔하기도 했다. 물론 체호프의 초기 문학적 태도가 어느 정도 표면적이고 진실성이 결핍되어 있었던 것만은 사실이다. 그러나 체호프의 특징

가운데 하나라고 할 수 있는 '웃음 섞인 애수'는 이미 그의 초기 작품 속에서도 나타나고 있었다. 울어야 할지 웃어야 할지, 독자들을 당황하게 만드는 그의 풍자적인 묘사는 여기 실린 초기의 작품 〈아뉴타〉〈사모님〉〈약사 부인〉〈함정〉(모두 1886년작) 등에서 충분히 엿볼 수 있다.

그러나 체호프는 안일한 애수와 유머에 머물러 있을 수는 없었다. 19세기 말엽, 농노 해방의 뒤를 이어 계속된 정쟁으로 인하여 러시아의 지식계급은 염세주의로 흐르고, 전사회는 태만과 암흑 속에 허덕이게 되었을 때다. 이때 그의 칼날같이 예민한 직감력은 사회의 온갖 부정·허위·부패·모독을 등한시할 수 없었다. 여기서 〈상자 속에 든 사나이〉(1898년) 같은 페시미스틱한 작품이 나오게 된 것이다.

〈상자 속에 든 사나이〉는 체호프의 후기 작품에 속하는 것으로서, 주인공 베리코프에게 매우 명확한 성격을 부여하고 있는 작품이다. 언제나 "무슨 일이 생기지 말아야 할 텐데……." 근심하고, 여러 가지 무의미한 규칙으로 자기 생활을 속박하며, 필요없는 '껍질'을 쓰려고 애쓰는 주인공 베리코프 교사 같은 사람은 요즈음 세상에서도 결코 보기 드문 인물이 아니다. 체호프는 신랄한 작품으로 그를 예리하게 묘사하면서, 무의식중에 자기의 페시미즘을 토로하고 있는 점은 주목할 가치가 있다고 본다. "아아, 더이상 이렇게는 살 수 없어!" 하고 통탄하는 수의사 이반 이바느이치의 말은, 그냥 그대로 옮겨서 19세기 말에 전 러시아를 휩쓸고 있던 당시 사회 분위기인 것이다.

〈귀여운 여인〉(1898년)은 역시 체호프의 대표적인 작품 가운데 하나다. 이 작품이 1899년 1월 3일 〈세미야(가족)〉지에 처음 발표했을 때, 당대의 평론가 고르바노프 포사도프는 다음과 같은 편지를 저자한테 보내왔다.

"……〈귀여운 여인〉은 고골리의 스타일을 연상케 했습니다. 레오 톨스토이도 기쁨을 감추지 못했습니다. '그 작품은 일품이다. 체호프는 정말 훌륭한 작가야!' 하며 연신 감탄하고 있습니다. 그는 벌써 네 번씩이나 소리내어 읽었습니다. ……그리고 읽을 때마다 새로운 놀라움에 사로잡힌답니다……."

그리고 톨스토이의 딸 타치야나 역시 3월 20일에 다음과 같은 사연을 보내 왔다.

"당신의 〈귀여운 여인〉은 정말 훌륭합니다! 아버지 톨스토이는 네 번이나 연거푸 읽었답니다."

이같이 대문호 레오 톨스토이가 감동한 나머지 네 번씩이나 연달아 읽었다니, 가히 그 작품의 진가를 알 만한 일이다.

〈골짜기〉(1900년)는 그 예술적 향기로 보아 체호프의 천여 편에 달하는 작품 중에서도 제일급에 속하는 대표적인 작품이다.

체호프는 이 〈골짜기〉의 주제를 사할린을 여행하면서 얻었다고 말하며, 다음과 같은 편지를 〈지즈니(생활)〉지 편집국장에게 보낸 적이 있다.

"……나는 어느 한적한 시골에서 경험한 생활을 여기에 묘사했습니다. 상인 프뤼민 형제는 현재 생존해 있는 사람들입니다. 그러나 사실대로 말하면, 그들은 더욱 비천한 존재들입니다. 그들의 자식은 여덟 살 때부터 술을 마시는 방탕한 생활을 하고 있습니다. 그리고 그들은 온 동네에 매녹을 전염시켰습니다. 나는 이 말을 〈골짜기〉속에서 말하지는 않았습니다. 이 말을 쓴다는 것은 예술적인 일이라 생각하지 않았기 때문입니다……."

1900년 1월 1일 〈골짜기〉가 〈지즈니〉지에 발표되자, 문단에서는 지금까지 보지 못한 커다란 반향을 일으켰다. 그당시 체호프에게 보내 온 수많은 편지 중에서 대표적인 몇 통을 다음에 소개하기로 한다.

1900년 2월 9일 〈만인의 잡지〉편집국장 미로류보프의 편지,

"……〈골짜기〉참 고맙습니다. 너무 충격을 받아서 세 번이나 읽었습니다. 나는 읽으면서 울었습니다. ……가슴이 메이고 터질 듯한 기쁨을 느꼈습니다……."

평론가 고르바노프 포사도프의 편지,

"……나는 무한한 애정을 가지고 당신의 〈골짜기〉를 읽었습니다. 나는 처음으로 당신의 재능을 더 가깝게 더 강력하게 느꼈을 뿐 아니라, 당신의 마음속에 있는 동포애와 학대받는 사람들에 대한 부드럽고 깊은 사랑을 느꼈습니다. ……이런 작품을 내 생애에서 읽었다는 것을 기쁘게 생각합니다."

막심 고리키도 장문(長文)의 논설을 게재하고, 1900년 2월에 다음과 같은 편지를 보내 왔다.

"……〈골짜기〉는 놀랄 만큼 훌륭한 작품입니다. …당신이 쓴 작품 중에서 최상의 작품입니다."

고리키의 두번째 편지,

"……나는 오늘 레오 톨스토이에게서 온 편지를 받았습니다. 그는 '체호프의 〈골짜기〉는 정말 좋습니다. 나는 그에게 최대의 찬사를 보냅니다.'라고 썼습니다. 당신의 작품이 톨스토이에게서 최대의 찬사를 받았다는 데 대해서 나도 기쁨을 감출 수 없습니다. 나는 노인(톨스토이를 말함)이 리파의 자장가 소리에 감격한 나머지 눈물을 흘렸으리라고 믿습니다……."

고리키의 세번째 편지,

"……나는 농부들에게 〈골짜기〉를 읽어 주었습니다. 당신이 이 광경을 보았더라면 얼마나 좋았을까요! 그들은 내 낭독을 들으며 울었고, 나도 그들과 함께 울었습

니다. 나무다리 할아버지를 좋아하더군요! ……안톤 파빌로비치, 당신이야말로 정말 천재입니다…….″

체호프의 최후의 작품 〈약혼녀〉(1903년)에서는 지금까지 보여 준 암흑의 페시미즘을 고집하지 않고, 그 깊은 애수의 밑바닥에서 여러 가지 사회악을 제거하고, 광명을 찾으려고 노력하는 경향을 보이고 있다. 〈약혼녀〉는 그의 만년의 희곡 〈벚나무 동산〉과 같이 몰락하는 귀족사회를 주제로 한 작품이다. 그러나 ″사랑하는 나쟈, 떠나시오! 이렇게 숨막힐 듯한 죄에 물든 흐릿한 생활을 당신이 얼마나 싫어하고 있는지를 여러 사람들에게 보여 주시오!″ 하는 대학생 사샤의 외짐이라는지, ″오오, 새롭고 빛나는 생활이 빨리 돌아와 주었으면!″ 하는 나쟈의 몽상적인 동경은 젊음에 찬 새 생활을 눈앞에 보는 듯하고, 미래에 대한 희망과 동경의 종소리가 바로 귓가에 들려오는 듯한 느낌을 준다.

체호프은 〈약혼녀〉를 쓴 이듬해인 1904년, 44세를 일기로 위대한 창작의 비밀을 간직한 채 세상을 떠나고 만다. 그러나 그의 불멸의 공적은 아직까지도 꺼지지 않고 만인의 가슴을 울음과 기쁨 속으로 몰아넣고 있다.

지면 관계로 여기서는 체호프의 전·후기를 통하여 대표적인 작품이라고 생각되는 여덟 편만을 골라 실었다.

체호프 단편집

약 혼 녀

1

 밤 열 시였다. 보름달이 정원 가득히 빛나고 있었다. 슈민의 집에서는 마르파 미하일로브나 할머니의 청으로 시작되었던 저녁 기도식이 방금 끝난 뒤였다. 그리고 지금 나쟈는 — 그녀는 잠시 정원에 나와 있었다. — 식당에 만찬 식탁이 준비되고, 화려한 비단옷을 입은 할머니가 서성대고 있는 모습을 보고 있었다. 대교회당의 장로인 안드레이 신부는 나쟈의 어머니 니나 이바노브나에게 무엇인지 말하고 있었다. 그녀의 어머니는 창문으로 스며드는 달빛 탓인지 한결 젊어 보였다. 그녀 옆에는 안드레이 신부의 아들 안드레이 안드레이치가 서서 조심스럽게 귀를 기울이고 있었다.

 정원은 신선하고 고요했다. 땅 위에는 검은 그림자가 호젓이 누워 있었다. 어디선가 멀리서, 아마 멀리 떨어진 교외에선지, 개구리 우는 소리가 들려왔다. 5월이란 느낌이, 부드러운 5월의 느낌이 감돌았다. 나쟈는 깊은 한숨을 내쉬었다. 연약하고 죄많은 사람은 맛볼 수 없는 신비롭고 아름답고 풍만하고 거룩한 봄의 생활이 여기가 아니라 수목이 우거진 저 하늘 밑, 도시에서 멀리 떨어진 들과 숲속에서 지금 막 흩어져 가고 있음을 느꼈다. 그리고 어쩐지 서러워서 울고 싶은 생각이 들었다.

그녀, 나쟈는 벌써 스물세 살이다. 그녀는 열여섯 살 때부터 결혼을 꿈꿔 왔다. 그러다가 마침내 나쟈는 지금 창문 옆에 서 있는 청년 안드레이 안드레이치와 약혼하게 되었다. 나쟈는 안드레이를 좋아했다. 결혼식은 7월 7일로 날을 잡았다.

그러나 어찌된 셈인지 그녀에겐 기쁨이란 것이 없었다. 나쟈는 밤에 잠을 이루지 못하고 늘 시름에 잠겨 있었다. 부엌이 있는 지하실에서는 사람들이 왔다갔다 하는 소리, 나이프가 부딪치는 소리, 문이 열렸다 닫혔다 하는 소리 등이 열려진 창문을 통해 들려왔고, 칠면조를 굽는 냄새와 소금에 절인 버찌 냄새가 풍겨나왔다. 그녀는 어쩐지 이 모든 것이 아무런 변함 없이, 언제 끝날지도 모르는 채 평생 동안 반복될 것 같은 생각이 들었다.

누가 집에서 나와 층계 위에 멈췄다. 그는 열흘 전에 모스크바에서 온 손님인 알렉산드르 치모페이치였다. 간단히 사샤라고 불렀다. 언젠가 오래 전에, 할머니의 먼 친척이 된다는 마리아 페트로브나라는 귀족 미망인이 생활에 쪼들리고 병들어 핼쑥하게 여윈 자그마한 몸을 이끌고 도움을 청하러 이 집에 온 일이 있었다. 사샤는 그 미망인의 외아들이었다. 무엇 때문인지는 모르지만 사샤는 훌륭한 화가라는 소문이 돌았다. 그래서 그의 어머니가 돌아가셨을 때, 할머니는 불쌍히 여겨 그를 모스크바에 있는 코미사로프 학교에 입학시켰다. 그리고 2년 후 그는 미술 학교에 들어갔고, 거기서 15년간을 보내다가 겨우 건축과를 졸업할 수 있었다. 그러나 그는 건축업을 시작한 것이 아니라, 모스크바의 어느 석판(石版) 인쇄소에서 일하고 있었다. 그는 몸이 약했던 탓으로, 거의 매해 여름마다 요양삼아 할머니한테 와서는 몸을 추스리곤 했다.

그는 지금 단추를 채운 낡은 프록코트를 입고, 구김살이 간 무명 바지를 입고 있었다. 셔츠도 다림질이 되어 있지 않아서, 그의 모습 어느 구석에도 산뜻한 곳을 찾아볼 수는 없었다. 그는 무척 여위었으며, 커다란 눈과 길고 가느다란 손가락, 수염이 텁수룩하고 시커먼 얼굴을 하고 있었지만, 그래도 어쩐지 아름다웠다. 슈민 댁에서는 집안 식구와 똑같은 대접을 받고 있었기 때문에, 그는 자기 집이나 다름없이 지낼 수 있었다. 그리고 그가 여기서 쓰고 있는 방은 이미 오래 전부터 사샤의 방이라고 불리고 있었다.

그는 층계 위에서 나쟈를 보자, 곧 서슴없이 그녀에게로 다가왔다.

"여긴 참 좋군요."

그는 말했다.

"네, 참 좋아요. 당신도 가을까진 여기서 묵으시겠죠?"

"아마 그렇게 될 것 같습니다. 저는 9월까지는 폐를 끼쳐야겠네요."

그는 야릇한 미소를 띠면서 나쨔 옆에 앉았다.

"저는 여기 앉아서 어머니를 바라보고 있었어요."
라고 나쨔가 말했다.

"여기서 보니까, 어머니가 한결 젊어 보여요! 저희 어머니에겐 물론 여러 가지 약점이 있지만……."

그녀는 잠시 머뭇거리다가 말을 이었다.

"그러나 역시 훌륭한 분이세요."

"그럼요, 좋은 분이죠……."

사샤는 맞장구를 쳤다.

"당신의 어머니는, 제 마음대로 말하자면, 물론 매우 인자하고 착하신 분입니다. 그러나…… 뭐라고 말해야 좋을까요? 오늘 아침 일찍 저는 부엌에 갔었는데요, 거기엔 네 명의 하녀들이 침대도 없이 바로 마룻바닥에서 자고 있더군요. 침대 대신에 깔린 누더기에서 고약한 냄새, 게다가 빈대와 바퀴벌레까지…… 20년 전과 조금도 달라진 것이 없더군요. 꼭 그대로예요. 할머니한테야 무슨 기대를 하겠습니까, 원래 그런 분이니까요. 그래도 어머니는 프랑스 말도 하실 줄 아시고 아마추어 연극에도 출연하고 있는 정도니, 잘 아실 텐데요."

사샤는 이야기하면서, 여느때처럼 나쟈 앞에 가느다랗게 여윈 두 손가락을 내밀었다.

"저는 이 집에서 하는 모든 일이 이상하게만 생각됩니다. 요즘은 조금 익숙해지긴 했지만요"

그는 말을 계속했다.

"도무지 영문을 모르겠어요. 아무도 일을 하고 있지 않잖아요. 어머니는 어느 공작 부인처럼 하루종일 소풍만 다니시고, 할머니도 역시 하시는 일이란 없고, 당신도 역시 마찬가지예요. 그리고 당신의 약혼자 안드레이 안드레이치 또한 일이라곤 모르는 사람이고요."

나쟈는 작년에도 이런 말을 들었고 재작년에도 들은 듯했다. 사샤는 그런 말 외에 달리 비평할 말을 몰랐던 것이다. 예전에는 그런 것이 우습게만 여겨졌으나 지금은 어쩐지 가슴 아프게 느껴졌다.

"언제나 같은 말만 하시니 이젠 지겹군요. 이미 오래 전에 싫증이 난 걸요."

라고 말하며, 나쟈는 일어섰다.

"당신은 뭔가 좀더 새로운 것을 생각해 내도록 하세요."

사샤는 싱글벙글 웃으며 나쟈와 함께 일어섰다. 그리고 두 사람은 집 쪽으로 걸어갔다.

나쟈는 키가 크고, 아름다운 몸매에 생기가 돌아서 사샤에 비하면 무척 건강해 보였다. 그리고 옷차림도 화려했다. 나쟈도 그것을 알고 있었으므로 그가 불쌍하게 여겨지기도 하고, 한편으로는 멋적은 생각도 들었다.
"게다가 당신은 쓸데없는 말까지 하시네요."
나쟈가 말했다.
"당신은 지금 내 안드레이에 관해서 말하셨지만, 그이에 대해선 조금도 모르시지 않나요?"
"내 안드레이라…… 당신의 안드레이 같은 건 아무래도 좋아요! 당신이 젊다는 것이 가엾을 따름입니다."

그들이 식당에 들어섰을 땐 이미 모두들 식사를 하기 위해 자리에 앉아 있었다. 지독히 뚱뚱하고 짙은 눈썹과 작은 콧수염을 가진, 얼굴이 매우 못생긴 할머니—집에서 부르는 말로 한다면 할머님—는 커다란 소리로 말하고 있었다. 할머니가 이 집에서 제일 윗사람이란 것은, 그 말하는 어투와 몸짓으로도 충분히 알 수 있었다. 할머니는 시장에 몇 개의 점포를 갖고 있으며, 둥근 기둥과 정원이 딸린 낡은 저택도 있었다. 그래도 할머니는 매일 아침 주의 은총으로 몰락하지 않기를 빌며 눈물을 흘렸다. 단정한 옷차림에 안경을 코에 걸고 손가락이란 손가락에는 모조리 다이아몬드 반지를 낀, 삼단 같은 머리털을 가진 나쟈의 어머니 니나 이바노브나와 무슨 우스운 이야기라도 시작할 듯한 표정을 하고 있는, 이가 빠지고 홀쭉 여윈 노인 안드레이 신부, 그리고 미술가나 배우처럼 곱슬머리에 체격이 좋고 잘생긴 나쨔의 약혼자 안드레이 안드레이치, 이 세 사람은 최면술에 관한 이야기를 하고 있었다.

"자넨 일 주일만 여기 있으면 몸이 회복될 거라네."

할머니가 사샤에게 말했다.

"그저 많이 먹어야 돼. 에이그 자네 꼴을 보니!"

할머니는 한숨을 내쉬었다.

"정말 형편없구나! 망나니 자식이란 자네 같은 사람을 두고 하는 말이지."

"방탕한 생활로 부친이 남겨 준 재산을 탕진하고서는……."

안드레이 신부가 눈웃음을 치면서 느릿느릿 말했다.

"망나니 떼거지들과 상대를 했으니까요……."

"저는 아버지가 좋아요."

안드레이 안드레이치는 아버지의 어깨를 만지면서 말했다.

"아버지는 훌륭한 분이에요. 마음 좋은 할아버지이고요."

모두 한동안 말이 없었다. 사샤가 갑자기 웃어대면서 냅킨을 입으로 가져갔다.

"그럼 당신은 최면술을 믿고 계시나요?"

안드레이 신부가 니나 이바노브나에게 물었다.

"물론 믿는다고 단언할 순 없습니다만……."

니나 이바노브나는 매우 심각하고도 엄숙한 표정을

지으면서 대답했다.

"그러나 자연 속에는 여러 가지 신비로운 이상한 일이 얼마든지 있다는 것만은 믿지 않을 수 없어요."

"그 말엔 당신과 완전히 동감입니다. 그렇지만, 그 신비한 세계를 종교가 해결해 줄 수 있다는 말을 덧붙이고 싶군요."

기름기가 번지르르 도는 커다란 칠면조가 나왔다. 안드레이 신부와 니나 이바노브나는 아직도 이야기를 계속하고 있었다. 니나 이바노브나의 손가락에서 다이아몬드가 번쩍번쩍 빛났다. 마침내 그녀의 눈에 눈물이 반짝였다. 흥분한 것이다.

"저는 신부님과 토론할 수는 없습니다만, 인생에는 풀지 못할 수수께끼들이 얼마든지 있다는 것을 신부님도 인정하셔야 될 거예요!"

밤참이 끝난 다음 안드레이 안드레이치는 바이올린을 켜고, 니나 이바노브나는 피아노 반주를 했다.

그는 10년 전에 문과 대학을 마쳤으나, 직장에 취직도 안하고 일정한 직업도 없이 지내며, 이따금 자선음악회에 출연할 뿐이어서 거리에서는 그를 음악가라고 부르고 있었다.

안드레이 안드레이치가 바이올린을 연주하는 동안 사람들은 묵묵히 감상하고 있었다. 탁자 위에는 사모바르가 조용히 끓고 있었다. 차를 마시는 사람은 사샤 혼자

뿐이었다. 이윽고 시계가 열두 시를 치자 바이올린 줄이 갑자기 끊어졌다. 모두 한바탕 웃고는 웅성거리며 작별인사를 나누기 시작했다. 나쟈는 자기 약혼자를 배웅하고 나서 어머니 방과 자기 방이 있는 이층으로 올라갔다(아래층은 할머니가 차지하고 있었다). 아래층 식당에서는 불을 끄기 시작했으나, 사샤는 그냥 앉아서 차를 마시고 있었다. 그는 언제나 모스크바 식으로 차를 마시는 데 오랜 시간을 소비했고, 한 번에 으레 일곱 잔씩 마시곤 했다. 나쟈가 옷을 벗고 침대에 누웠을 때에도 이래층에서는 오랫동안 하녀들이 뒷정리하는 소리며, 잔소리를 퍼붓는 할머니의 말소리가 들려왔다. 그러나 얼마 후에는 집안이 조용해지고, 이따금 사샤의 잔기침 소리만 들려올 뿐이었다.

2

나쟈가 눈을 뜬 것은 새벽 두 시경이었으리라. 동이 틀 무렵이었다. 멀리서 야경꾼의 딱딱이 소리가 들려왔다. 나쟈는 더 자고 싶은 생각이 없었다. 자리에 누워 있으니 편안은 했지만 어쩐지 마음이 내키지 않았다. 5월이 되면 언제나 그렇듯이 나쟈는 일어나 앉아서 생각에 사로잡혔다. 그녀의 생각이란, 어젯밤과 같이 단조롭고 불필요한 생각을 되풀이하는 것이었다. 어째서 안드레이 안드레이치는 자기를 사랑하게 되고, 청혼을 하게 되었을까. 그리고 자기는 왜 그 청혼을 승낙하고, 점차 그 친절하고 총명한 남자를 소중히 여기게 되었을까. 나쟈는 전과 다름없이 이처럼 부질없는 생각을 끈질기게 되풀이했다. 결혼식까지는 한 달 정도밖에 남지 않은 지금, 어쩐지 나쟈는 막연하게 압박감을 주는 그 무엇이 눈앞에 다가오고 있는 듯한 불안과 공포를 느끼지 않을 수 없었다.

"똑, 딱, 똑, 딱······."

야경꾼의 딱딱이 소리가 느릿느릿 들려왔다.

"똑 딱"

커다란 낡은 창문으로 정원이 내려다보였다. 저편으로 추위 때문에 맥을 못 추고 시든 듯한 라일락 꽃송이들이 보였다. 뽀얗고 짙은 안개가 살그머니 꽃 더미로 숨어들어 그것을 덮어 버리려 하고 있었다. 저 먼 숲에서는 까치가 졸린 듯이 울고 있었다.

"아아! 왜 나는 이렇게 진정할 수 없을까!"

결혼 전에는 모든 처녀가 이런 기분에 사로잡히는 것일까. 왜 그럴까! 혹시 사샤 때문이 아닐까. 그러나 사샤는 몇 해 전부터 같은 말을 되풀이해 왔고, 또 그가 그런 말을 할 때마다 우습고 단순하게만 느끼지 않았던가. 그런데 어째서 사샤가 내 머릿속에서 떠나지 않는 걸까.

야경꾼의 딱딱이 소리는 이미 멀리 사라졌다. 새들은 정원과 창 밑에서 지저귀고, 안개가 정원에서 서서히 걷혀졌다. 주위에 있는 모든 것이 햇빛을 받아 방긋 웃는 듯이 빛나고 있었다. 온 정원은 태양의 따스한 애무의 손길에서 소생한 듯하고, 풀잎에 달린 이슬방울들은 다이아몬드처럼 반짝이고, 오랫동안 내버려두었던 낡은 정원도 오늘 아침에는 유난히 생생하고 화려하게 느껴졌다.

 할머니는 벌써 일어나 계셨다. 사샤의 거칠고 낮은 기침소리가 들려왔다. 아래층에서 사모바르를 준비하며 의자를 움직이는 소리가 들려왔다.

 시간이 가는 것이 지루했다. 나쟈는 일어나서 한참 동안 정원을 거닐고 난 후였으나, 그래도 아직 아침이었다.

 니나 이바노브나는 마지못해 탄산수가 든 컵을 손에 들고, 울어서 부은 눈으로 정원으로 나왔다.

 그녀는 강신술(降神術)과 같은 동종요법(同種療法)에 관해서 이야기하기를 좋아했다. 나쟈에게도 역시 그러한 것에 무엇인지 모를 신비하고 깊은 의미가 있는 듯이 느껴졌다.

 "어머니 우셨나봐요?"
 "어젯밤에 할아버지와 딸 이야기를 쓴 소설을 읽었단다. 할아버지는 어떤 곳에 근무하고 있었는데, 그의 상관이 할아버지 딸을 사랑하게 됐어. 마지막까지 읽진 않았지만, 한 대목에 가선 도저히 울지 않곤 견딜 수가 없었어."

어머니가 말하고 나서 탄산수를 마셨다.

"글쎄, 오늘 아침에도 그걸 생각하고 또 울었지 뭐니."

"전 요새 마음이 내키질 않아 못 견디겠어요."

나쟈는 머뭇머뭇 말했다.

"어째서 잠을 못 잘까요?"

"글쎄, 왜 그럴까. 나는 잠이 안 오면 눈을 꼭 감고, 바로 이렇게 말이야, 자꾸 걸어다니든가 혼잣말로 중얼거리든가 하면서 나 자신을 안나 카레리나처럼 생각하기도 하고, 혹은 옛날 역사에 나오는 어떤 얘기를 눈앞에 그려 보기도 한단다……."

나쟈는 어머니 자신의 마음을 이해해 주지 않는다고, 아니 이해할 수도 없다는 것을 생전 처음으로 느꼈다. 그녀는 그러한 사실이 갑자기 두렵게 느껴져서 마음 한 구석에 감추어 두고 싶어졌다. 나쟈는 자기 방으로 돌아왔다.

두 시가 되자, 모두 점심 식탁에 앉았다. 마침 육식을 금하는 수요일이어서 할머니 앞에는 야채 수프와 생선이 든 보리죽만이 놓여졌다.

샤샤는 할머니를 놀려 주려고 야채 수프도 먹고 자기의 고기 수프도 마셨다. 그는 점심 식사를 할 동안 내

내 농담을 했다. 그러나 그의 농담은 일부러 그러는 것 같은, 어떤 정신적인 의미가 깃들인 부자연스러운 것이었다. 그리고 무슨 재치있는 설명이라도 하려고 핏기 없는 여윈 손가락을 들어올릴 때 우스운 생각이 전혀 들지 않았다. 그럴 때마다 그의 병이 점점 심해지고 있다는 것과, 얼마 더 살지 못할 것 같은 생각이 들어서 눈물이 날 정도로 그가 불쌍하게 느껴졌다.

점심식사를 마친 후 할머니는 쉬려고 자기 방으로 갔다. 니나 이바노브나는 잠시 피아노를 치다가 이윽고 그녀도 자기 방으로 갔다.

"오오, 사랑스런 나쟈!"

사샤는 여느 날처럼 점심 식사 후의 대화를 꺼냈다.

"당신이 내 말만 들어 준다면! 내 말만 들어 준다면!"

나쟈는 낡은 안락의자에 푹 파묻혀서 지그시 눈을 감고 있었다. 한편 사샤는 이쪽 구석에서 저쪽 구석으로 천천히 왔다갔다 했다.

"당신이 대학에 갈 생각만 가진다면!"

그가 말했다.

"인간이란 고상한 교양을 지녀야 합니다. 또 그런 사람만이 필요합니다. 그런 사람이 많으면 많을수록 빨리 신(神)의 왕국이 지상에 내려올 수 있습니다. 그때가 되면 이 거리에 돌멩이 하나 남지 않고, 만물은 밑바닥부터 파괴되고 말 겁니다. 모든 것이 마술에라도 걸린 듯이 변하고 말 거예요. 그리고 그때 여기에는 근엄하고 화려한 저택들이 서게 되고, 아름다운 정원이 마련되고, 훌륭한 분수가 세워지고, 덕망 높은 사람들이 살게 되겠지요……. 그러나 가장 중요한 것은 그런 것이 아닙니다. 가장 중요한 것은, 우리들이 생각하는 저속한 사람들, 현재 존재하고 있는 저속한 사람들이 그때는 존재하지 않을 것이라는 점입니다. 왜냐하면 그때는 모든 사람들이 신앙을 가지고 있고 자기가 무엇 때문에 살고 있는지를 알고 있어서 아무도 저속한 사람들과는 상대하지 않을 테니 말입니다. 사랑스런 나샤, 떠나시오! 이렇게 숨막힐 듯한 죄에 물든 생활을 당신이 얼마나 싫어하고 있는지를 여러 사람들에게 보여 주시오. 비록 자기 자신에게라도 보여 주세요!"

"사샤, 전 못하겠어요. 곧 결혼을 해야 하니까요."

"옛, 무슨 소리! 결혼을 해서 뭣한단 말이오?"

그들은 정원으로 나가서 거닐기 시작했다.

"아무튼 당신은 잘 생각해야 합니다. 당신은 이러한 생활이 얼마나 불결하고, 얼마나 비도덕적인지를 깨달아야 합니다."

라고 사샤는 말했다.

"이를테면 당신이나 당신의 어머니나 할머니가 아무 일도 하지 않는다면, 그것은 누군가 다른 사람이 당신들을 위해서 일하고 있다는 것을 알아야 합니다. 당신들은 남이 벌어온 것을 먹고 사는 것입니다. 과연 이런 생활이 더럽지 않다고 할 수 있을까요?"
 "네, 그건 사실이에요."
라고 나쟈는 말하고 싶었다. 자기도 잘 알고 있다는 것을 알리고 싶었다. 그러나 눈물이 앞을 가려서 말문이 막히고 말았다. 온몸이 바싹 졸아드는 듯한 기분을 느끼며 나쟈는 자기 방으로 갔다.
 해질 무렵에 안드레이 안드레이치가 왔다. 그는 여느 때처럼 오랫동안 바이올린을 켜고 있었다. 그는 좀처럼 말하기를 좋아하지 않았다. 악기를 만지는 동안은 입을 다물 수 있으므로 바이올린을 좋아하는 것인지도 모른다. 열한 시가 되자 돌아갈 준비를 하고 외투를 입더니, 그는 나쟈를 껴안고 그녀의 얼굴과 어깨와 손에 미친 듯이 키스하기 시작했다.
 "나의 사랑! 나의 아름다운 나쟈……!"
라고 그는 속삭였다.
 "오오! 나는 얼마나 행복한지 모르오! 나는 기뻐서 미칠 것만 같소!"
 나쟈는 이미 오래 전에 이 말을 들은 듯했다. 혹은 어느 책 속에서…….
 이미 오래 전에 내동댕이쳐진 낡은 소설 속에서 읽은 듯한 대사처럼 생각되기도 했다.
 식당에는 사샤가 탁자에 앉아서 그 기다란 다섯 손가

락으로 잔을 들어 차를 마시고 있었다. 할머니는 트럼프로 점을 치고 있었고, 니나 이바노브나는 책을 읽고 있었다. 성상(聖像) 앞에는 등잔불이 가물거렸다.

모든 것이 순조롭고 평화스러운 듯이 보였다. 나쟈는 밤인사를 드리고 이층 자기 방으로 올라갔다. 자리에 눕자 곧 잠이 들었다. 그러나 어젯밤처럼, 동이 트기 시작할 무렵에 눈을 뜨고 말았다. 무거운 것에 짓눌린 듯한 불안한 생각이 가슴을 설레게 했다. 나쟈는 일어나 앉아서 무릎 위에 머리를 얹고는 약혼자와의 결혼 문제를 생각해 보았다. 그녀는 문득 어머니가 죽은 남편을 사랑하지 않았다는 것과, 지금은 아무 재산도 없이 순전히 시어머니의 도움으로 살아가고 있다는 생각을 했다.

그런데 어째서 지금까지 어머니를 특별한 여자라고 생각해 왔을까, 어째서 어머니가 단순하고 고독하고 불행한 여자라는 것을 미처 깨닫지 못했을까, 아무리 생각해도 모를 일이었다.

아래층에서 기침소리가 들리는 것을 보면 사샤도 벌써 일어난 듯했다. 그는 좀 이상하지만 순진한 청년이라고 생각했다. 그리고 아름다운 정원이라든지, 훌륭한 분수라든지 하는 그의 여러 가지 공상은 믿기 어려운 어리석은 일처럼 생각되었다. 그렇지만 어쩐지 그 순진하고 어리석은 공상 속에는 대학에 다니고 싶다는 자기 공상과 같이, 온 마음을 싸늘하게 전율시키는 어떤 아름다운 것이 숨어있는 듯했다. 그리고 그것은 나쟈를 기쁨과 환희 속으로 몰아넣는 것이었다.

"그러나 생각하지 말아야지. 생각하지 말아야 해……."

하고 나쟈는 중얼거렸다.

"똑, 딱."

멀리서 야경꾼의 딱딱이 소리가 들려왔다.

"똑, 딱…… 똑, 딱……."

3

6월 중순경, 사샤는 문득 우울증이 느껴져서 모스크바로 돌아갈 생각을 하고 있었다.

"저는 이 거리에서 살 수 없습니다."

그는 우울한 표정으로 말했다.

"수도도 없고, 배수시설도 없고, 식사할 기분도 나지 않고, 게다가 부엌을 들여다보면, 그 더러움이란……."

"좀더 참고 견뎌 봐. 난봉꾼 자식 같으니!"

할머니는 왜 그런지 낮은 소리로 일렀습니다.

"7월엔 결혼식이 있잖아!"

"그때까지 있을 수는 없습니다."

"9월까지 있겠다고 말했었잖아!"

"그렇지만, 더이상 기다릴 수 없습니다. 저는 일을 해야 하니까요!"

싸늘하고 습기가 감도는 여름이었다. 수목은 축축히 젖었고, 정원 안에 있는 모든 것은 음산하고 우울해 보였다. 이러한 풍경은 실제로 일할 마음을 일으키게 만들어 주었다.

아래층과 이층의 여러 방에서는 낯선 여인들의 목소리가 들려왔고, 할머니 방에서는 시끄러운 재봉틀 소리가 들려왔다. 모두들 결혼식 때문에 분주하게 서두르고 있었다.

나쟈를 위해서 털외투만도 여섯 벌이 마련되었다. 할머니는 그 중 제일 싼 것이 3백 루블이라고 말했다.

이 시끄러운 소리는 사샤를 더욱 들뜨게 했다. 그는 자기 방에 틀어박혀서 화만 내고 있었으나, 결국 모두들 말리는 바람에 7월 10일까지 출발을 연기하기로 약속했다.

시간은 빨리 흘러갔다. 성(聖) 페드로프 날에 안드레이 안드레이치는 점심 식사를 마치고 나쟈와 함께 모스크바로 떠났다. 얼마 전에 그들 신혼 부부가 살기 위해 빌린 집을 다시 한번 보기 위해서였다.

그 집은 이층 건물이었는데 아직까지는 위층밖에 정돈되지 않았다. 넓은 방에는 페인트를 발라서 반짝이는 가느다란 나무조각으로 된 마루가 깔려 있었고, 비엔나 풍의자와 피아노, 바이올린에는 덮개가 잘 씌워져 있었다.

페인트 냄새가 풍겼다. 벽에는 금박 테두리를 한 유

화가 걸려 있었다. 그 속에는 나체 여인과 그 옆에 손잡이가 떨어진 꽃병이 그려져 있었다.
"정말 훌륭한 그림이야."
안드레이 안드레이치는 이렇게 말하고는 감탄하듯이 한숨을 내쉬었다.
"이건 미술가 시시마체프스키의 작품이오"
넓은 방 한쪽은 객실이었는데, 그곳에는 둥근 테이블과 긴 의자, 파란 천으로 커버를 씌운 안락의자들이 구비되어 있었다. 긴 의자 위의 벽에는 법의(法衣)를 걸치고 빌로드 모자를 쓴 안드레이 신부의 커다란 사진이 걸려 있었다.
이윽고 두 사람은 찬장이 달린 식당을 돌아보고 나서 침실로 들어갔다. 어둠침침한 침실에는 두 개의 침대가 가지런히 놓여 있었다. 이 방을 꾸밀 때, 언제 들어와도 기분이 상쾌해지도록 만들겠다는 의도로 꾸민 듯한 흔적이 엿보였고, 그 밖엔 아무런 목적도 없어 보였다.
안드레이 안드레이치는 나쟈의 허리를 껴안은 채 이 방 저방을 구경했다.
그러나 나쟈는 양심의 가책과 함께 두려움을 느끼고 있었다. 그 모든 방, 침실, 안락의자, 어느것 하나 그녀의 마음에 드는 것은 없었다. 더욱이 나체화는 그녀의 마음을 언짢게 만들었다.
지금 나쟈는 자기가 이미 안드레이 안드레이치를 사

랑하고 있지 않다는 것을, 아니 지금까지 조금도 사랑하고 있지 않았다는 것을 분명하게 깨닫게 되었다.

그러나 이것을 어떻게 말해야 할지, 누구에게 하소연해야 좋을지 몰랐다.

어째서 이런 생각이 드는지도 몰랐다. 지금까지 밤낮으로 이 일을 생각하면서도 이해할 수 없었던 것이다…….

안드레이는 나쨔의 허리를 껴안고 다니며 아주 정답게 이야기했다. 무척 행복해 보였다.

그러나 나쨔는 그의 태도에서 단지 저열하고 단순하고 참을 수 없이 야비하다는 것 외에는 아무것도 발견하지 못했다. 그리고 허리를 감싸고 있는 그의 손이 쇠뭉치처럼 딱딱하고 싸늘하게 느껴져서 쉴새없이 도망가고 싶고, 울고 싶고, 창문에서 뛰어내리고 싶은 생각이 들었다.

안드레이 안드레이치는 나쨔를 욕실로 데리고 갔다. 벽에 붙은 마개를 돌리니까 금방 물이 쏟아져 내렸다.

"어떻습니까?"

그가 웃으며 말했다.

"3백 갤런쯤 드는 물탱크를 올려 놓게 했소. 우리는 물 걱정을 할 필요가 없어요."

그들은 정원을 한 바퀴 돌고 거리로 나와 마차를 잡았다.

하늘에는 모래 먼지가 검은 구름으로 덮여 있어서 비

가 금방이라도 쏟아질 것만 같았다.

"당신, 춥지 않소?"

안드레이 안드레이치는 먼지 때문에 눈을 가늘게 뜨며 말했다.

나쟈는 잠자코 있었다.

"어제 사샤가 아무 일도 하지 않고 놀고 있다고 나를 비난하는 것을 당신도 들었겠지?"

그는 잠시 입을 다물었다가 말을 이었다.

"그의 비난이 옳아요! 정말 옳은 말입니다! 나는 아무 일도 하지 않고, 또 할 수도 없습니다. 왜 그럴까요? 언젠가는 나도 모자에 휘장을 달고 관청에 다녀야 한다는 것을 생각하니, 어쩐지 지긋지긋한 생각이 듭니다. 왜 그럴까요? 변호사니, 라틴어 선생이니, 관청의 관리들을 보기만 하면 불쾌해서 못 견디겠어요. 왜 그럴까요? 오오, 어머니인 러시아여! 그대는 쓸모없고 무익한 사람들을 얼마나 많이 가지고 있는가! 러시아에는 나같이 무익한 사람들이 얼마나 많이 있을까! 고민하는 어머니여!"

그는 자기가 놀고 있는 이유로 여러 가지 개념을 인용하고 나서, 이는 시대적인 사상에 기인한다고 말했다.

"우리는 결혼하면,"

하고 그는 말을 이었다.

"같이 시골로 갑시다. 시골에 가서 일합시다! 정원도

있고 냇물도 흐르는 땅을 사가지고 노동을 하면서 인생을 바라봅시다……. 아, 얼마나 즐거울까!"

그는 모자를 벗고 있었으므로 머리털이 바람에 나부꼈다. 나쟈는 그의 말에 귀를 기울이며 이런 생각을 했다.

'나오지 않았다면 좋았을 걸!'

바로 집 근처에 이르렀을 때, 저쪽에서 안드레이 신부가 걸어오는 것이 눈에 띄었다.

"아, 저기 아버지가 오고 있어요!"

안드레이 안드레이치는 모자를 흔들며 기뻐했다.

"저는 아버지를 대단히 좋아합니다."

그는 마부에게 돈을 치르며 말했다.

"훌륭한 분입니다. 선량한 분이죠."

나쟈는 매일밤 찾아오는 손님들을 접대하며 의미없는 미소를 지어야 하며, 바이올린 소리와 여러 가지 쓸모없는 잡담을 들어야 하며, 결혼식 이야기만을 해야 한다는 생각을 하고는 혐오에 찬 언짢은 마음을 갖고 집으로 들어섰다.

할머니는 비단옷을 차려 입고, 언제나 손님이 오기 전에 그러했듯이 묵직하고도 위엄있는 태도로 사모바르 앞에 앉아 있었다. 안드레이 신부는 능글맞은 미소를 띠며 들어왔다.

"저는 할머니가 이렇게 건강하신 것을 무엇보다도 기쁘게 생각합니다."

그가 할머니에게 말했다.

농담삼아 그런 말을 하는지 혹은 진담으로 그러는지 쉽게 알 수 없는 말투였다.

4

바람은 들창과 지붕을 휘몰아쳤다. 휘이휘이 바람소리가 들리고, 집안에 있는 난로도 슬프고 우울한 노래를 부르고 있었다. 밤 열두 시가 넘었다. 집안 사람들은 모두 자리에 누웠으나 누구도 잠을 이루지는 못했다. 나샤는 아래층에서 늘 바이올린을 켜고 있는 듯이 느껴져서 견딜 수가 없었다. 덧문이 떨어졌는지 요란한 소리가 들려왔다. 잠시 후, 니나 이바노브나가 잠옷을 입은 채 촛불을 손에 들고 들어왔다.

"나쟈, 지금 무슨 소리가 난 거지?"

하고 어머니가 물었다.

머리를 한 가닥으로 땋아 늘이고, 겁에 질린 듯한 미소를 짓고 있는 어머니는, 이처럼 소란한 밤에는 여느 때보다도 훨씬 늙고 보잘것없는 자그마한 여자로 보였다. 나쟈는 조금 전만 해도 어머니를 훌륭한 여자라고 생각하며 경의를 품고 어머니의 말을 자랑스럽게 듣던 것을 떠올렸다. 그러나 그것이 어떤 말이었는지는 기억할 수 없었다. 단지 기억 속에 남아 있는 것은 희미하고 막연한 생각뿐이었다.

난로 안에서는 여러 가지 저음이 뒤섞여서 '오오, 신이여!'라고 말하는 듯 들려왔다.

나쟈는 침대 위에 앉았다. 그리고는 불현듯 머리를 감싸면서 흐느끼기 시작했다.

"어머니, 어머니."

나쟈가 말했다.

"제가 지금 어떤 기분인지 어머니가 알아 주신다면! 어머니, 부탁이에요. 제발 저를 떠나게 해주세요. 네, 부탁이에요!"

"어디로!"

니나 이바노브나는 영문을 모르겠다는 듯이 물어 보고는 침대 위에 앉았다.

"어디로 간단 말이냐?"

나쟈는 한참 동안 울었다.

"여기서 떠나게 해주세요!"

나쟈는 마침내 입을 열었다.

"결혼식을 해서는 안 되겠어요. 아니, 할 수도 없어요. 네, 이해해 주세요! 저는 그분을 사랑하지 않아요. 그분에 대해선 어떻게 말해야 될지조차 모르겠어요."

"안 돼, 안 돼!"

니나 이바노브나가 깜짝 놀라서 성급히 말했다.

"마음을 진정해라! 그건 마음이 안정되질 않아서 그

러는 거야. 곧 좋아지겠지. 흔히 있는 일이니까. 너, 안드레이와 말다툼이라도 한 거구나? 사랑싸움은 곧 낫는 법이란다."

"오오, 저리 가 주세요. 어머니, 가 주세요!"

나쟈는 흐느껴 울었다.

"그러마."

니나 이바노브나는 잠시 끊었다가 말을 이었다.

"너는 얼마 전까지만 해도 어린애였고 소녀였는데, 지금은 벌써 약혼을 했구나. 그러나 세상일이란 쉬지 않고 변하는 거란다. 너는 자기도 모르는 새에 어머니가 되고 할머니가 돼서, 나처럼 다루기 힘든 딸을 거느리게 되는 거란다."

"어머니, 사랑하는 어머니! 어머니는 자신을 현명한 여자라고 생각하시는군요. 그러나 아녜요. 어머니는 불행한 사람이에요."

니나 이바노브나는 무슨 말을 하려고 했으나, 한 마디도 할 수 없었다. 그녀는 한숨을 내쉬고는 자기 방으로 돌아갔다. 다시 난로에서 지지직거리는 낮은 소리가 들리기 시작하자 나쟈는 갑자기 무서워졌다. 나쟈는 침대에서 뛰어내려 어머니 방으로 달려갔다.

니나 이바노브나는 눈물에 젖은 얼굴을 하고, 책을 손에 든 채 하늘색 이불을 덮고 침대에 누워 있었다.

"어머니, 제 말을 들어 주세요!"

나쨔는 말했다.

"제발 들어 주세요! 우리들이 얼마나 타락한 생활을 하고 있는지, 어머니도 아셔야 해요. 저는 눈을 떴어요. 이젠 모든 것을 볼 수 있어요. 게다가 안드레이 안드레이치는 어떤 사람이에요? 그는 아무것도 모르는 사람이에요. 제발 이해해 주세요. 네, 어머니. 그는 바보예요!"

니나 이바노브나는 벌떡 일어나 앉았다.

"너와 할머니는 나를 괴롭히기만 하는구나!"

어머니가 흐느끼며 말했다.

"나도 살고 싶다. 보람있게 살고 싶어!"

어머니는 자기의 작은 주먹으로 가슴을 두어 번 두드렸다.

"나를 자유롭게 해다오! 나는 이렇게 아직 젊은데, 젊게 살고 싶은데, 너하고 너의 할머니가 나를 노파로 만드는구나!"

어머니는 슬프게 흐느끼며 허리를 구부리고 이불 속으로 기어들어갔다. 그 모습은 너무나 작고, 가엾고, 따분해 보였다. 나쨔는 자기 방으로 돌아왔다. 옷을 갈아 입고 창가에 앉아서 날이 새기를 기다렸다.

이렇게 나쨔는 밤이 새도록 앉아서 생각에 잠겨 있었다. 창 밖에서는 줄곧 누군가가 덧문을 두드리며 휘파람을 부는 듯한 소리가 들려왔다.

아침이 되자, 할머니는 정원의 능금이 지난밤의 바람

때문에 한 알도 남지 않고 떨어졌다는 둥, 복숭아 고목 하나가 자빠졌다는 둥 불평을 늘어놓았다. 날씨는 흐리고 음침해서 등불을 켜야 할 정도로 어두컴컴했다. 모두들 춥다고 투덜거렸다. 빗방울이 창문을 내리쳤다.

차를 마신 후, 나쟈는 사샤의 방으로 갔다. 그리고는 아무 말도 하지 않은 채 구석에 있는 안락의자 옆에 무릎을 꿇고 앉아서 두 손으로 얼굴을 가렸다.

"왜 그러죠?"

사샤가 물었다.

"저는……."

나쟈가 말했다.

"지금까지 어떻게 이런 데서 살아왔는지 모르겠어요. 정말 모르겠어요! 저는 약혼자를 멸시해요. 나 자신도 멸시해요. 이 방탕하고 무의미한 생활을 모두 멸시해요……."

"그럴 겁니다……."

사샤는 무슨 뜻인지도 모르면서 말했다.

"그건 사실입니다. 옳은 생각이에요."

"저는 이런 생활이 싫어졌어요."

나쟈는 말을 계속했다.

"저는 이런 데서는 하루도 더 참을 수가 없어요. 내일 저는 여길 떠나겠어요. 제발 부탁이니 저를 데려가 주세요!"

사샤는 잠시 어리둥절해 있더니 놀라서 그녀를 바라보았다. 마침내 그는 무슨 뜻인지 이해했는지 어린애처럼 기뻐했다. 그는 기쁨에 못 이겨 춤이라도 출 듯이, 양손을 흔들며 슬리퍼를 달각거리기 시작했다.

"훌륭합니다!"

그는 손을 비비며 말했다.

"정말 훌륭한 일입니다!"

나쟈는 그가 곧 무엇인가 중대한 것을, 어떤 의미심장한 말을 들려 주길 기대하면서 그를 바라보고 있었다. 마치 마술에라도 걸린 듯이 그 커다란 눈을 껌뻑거리지도 않고 사랑에 취한 눈초리로……

그는 아무 말도 하지 않았다. 그러나 나쟈에게는 여태까지 알지 못했던 새롭고 넓은 세계가 이미 눈앞에 열려진 듯이 느껴졌다. 그리고 여러 가지 기대로 충만한 나쟈는, 그를 바라보면서 어떤 것에 대해서도, 비록 죽음에 대해서도 두려워하지 않겠다고 결심했다.

"저는 내일 떠나겠습니다."

그는 잠시 무엇인가를 생각하고 나서 말했다.

"그리고 당신은 저를 배웅하러 정거장에 나오세요. 저는 당신의 짐을 트렁크에 넣어가지고 가겠습니다. 당신의 차표도 사놓을 테니, 세번째 종이 울리면 차에 오르세요. 함께 떠납시다. 모스크바까지는 함께 가고, 그 다음부터는 혼자서 페테르스부르크로 가면 됩니다.

여행권은 가지셨죠?"

"네, 있어요."

"당신이 후회하거나 불평할 만한 일은 절대로 없을 겁니다. 제가 약속하지요."

사샤는 흥분한 어조로 말했다.

"가서는 공부해야 합니다. 그리고는 모든 것을 운명에 맡겨 버리세요. 당신의 생활방식을 바꾸면 모든 일은 변합니다. 가장 중요한 것은 생활방식을 바꾸는 것입니다. 그 나머지 것은 아무래도 좋습니다. 그럼 내일 출발해도 좋지요?"

"네, 제발!"

나쟈는 자신이 너무나 흥분해 있다는 걸 느낄 수 있었다. 여느때보다도 한층 마음이 괴로운 듯도 싶었다. 집을 나갈 때까지는 이렇게 고통스럽고 안타까운 시간을 보내야 한다고 생각했다. 그러나 이층에 가서 자리에 눕자, 얼굴에 눈물자국과 미소가 범벅이 된 채 곧 잠들고 말았다. 그리고 해질 때까지 세상 모르게 잠을 잤다.

5

마차가 왔다. 나쟈는 모자를 쓰고, 외투를 입고, 다시 한 번 어머니와 자기가 쓰던 물건들을 보기 위해서 이층으로 올라갔다. 그녀는 방으로 들어가서 아직 온기가 남아 있는 침대 옆에 서서 주위를 둘러보았다. 다음엔 살그머니 어머니 방으로 들어갔다. 방안은 조용하고 니나 이바노브나는 잠들어 있었다. 나쟈는 어머니에게 키스하고 머리칼을 어루만지면서 잠시 서 있었다. 그러고 나서 아래층으로 천천히 내려왔다.

밖에는 비가 줄기차게 내리고 있었다.

머릿수건을 쓴 마부는 흠뻑 젖은 채로 현관에 서 있었다.

"네가 함께 탈 필요는 없잖니, 나쟈!"

하녀들이 짐을 싣기 시작했을 때 할머니가 말했다.

"왜 하필 이런 날에 전송하러 간다는 거냐! 집에 있거라. 무슨 비가 이렇게 온담!"

나쟈는 무엇인가 말하려 했으나 입이 떨어지지 않았다. 이윽고 사샤는 나쟈를 부축해 태우고는 담요로 발을 가려 주었다. 그리고 자기도 나쟈와 가지런히 앉았다.

"조심해서! 잘 가거라!"

할머니가 현관에서 외쳤다.

"그리고 사샤야, 모스크바에 가면 편지해라!"

"알겠습니다. 안녕히 계세요, 할머니!"

"주여! 보살펴 주시기를!"

"무슨 날씨가 이럴까요!"

사샤는 말했다.

이때, 비로소 나쟈는 눈물을 흘렸다. 이제야 정말 이곳을 떠난다는 생각이 확실하게 들었던 것이다. 할머니와 작별인사를 하고, 어머니를 바라보고 있을 때까지만 해도 정말 이곳을 떠나리라고 믿어지지 않았다. 거리여, 잘 있거라! 이렇게 생각하는 순간, 지난날의 모든 일들이 낱낱이 되살아났다. 안드레이, 그의 아버지, 새 집, 꽃병과 나체 여인을 그린 유화, 그러나 이 모든 추억들은 이미 나쟈를 위협하거나 괴롭히지는 않았다.

단지 야비하고 천박하게 느껴질 뿐이었다. 그리고 이 모든 것은 뒤로뒤로 멀어져 갔다.

그들이 차에 오르고 기차가 움직이기 시작하자, 장엄하고 거대하다고 생각했던 과거의 모든 것은 보잘것없이 작은 것으로 시들어 버렸다. 지금까지는 막연하게만 생각했던 넓고 웅장한 미래가 눈앞에 펼쳐져 오는 듯한 느낌이었다. 빗줄기는 계속 차창을 두들겼다. 끝없는 녹색 들판이 계속되었고, 전깃줄 위에 앉아 있는 새들이 눈앞에 어른거릴 뿐 아무것도 보이지 않았다.

그녀는 자유의 몸이 되어 대학에 간다고 생각하니 가슴에 기쁨이 솟구쳤다. 그리고 '카자크처럼 떠나간다'는 속담이 자기를 두고 하는 말같이 느껴지기도 했다. 나쟈는 웃기도 하고 울기도 하면서 기도를 드리기도 했다.

"좋군요!"

사샤는 빙그레 웃으며 말했다.

"정말 좋아요!"

6

 가을도 지나가고 겨울도 지나갔다. 나쟈는 견딜 수 없을 정도로 고향이 그리워지기 시작했다. 그리고 매일 같이 어머니와 할머니가 그리웠다. 사샤도 그리웠다. 집에서 부드럽고 다정한 사연이 들어 있는 몇 통의 편지가 와 있었다. 그리고 이제는 모든 것을 용서하고 잊은 듯했다. 5월에 시험을 마친 나쟈는 건전하고 즐거운 마음을 안고 고향으로 출발했다. 가는 도중에 사샤를 만나러 모스크바에 들렀다. 그는 작년 여름과 조금도 변함이 없었다. 텁수룩한 수염, 헝클어진 머리, 프록코트에 무명 바지, 커다랗고 아름다운 두 눈, 모든 것이 예전 그대로였다. 그러나 안색은 좋지 않고 몹시 피로해 보였으며, 여위고 초췌해 보였다. 그는 줄곧 기침을 하고 있었다. 웬지 나쟈는 그에게서 우울한 시골뜨기 같은 인상을 받았다.

"오오, 나쟈가 왔군!"
라고 말하며 그는 반갑게 맞아 주었다.

"사랑스런 나쟈!"

 두 사람은 잉크와 페인트 냄새에 숨이 막힐 듯하고, 담배 연기가 자욱한 인쇄소 안에 잠시 앉아 있다가 이

옥고 사샤의 방으로 갔다. 거기도 역시 담배 연기가 코를 찔렀고, 여기저기 침 뱉은 흔적이 남아 있었다. 책상 위에는 싸늘하게 식은 사모바르 옆에 깨진 접시가 검은 종이에 덮여 있었고, 책상과 마루 위에는 죽은 파리가 너저분하게 깔려 있었다.

이런 모든 것은 사샤가 자신의 개인생활을 되는대로 보내고 있으며, 사치를 얼마나 경멸하고 있는지를 말해 주고 있었다. 만일 누군가가 그의 개인적인 행복에 대해서, 그의 개인생활에 대해서, 그의 취미에 대해서 그를 설득한다 해도 그는 조금도 이해하지 못하고 웃어 버릴 것이다.

"모든 일이 잘 진행되고 있어요."

나쟈는 서두르며 말했다.

"가을에는 어머니가 저를 만나러 페테르스부르크로 오셨어요. 할머니도 이젠 화내시지 않고, 줄곧 내 방에 가서는 벽 위에 성호를 긋고 계시다고 어머니가 말씀하시더군요."

사샤는 즐거운 듯한 표정을 짓고 있었으나, 연달아 기침을 하며 쉰 목소리로 말했다. 나쟈는 그의 병이 정말 나빠졌는지, 그렇지 않으면 자기가 그렇게 생각할 뿐인지를 정확하게 몰라서 물끄러미 그를 바라보았다.

"사샤, 당신은 몸이 좋지 않군요!"

나쟈가 말했다.

"아니, 괜찮아요. 병은 병이지만 그렇게 대단하진 않아요……."

"저런 어쩌나!"

나쟈가 흥분해서 외쳤다.

"왜 의사한테 보이지 않는 거예요? 어째서 자기 몸을 소중히 여기지 않으세요? 네, 다정한 사샤."

이렇게 말하는 나쟈의 눈에는 눈물이 글썽했다. 그리고 이렇다 할 이유도 없이 안드레이 안드레이치, 화병과 나체 여인을 그린 유화, 지금은 아득한 옛날처럼 생각되는 자기의 과거 일들이 눈앞에 어른거렸다. 이미 사샤는 작년처럼 신비하고 흥미 있고 교양 있는 사람으로는 보이지 않았다. 이것이 또한 나쟈를 울게 만든 원인이었다.

"사랑하는 사샤, 당신의 몸은 말이 아니군요. 저는 당신이 건강을 회복하는 일이라면 무엇이든지 하겠어요. 당신은 저의 은인이에요! 당신은 저를 위해서 너무나 많은 일을 하셨어요. 나의 다정한 사샤! 정말 당신은 지금 내게 가장 가깝고 가장 다정한 분이세요."

그들은 잠시 앉아서 이야기를 나누었다. 페테르스부르크에서 겨울 한철을 보내고 온 지금, 나쟈에게는 사샤도, 그의 말도, 미소도, 그의 모든 모습조차도 오래 전에 시들고 낡아빠져서 지금은 이미 무덤 속으로 가고 있을지도 모르는 그 무엇을 암시해 주는 것으로 느껴졌다.

"저는 내일 볼가로 갑니다. 크므이스(말젖)를 마시러 가는 것입니다."

사샤가 말했다.

"나는 크므이스가 마시고 싶어요. 부부와 함께 가는데, 그 부인은 훌륭한 분이죠. 나는 그 부인에게 대학에 들어가라고 줄곧 설득하고 있답니다. 그 부인의 생활방식을 바꾸게 해주기 위해서죠."

그들은 잠시 이야기를 나누고는 역으로 향했다. 사샤는 차와 능금을 나쟈에게 사주었다. 기차가 떠나자, 그는 미소를 띠며 손수건을 흔들었다. 그의 병이 얼마만큼 깊어졌는지는 그의 걸음걸이만 보아도 알 수 있었다. 그의 삶이 얼마 남지 않았다는 것을 말해 주는 듯했다.

나쟈는 정오경 고향에 도착했다. 역에서 집으로 달리는 동안, 거리는 무척 넓어 보였으나 집들은 땅에 달라붙은 듯이 작아 보였다. 거리에는 인적이 없었다. 다만 붉은 외투를 입은 독일인 악기 수선사를 보았을 뿐이다. 그리고 집들마다 뽀얗게 먼지를 뒤집어쓰고 있었다.

이미 늙을 대로 늙고 피둥피둥 보기 싫게 살찐 할머니는 나쟈를 두 손으로 껴안고 그녀의 어깨에다 얼굴을 파묻은 채, 한참 동안 흐느끼며 떨어질 줄을 몰랐다. 나쟈의 어머니 니나 이바노브나도 눈에 띄게 늙어 버렸고, 온몸은 바싹 말라 보였다. 그러나 역시 옷차림만은 단정했고, 손가락에는 여전히 다이아몬드가 번쩍이고 있었다.

"귀여운 내 딸!"

어머니는 온몸을 들먹이며 울음 섞인 목소리로 말했다.

"귀여운 내 딸!"

그들은 앉아서도 아무 말 없이 울고만 있었다. 어머니도 할머니도 지나간 과거는 되돌아오지 않는다는 것을 잘 알고 있는 것 같았다. 그들은 이미 사교계의 지위도, 지난날의 영광도, 손님을 초대할 자격도 잃어버리고 말았던 것이다. 그것은 평화스럽고 단란한 가정에 어느날 밤 갑자기 경찰이 뛰어들어와 가택 수색을 한 끝에, 주인이 공금을 횡령했다든지, 위조했다는 죄목이 드러남으로써 지금까지 단란하고 평화롭던 생활이 영원히 깨지고 만 그런 경우와도 흡사했다. 나쟈는 이층으로 올라가 전과 다름없는 침대와 소박한 커튼을 두른 창문을 보았다. 창문 밖으로 즐겁게 재잘대며 햇볕이 넘쳐 흐르는 정원을 보았다. 나쟈는 자기 책상을 만져 보기도 하고, 앉아 보기도 하며 생각에 잠겼다.

그녀는 점심을 맛있게 먹고 나서 진한 크림과 함께 차를 마셨다. 그러나 어쩐지 허전하고 방안이 공허하게 느껴졌다. 천장이 내려앉는 듯이 느끼기도 했다. 해가 저물자 나쟈는 자리에 누웠다. 폭신하고 따스한 침대 속에 누워 있으니까 어쩐지 어색한 느낌이 들었다.

니나 이바노브나가 잠시 이야기하려고 들어왔다. 그녀는 무슨 죄나 지은 사람처럼 두리번거리며 다가와 앉았다.
"그래 어떠니, 나쟈?"
어머니가 더듬더듬 말했다.
"너는 만족하니? 정말 만족하니?"
"네, 만족해요."
니나 이바노브나는 일어나서 나쟈의 머리 위와 창문 위에 성호를 그었다.
"나는 이렇게 믿음이 깊어졌단다."
어머니가 말했다.
"나는 지금 철학을 공부하고 있어서 늘 생각에 잠기곤 한단다……. 내게는 모든 것이 햇빛처럼 선명하게 보이기 시작했어. 인생은 프리즘을 들여다보듯이 지나간다고 생각하는 것이, 무엇보다도 필요하다고 생각한다."
"그런데 어머니, 할머니 건강은 어떤가요?"
"괜찮은 것 같다. 그때 네가 사샤와 함께 떠나버리고 나서 집에 전보를 쳤을 때, 할머니는 그걸 읽으시다가 그만 기절하고 마셨단다. 사흘 동안 일어나지 못하셨지. 그 다음부터는 매일같이 기도를 드리지 않으면 우는 것이 할머니의 생활이었단다. 그러나 지금은 괜찮아지셨어."
어머니가 일어나서 방안을 거닐었다.

"똑, 딱."

야경꾼의 딱딱이 소리가 들려왔다.

"똑, 딱, 똑."

"무엇보다도 중요한 것은 인생이란 프리즘을 보듯이 지나간다고 생각하는 것이란다. 다시 말하면 의식 속에서 인생의 여러 가지 색깔을 일곱 가지 원색으로 분해해서 그 하나하나의 원소를 따로따로 연구해야 된다는 거야."

어머니가 그 다음에 무슨 말을 했는지, 언제 방에서 나갔는지 나쟈는 알지 못했다. 그녀는 벌써 잠들어 있었던 것이다.

5월이 지나고 6월이 왔다. 나쟈도 집에 익숙해졌다. 할머니는 숨을 헐떡이며 사모바르 준비하느라 바빴다. 니나 이바노브나는 밤마다 자기의 철학에 대해 이야기했다. 그녀는 여전히 혼자서 외롭게 살고 있었고, 한 푼이라도 할머니에게 의존하지 않으면 안 되었다. 집안에는 파리 떼가 윙윙 날아다니고 있었고 천장이 점점 낮아지는 듯 느껴졌다.

할머니와 니나 이바노브나는 안드레이 신부와 안드레이 안드레이치를 만날까봐 두려워 거리로 나가지도 못했다. 그러나 나쟈는 정원과 거리를 거닐면서 회색 담벽과 집들을 구경했다. 그녀에게는 이 거리의 모든 것이 이미 오래 전에 낡아빠져서 멸망을 기다리고 있는지, 혹은 젊고 새로운 것을 기다리고 있는지 분간하기가 어려웠다. 오오! 새롭고 빛나는 생활이 빨리 돌아와 주었으면! 인간이 정직해야 하고, 즐겁고 자유로워야 한다는 것을 알기 위해서 자기 운명에 대담하게 직면할 수 있는 생활이 하루빨리 돌아와 주었으면! 어쨌든 그런 생활이 올 것임에는 틀림없다. 그런 시대가 오면 할머니의 집은 모든 것이 정돈되어, 지하실의 불결한 방에서 하녀 넷이 살고 있는 그런 집은 흔적도 없이 사라지고 말리라. 아무도 그런 집이 있었다는 것조차 회상하는 사람이 없이 잊어버리고 말리라. 그러나 지금 나쟈를 즐겁게 해주는 사람은 이웃집 아이들뿐이었다.

나쟈가 정원을 거닐고 있으면 아이들은 담벽을 두드리고 시시덕거리며 빈정대었다.

"약혼녀! 약혼녀!"

사라토프에서 사샤의 편지가 왔다.

그는 춤추는 듯한 자기의 독특한 필체로 볼가의 여행은 완전히 성공적이었다는 것, 그러나 사라토프에서는 다소 몸이 약해져서 지금은 말도 못하고 2주일간 병원에 입원하고 있다는 사연이 적혀 있었다. 나쟈는 이 편지가 무엇을 의미하는지 알고 있었다. 그리고 어떤 선고를 받은 듯한 예감에 사로잡혔다. 그러나 이 예감도, 사샤를 생각하는 마음도, 그 전처럼 그녀를 슬프게 하지는 않았다. 그 사실이 또한 그녀를 괴롭혔다. 지금이야말로 나쟈는 진정 살고 싶었다. 하루빨리 페테르스부르크로 떠나고 싶었다. 그리고 사샤에 대한 그녀의 우정도 지금은 단지 그리움밖에 남아 있지 않아서, 머나먼 과거의 일같이 느껴졌다. 나쟈는 뜬눈으로 밤을 새우고, 아침이 되면 창가에 앉아 귀를 기울였다. 아래층에서는 여러 사람의 목소리가 들려왔다. 할머니는 매우 당황한 어조로 무엇인가를 재빨리 물어 보고 있었다. 뒤이어 누군가의 울음소리가 들려왔다.

나쟈가 아래층으로 내려가 보니, 할머니는 방구석에서 기도를 드리고 있었는데, 얼굴은 온통 눈물에 젖어 있었다. 책상 위에는 한 장의 전보가 놓여 있었다.

나쟈는 할머니의 울음소리를 들으며 한참 동안 방 안을 거닐었다. 그러다가 전보를 읽었다.

그것은 어젯밤 알렉산드르 치모페이치가, 더 간단히 말하자면 사샤가 폐병으로 사라토프에서 사망하였다는 소식이었다.

할머니와 니나 이바노브나는 추도식을 드리러 성당으로 떠났다. 그러나 나쟈는 이방에서 저방으로 돌아다니며 오랫동안 생각에 잠겨 있었다. 그는 자기의 생활이 사샤가 원하던 대로 바뀌었음을 똑똑히 느낄 수 있었다. 그리고 이 거리에선 자기가 이방인인 동시에 고독하고 소용없는 인간이며, 또 자기에게도 이 거리의 모든 것이 필요치 않다는 것을, 모든 과거는 그녀에게서 떨어져 나가 불탄 뒤 바람에 날리는 잿가루처럼 사라지고 말았다는 것을 똑똑히 느꼈다. 나쟈는 사샤의 방으로 가서 잠시 서 있었다.

'잘 가요, 그리운 사샤!'

그녀는 마음속으로 중얼거렸다. 나쟈의 눈앞에는 새롭고 넓고 자유로운 생활이 떠올랐다. 아직 막연하긴 하지만, 신비로움에 넘쳐 흐르는 그 생활은 그녀를 손짓하며 부르고 있었다.

나쟈는 짐을 꾸리려고 아래층으로 내려갔다. 이튿날 아침, 가족과 작별인사를 나누고 — 이제는 영원히 헤어지는 것이라고 생각하면서 — 희망에 가득 차고 상쾌한 마음으로 그곳을 떠났다.

골 짜 기

I

 우클레예보 마을은 골짜기에 파묻혀 있어서 신작로나 정거장에서 보면 단지 종각과 염색 공장 굴뚝만이 보일 뿐이었다. 길을 지나가는 나그네들이 무슨 마을이냐고 물으면 사람들은 으레,
 "목사 나리가 장례(葬禮) 때, 이크라(연어나 송어 알을 절인 것)를 잡수시던 마을입니다."
라고 대답하곤 했다.
 그것은 공장주인 코스추코프의 장례 때, 늙은 목사가 굵직굵직한 이크라를 아주 맛있게 먹은 일이 있었기 때문이다. 그때 사람들은 목사의 옆구리를 쿡쿡 찌르기도 하고 소매를 잡아당기기도 하였으나, 목사는 그 맛에 취해 정신없이 이크라만 먹고 있었다. 그는 접시에 담긴 이크라를 모조리 먹고는, 통에 들었던 4파운드의 이크라마저 깨끗이 먹어치워 버렸다. 그로부터 몇 해가 지나고 그 목사도 오래 전에 세상을 떠났지만, 이크라 이야기는 아직까지 잊혀지지 않고 있었다. 10년 전에 일어났던 이렇게 보잘것없는 사건 이외에는 아무 기억

도 남길 수 없을 만큼 이 마을의 생활은 비참했고, 그만큼 사람들도 단순했다. 어쨌든 사람들은 우클레예보 마을에 대해서 달리 이야기할 게 없었던 것이다.

마을에는 열병이 끊이지를 않았다. 여름에도 이 공장은 질퍽질퍽했다. 특히 늙은 버드나무가 늘어져서 그늘진 울타리 근처는 진흙이 마를 줄을 몰랐다. 공장에서는 언제나 쓰레기 냄새와 무명을 염색할 때 사용하는 시큼한 초산(醋酸) 냄새가 풍겨 오고 있었다. 세 개의 무명 공장과 피혁 공장은 마을 중앙이 아닌 마을에서 가까운 변두리에 자리잡고 있었다. 모두 자그마한 공장들로서, 직공을 모두 합쳐도 사백 명을 넘지 못했다.

시냇물은 피혁 공장 때문에 늘 악취를 풍기고 있었고, 목장에는 쓰레기가 산처럼 쌓이고 농가의 가축들은 시베리아 페스트에 걸려 신음하고 있었다. 마을 관청에서는 공장을 폐쇄하라는 명령을 내렸다. 그래서 공장은 곧 폐쇄될 것이라고 생각했으나, 공장주인에게서 매달 10루블씩 받고 있는 지방 경찰관과 군 의사의 묵인으로 작업을 비밀리에 계속하고 있었다. 마을 전체를 통틀어 석조 건물에 함석 지붕을 씌운 집이라고는 단 두 채밖에 없었다. 그 중 하나는 면사무소였고, 다른 하나는 교회와 마주 선 이층 건물로, 예피판에서 온 그리고리 페드로비치 츠이부킨이라는 상인의 집이었다.

그리고리는 식료품 가게를 열고 있었다. 그러나 이것

은 겉모양뿐이고 실제로는 보드카, 가축, 피혁, 밀로 만든 빵을 비롯하여 돼지 매매까지 하고 있었다. 그는 닥치는 대로 무엇이든지 사고팔고 했다. 예를 들어, 여자 모자에 꽂는 까치털을 외국에서 주문해서는 두 개에 30 카페예크씩 이익을 얻기도 하고, 산림을 사서 나무를 찍어내기도 하고, 이잣돈을 놀리기도 했다. 아무튼 빈틈없이 장사 이치에 밝은 노인이었다.

그 노인에게는 아들이 둘 있었다. 맏아들 아니심은 경찰서 수사과에 근무하고 있어서 집에 들어오는 일이 드물었다. 둘째 아들 스체판은 가게에서 아버지 일을 거들고 있었지만, 그는 몸이 약한데다가 귀까지 먹어서 별로 도움이 안 되었다. 아름다운 얼굴에 몸매가 고운, 그리고 명절이면 모자를 쓰고 양산을 받쳐들고 나가는 그의 아내 아크시니야는 이른 아침에 일어나서 밤늦게야 자리에 누웠다. 그녀는 치맛자락을 접어 올리고, 열쇠 뭉치를 잘랑잘랑거리면서 헛간에서 집으로, 집에서 가게로 하루종일 쉬지 않고 뛰어다녔다. 츠이부킨 노인은 눈을 빙글빙글 돌리면서 흐뭇한 표정으로 며느리를 바라보았다. 그리고 그럴 때마다 저애가 여자의 아름다움이라는 것을 조금도 모르는 귀머거리 둘째아들의 아내가 아니라 맏아들의 아내라면 얼마나 좋았을까 하는 아쉬운 생각이 들었다.

노인은 남달리 가정생활에 애정을 가지고 있었다. 그

는 이 세상의 무엇보다도 자기 가정을 사랑했다. 그 중에서도 형사로 근무하는 맏아들과 둘째아들의 아내를 사랑했다. 아크시니야는 귀머거리 둘째아들한테 시집 온 그날부터 놀라울 만큼 장사 수완을 보이기 시작하여, 누구에게는 외상을 줘도 좋고 또 누구에게는 안 된다는 것을 잘 알고 있었다.

그녀는 열쇠를 맡고 있었는데, 자기 남편마저 믿지 않았다. 주판으로 계산을 맞추는가 하면, 농사꾼들이 하듯이 말(馬)의 이(齒)를 검사하기도 했다. 그리고 하루종일 그녀의 웃음소리와 외치는 소리가 끊이지 않았다. 그녀가 말하는 것, 일하는 데에 대해서 노인은 단지 웃음을 머금고 언제나 다음과 같이 중얼거렸다.

'그렇지, 그래! 참 신통한 며느리야······.'

노인은 그때까지 홀아비로 지냈으나 며느리를 맞고 일 년이 지나자, 자기도 아내 없이는 못 견디게 되었다. 우클레예보에서 30베르스타(1베르스타는 1,067킬로미터)가량 떨어진 곳에 살고 있는 바르바라 니콜라예브나라는 처녀가 물망에 올랐다. 그리 젊지는 않았으나 혈통이 좋았고, 용모가 아름다운 온순한 처녀였다. 그녀가 이층에 자리잡고 살게 되자, 마치 창문에 새 유리를 끼운 듯이 집안의 모든 물건들이 갑자기 환해졌다. 성상(聖像) 앞에는 등불이 켜지고, 테이블에는 눈처럼 새하얀 커버가 씌워지고, 창문과 정원 앞에는 빨간 꽃봉

오리가 매달린 여러 가지 꽃들이 놓여졌다. 그리고 식사 때에는 한 냄비에서 떠먹는 것이 아니라, 한 사람 앞에 하나씩 접시가 배당되었다. 바르바라 니콜라예브나는 언제나 즐겁고 부드러운 미소를 띠고 있었다. 집안의 모든 사람들도 언제나 싱글벙글 웃는 듯이 느껴졌다. 거지나 순례자들도 안뜰까지 들어오게 되었다. 그전에는 이런 일이 한 번도 없었다. 창문 밑에서는 우클레예보 시골 여인의 애처로운 노랫소리며, 술주정 때문에 공장에서 쫓겨난 사내들의 허약하고 메마른 기침소리기 들려왔다. 바르바라는 그들에게 돈이며, 빵이며, 헌 옷가지들을 나누어 주었다. 그 다음에 차차 집안일에 익숙해지게 되자, 그녀는 가게에서 물건을 가져다 주기 시작했다. 어느날 귀머거리 스체판은 어머니가 차(茶) 4온스를 집어내는 것을 보았다. 그것은 스체판을 놀라게 했다.

"어머니가 차 4온스를 집어냈어요."
라고 그는 나중에 아버지한테 고자질했다.

"어느 장부에 기입할까요?"

노인은 아무 말 없이 눈썹을 치켜올리고 한참 동안을 서서 생각하다가, 이층 방으로 올라갔다.

"여보, 뭐든지 필요한 것이 있으면 가게에서 마음대로 가져와요. 사양하지 말고 가져다 써요."
라고 그가 상냥하게 말했다.

이튿날, 귀머거리 스체판은 안뜰을 뛰어가면서 바르바라에게 외쳐댔다.

"어머니, 뭐든지 필요한 것이 있으면 가져가세요!"

바르바라가 불쌍한 사람들을 도와주는 그 마음씨 속에는 마치 성상 앞에 켜진 등불이나 붉은 꽃처럼 새롭고 후련한 즐거움이 있었다. 사육제 때나 사흘 동안 계속되는 교회축일에는 옆에서 냄새를 맡고 서 있지도 못할 만큼 악취가 풍기는 소금에 절인 고기를 농부들에게 팔았다. 그리고 주정뱅이들한테서는 낫이며, 모자며, 여자 스카프 같은 것을 담보로 잡아 두곤 했다. 질이 나쁜 보드카에 곯아떨어진 공장 직공들이 진흙 속에서 뒹굴고 있을 때나, 이러한 모든 죄가 쌓이고 쌓여서 공중에 낀 안개처럼 자욱하게 느껴졌을 때, 악취를 풍기는 소금절임 고기나 보드카를 어떻게 처리해야 할지 모르고 있는 깨끗한 옷에 마음씨가 착한 여자가 이 집에 있다는 것을 생각하면 누구나 마음이 가벼워졌다. 바르바라의 마음씨는 이 괴롭고 암담한 날에도 기계의 안전판과 같은 효과를 지니고 있었다.

젯날이 되면 츠이부킨의 집은 언제나 바빴다. 아크시니야는 해가 떠오르기 전에 일어나서는, 문간에서 숨을 헐떡이며 세수를 했다. 부엌에서는 사모바르가 불길한 소리를 내며 끓고 있었다. 키가 작달막한 그리고리 페드로프 노인은 기다란 검정 프록코트에 무명 바지를 입고 반짝반짝 윤이 나는 장화를 신고는, 유명한 가극 속에 나오는 시아버지처럼 그 작은 장화 뒤꿈치로 딸각딸각 소리를 내며 이방 저방을 돌아다니고 있었다. 가게 문은 열려져 있었다. 동이 훤히 밝아 오고 속력이 빠른 사륜마차가 현관 앞에 이르자, 노인은 커다란 모자를 귀 밑까지 눌러쓰고 젊은이처럼 날쌔게 마차 위로 뛰어올랐다. 그 모습을 보면 누구나 그를 쉰여섯 살 난 사람이라고 생각하지는 않을 것이다. 그의 아내와 며느리가 그를 배웅해 주었다. 이처럼 깨끗하고 멋진 프록코트를 입고, 3백 루블이나 값이 나가는 커다란 검정 말이 끄는 사륜마차에 올랐을 때, 노인은 무슨 불평을 하러 오거나 부탁하러 오는 농부들을 좋아하지 않았다. 그는 농부들을 미워하고 멸시했다. 그리고 어떤 농부가 문 옆에서 기다리고 있는 것을 보면, 화를 벌컥 내며 외쳤다.

"뭣하러 거기 서 있는 거야? 저리 가!"

어쩌다 거지가 서 있으면 이렇게 외치기도 했다.

"하느님한테 구걸하게!"

그는 일 보러 나갈 때면 으레 마차를 타고 다녔다.

그의 아내는 검정 옷에 검은 앞치마를 두르고 방을 치우기도 하고 부엌일을 돌보기도 했다. 아크시니야는 가게를 보고 있었다. 병들이 부딪치는 소리, 짤랑짤랑 돈 만지는 소리, 그녀의 웃음소리, 커다란 외침소리, 그녀에게 무안을 당하고 손님들이 화를 내는 소리 등이 안뜰에 들려왔다. 그럴 때면 가게에서는 이미 보드카 밀매가 시작되었음을 알 수 있었다.

귀머거리 스체판도 역시 가게에 앉아 있는 것이 예사였다. 그렇지 않을 때는 모자도 쓰지 않은 채 양손을 호주머니에 집어넣고 멍청하게 농가를 바라보기도 하고, 하늘을 쳐다보며 거리를 거닐기도 했다. 그들은 하루에 여섯 번씩 차를 마셨고, 네 번씩 식사하러 식탁에 앉았다. 그리고 밤에는 매상고를 계산해서 장부에 기입하고 나서야 깊이 잠들었다.

우클레예보 마을에는 세 개의 무명 공장과 공장 주인 프뤼민 형제네 집, 그리고 코스추코프 집에만 전화가 가설되어 있었다. 면사무소에도 전화가 달려 있었으나, 통 속에 빈대와 딱정벌레가 번식해서 말이 통하지 않았다. 이 마을의 면장은 교육이라고는 받아 보지 못한 사람이어서 사무소의 서류에는 한 낱말마다 대문자로 쓰고 있었다. 그리고 전화가 통하지 않을 때는,

"지금은 전화가 없어서 일하기가 곤란합니다."
라고 말했다.

프뤼민 형제 사이에는 재판 소송이 끊이지 않았다. 집안끼리 싸움을 하고는 때때로 동생 프뤼민이 소송을 제기하였고, 그때마다 공장은 다시 화해할 때까지 한 달이고 두 달이고 쉬어야 했다. 그리고 싸움이 있을 때

마다 여러 가지 이야깃거리와 소문이 떠돌기 때문에 우클레예보 마을 주민들은 이 재판 소동에 흥미를 가지고 있었다. 휴일에는 코스추코프와 동생 프뤼민이 경쟁을 하는 것이 예사였다. 그들은 우클레예보 마을을 뛰어다니기도 하고, 송아지를 죽이는 경쟁을 하기도 했다. 그리고 화려한 옷차림을 한 아크시니야는 풀먹인 스커트를 살레살레 흔들면서 가게 근처의 거리를 이리저리 걸어다녔다. 그러면 동생 프뤼민이 그녀의 팔을 붙잡고 마치 억지로 끌고가듯이 데리고 갔다. 휴일에는 츠이부킨 노인도 새로 사들인 말을 자랑하려고 바르바라와 함께 마차를 몰고 나가곤 했다.

경쟁이 끝나고 날이 저물어 사람들이 잠자리로 들어갈 무렵이면, 동생 프뤼민 집 안뜰에서는 아름다운 손풍금 소리가 흘러나왔다. 달이 밝은 밤이기라도 하면, 그 멜로디는 사람들의 가슴을 기쁨에 설레게 만들었다. 그리고 이 우클레예보 마을도 초라한 골짜기라고는 생각되지 않았다.

2

맏아들 아니심이 집에 돌아오는 일은 아주 드물지만 큰 명절 때에는 왔다. 그 대신 농부들 편에 선물과 편지를 자주 보내오고 있었다. 그 편지는 언제나 청원서

용지에 아주 훌륭한 필체로 누가 대필해서 보내는 것이 었다. 거기에는 아니심이 평소에 누구하고도 이야기한 적이 없는 말투가 씌어져 있었다.

"사랑하는 아버지, 어머니, 두 분의 건강을 기원하는 의미에서 꽃차(花茶) 한 폰드를 보냅니다."

어떤 편지든 마지막에 가서는 끝이 닳아 못 쓰게 된 펜으로 긁어 놓은 듯이 '아니심 츠이부킨'이라고 적혀 있었고, 그 밑에는 역시 필적을 자랑이라도 하는 듯이 '대필(代筆)'이라고 씌어 있었다.

편지는 몇 번이고 되풀이하여 소리 높이 읽혀졌다.

그리고 노인은 감격하여 낯을 붉히면서 말하였다.

"그놈은 집에서 살기를 원하질 않거든. 학식 있는 사회에서 출세를 하려는 거야. 내버려둬야지! 사람이란 누구나 자기 갈 길이 있는 법이니까."

사육제 전의 어느 날, 우박이 섞인 비가 줄기차게 내린 적이 있었다. 노인과 바르바라는 비오는 것을 보려고 창문가로 다가섰다. 바로 그때 아니심이 썰매를 타고 정거장에서 돌아오는 것이 눈에 띄었다. 그의 도착은 전혀 예기치 않던 일이었다. 그는 어쩐지 불안하고 초조한 표정으로 방안에 들어섰다. 그러고 나서도 불안하고 초조한 기색이었다. 그의 태도도 어쩐지 난폭해 보였다. 여느때처럼 바삐 돌아가려고 서두르지 않는 것으로 보아 혹시 파면당한 것이 아닌가 하는 느낌이 들었다. 바르바라는 그가 온 것을 반가워했다. 그녀는 걱정스러운 눈빛으로 그를 바라보고는 한숨을 내뿜으며 머리를 흔들었다.

"아니 어떻게 된 일인지 모르겠어. 벌써 스물여덟이 됐으면서도 총각 신세를 면하지 못하다니, 에이구, 참.
......"

다른 방에서 들으면 바르바라의 부드럽고 나직한 말소리가 단지,

"에이구, 원, 참."

이라고밖에 들리지 않았다. 그녀는 남편과 아크시니야에게 귓속말로 무슨 말을 속삭이기 시작했다. 그들의 얼굴에는 마치 음모자들과 같이 교활하면서도 비밀을 가진 듯한 표정이 떠올랐다.

아니심을 장가 보내자는 의논이 성립되었던 것이다.

"에이구, 원, 참...... 동생은 벌써 오래 전에 장가들었는데......"

하고 바르바라가 말하였다.

"그런데 자네는 시장의 수탉처럼 아직 짝을 얻지 못하고 있으니, 어쩐 일이지? 아이구, 제발 색시감을 구하도록 해. 색시만 얻으면 나중 일은 어떻게든 되는 거야. 그러면 자네는 일터로 나가고 아내에게 집안일을 도와달라고 하면 되지. 자네 같은 젊은이가 되는대로 살고 있다니, 세상의 순리를 잊어버리고 있는 거야. 에

이구, 원, 참. 시내에 사는 사람들은 모두 한심한 사람들이라니까."

츠이부킨 집안에서 장가를 가려 할 때에는 부잣집 사람들이 그렇듯이 그들도 역시 인물이 아름다운 처녀를 고른다. 그래서 아니심에게도 얼굴이 예쁜 처녀가 물색되었다. 아니심 자신은 겉으로 보아 조금도 눈에 띠는 곳이 없는 평범한 사나이였다. 그는 작달막한 키에 병이라도 있는 듯한 허약한 몸을 하고 있었다. 그의 두 볼은 바람이라도 집어넣은 듯이 언제나 불룩하게 부풀어 있었고, 좀처럼 눈을 깜빡이지 않아서 눈초리는 노려보는 듯이 날카로웠다. 불그스레한 턱수염이 거칠게 자라 있어서, 무슨 생각을 할 때면 수염을 입 속에 넣고 잘근잘근 씹는 버릇이 있었다. 게다가 그는 자주 과음하는 버릇이 있어서 그의 얼굴이나 걸음걸이에도 주정뱅이 티가 나타났다. 그러나 자기에게 예쁜 색시가 마련되었다는 소식을 들었을 때, 그는 다음과 같이 말했다.

"암, 물론 그렇겠지. 나도 애꾸눈은 아니니까. 우리 츠이부킨 집안 사내들은 하나도 못난 사람이 없으니까."

도시 가까이에 톨구예보라는 마을이 있었다. 최근에 그 마을 절반은 도시에 편입되었으나, 나머지 절반은 아직 마을 그대로 남아 있었다. 절반이 도시로 편입된 그곳에 자그마한 집을 한 채 가지고 살고 있는 어떤 과부가 있었다. 그녀에게는 아주 가난한 동생이 있었는데, 동생은 딸과 함께 품팔이를 나갔다. 톨구예보 마을에서는 벌써부터 그 딸인 리파의 얼굴이 아름답다는 소문이 떠돌고 있었으나, 너무나 가난한 탓으로 아무도 혼삿말을 끄집어내는 사람은 없었다. 홀아비나 늙은이라면 혹 그녀의 가난함을 문제삼지 않고 아내로 삼을 수 있을 테지, 혹은 첩으로 데려갈지도 모르지, 그렇게 되면 그의 어머니도 배고픈 신세는 면하게 될 테니까. 마을 사람들은 이렇게 생각했다. 바르바라는 중매인에게서 리파에 대한 이야기를 듣고 톨구예보 마을로 가서 과부의 집에서 선을 보게 되었다. 그날은 포노주며 안주며 여러 가지 음식이 마련되었다. 리파는 선을 보이기 위해서 일부러 새로 만든 연분홍 옷을 입고, 불꽃처럼 빨간 리본을 머리에 매고 있었다. 그녀는 바깥일 때문에 볕에 그으르기는 했으나, 파리한 얼굴에 몸집이 마르고 가냘픈 처녀였다. 리파의 얼굴에는 상냥하고 세련된 아름다움이 깃들어 있었다. 수줍은 듯한 구슬픈 미소가 그녀의 얼굴에서 떠나지 않았고, 그녀의 두 눈은 어린아이처럼 순진한 호기심을 가지고 바라보고 있었다.

리파는 젖가슴이 겨우 눈에 띌 정도로 아직 어린 소녀였다. 그러나 시집을 가기에는 조금도 어린 여자가 아니었다. 그녀는 정말 아름다웠다. 단 하나, 가위같이 축 늘어지고 사내처럼 커다란 두 손만은 예외였다.
"지참금이 전혀 없다는 것은 우리에게 조금도 문제가 되지 않습니다."
츠이부킨 노인은 과부에게 말했다.
"우리 둘째아들 스체판의 아내도 가난한 집안에서 데려왔습니다만, 지금은 아무 불평 없이 잘 살고 있습니다. 집안일이나 가게 일에나 아주 손색이 없는 손을 가지고 있어요."

리파는 문 옆에 서서, '부디 당신들 좋도록 해주세요. 저는 당신을 믿습니다.'라고 말하고 싶은 듯한 눈빛으로 바라보고 있었다. 그러나 품팔이를 하는 그의 어머니 플라스코바는 겁에 질린 나머지 부엌에 숨어 있었다. 그녀가 아직 젊었을 때의 어느날, 어떤 상인의 집에서 마루를 닦다가 주인에게서 지독히 심한 꾸지람을 들은 일이 있었다. 그녀는 너무도 놀라서 그때부터 마음속에 공포라는 것이 자리잡게 되었다. 그녀는 겁에 질리면 손발이 후들후들 떨리고 볼이 바르르 경련을 일으켰다. 그녀는 부엌에 앉아서 손님들이 무슨 말을 하는지 엿듣고 있었다. 그러고는 손을 이마에 갖다대고 성상(聖像) 쪽을 바라보면서 연이어 성호를 그었다. 약간 술에 취한 아니심은 부엌 문을 열고 거리낌없이 말했다.
"아니, 왜 여기 앉아 계세요, 소중한 어머님? 어머님이 없이는 지루해서 못 견디겠어요."

이 말을 듣자 플라스코바는 어쩔 줄을 몰라서 그 홀쭉 여윈 가슴 위에 두 손을 얹으며 대답했다.

"아니, 별 말씀을 다 하십니다…… 그렇게 친절히 말씀해 주셔……서……."

선을 보고 나서 결혼식 날짜를 정했다. 그 다음부터 아니심은 휘파람을 불며 이방 저방으로 돌아다녔다. 그렇지 않을 때엔 문득 깊은 생각에 잠기면서 마치 땅 속까지라도 꿰뚫을 듯한 눈빛으로 물끄러미 마루 위를 바라보고 있었다.

그는 부활제가 끝나면 곧 다음 일요일에 결혼식을 올리게 되었는데도 조금도 기뻐하지 않았다. 약혼녀를 보고 싶어하지도 않았고, 그저 휘파람만 불고 있었다. 그가 결혼하게 된 것은 순전히 아버지와 계모의 뜻에 의한 것이었다. 그리고 집안일을 돌볼 여자를 얻으려고 아들에게 아내를 얻어 주는 것이 이 고장 풍습이기도 했다. 그는 근무처로 떠나가면서도 조금도 서두르는 기색이라곤 없었다. 예전에 왔을 때보다는 완전히 다른 사람 같았다. 눈에 띌 정도로 무례한 행동을 취하기도 하고 쓸데없는 말을 지껄이기도 했다.

3

시칼로바야 마을에는 흐르이스토브스트보 교(러시아

의 한 교파)를 믿는 자매가 양장점을 열고 있었다. 결혼식 때 입을 새옷들이 이 양장점에 맡겨졌다. 재봉사들은 이따금씩 치수를 재러 와서는 오랫동안 차를 마셨다. 바르바라는 검은 레이스와 유리구슬이 달린 주황빛 옷을 맞추었고, 아크시니야는 앞가슴이 노랗고 치맛자락에 무늬가 있는 연록색 옷을 맞추었다.

재봉사들이 옷을 다 만들었을 때, 츠이부킨 노인은 현금을 주지 않고 자기 가게에 있는 물건으로 지불했다. 재봉사들은 조금도 필요하지 않은 장식용 초와 정어리 절임이 든 꾸러미를 들고서 시름에 잠긴 표정으로 돌아갔다. 마을을 벗어나 들판에 이르렀을 때, 그들은 언덕 위에 앉아서 엉엉 목을 놓아 울기 시작했다.

결혼하기 사흘 전, 아니심은 새옷으로 갈아입고 집으로 왔다. 그는 반짝반짝 윤이 나는 고무 덧신을 신고, 넥타이 대신에 작은 구슬이 달린 빨간 노끈을 매고, 소매에 손을 끼지 않은 채 역시 새 외투를 등에 걸치고 있었다.

성상 앞에서 정중히 기도를 드리고 나서 그는 아버지에게 인사를 했다. 그리고 10루블 금화와 10루블 반짜리 은화 몇 닢을 아버지에게 주었다. 바르바라에게도 같은 금화를 주었고, 아크시니야에게는 5루블짜리 금화를 주었다. 이 선물이 주는 색다른 매력은, 어디서 주워 모았는지 모두 새로 주조된 햇빛에 반짝이는 금화였다는 것이다.

아니심은 점잖고 엄숙한 표정을 지으려고 애쓰면서 얼굴을 찌푸리고 있었지만, 그의 두 볼은 바람을 문 듯이 불룩 나와 있었다. 그리고 그에게선 술 냄새가 풍겼다. 아마 역을 지날 때마다 식당으로 달려갔음에 틀림없다. 그의 태도는 여전히, 지나칠 정도로 거친 데가 있었다. 아니심은 노인과 함께 점심식사를 하고 차를 마셨다. 바르바라는 새 돈을 한 손으로 뒤집어 보기도 하고, 도시로 가서 사는 마을 사람들의 소식을 묻기도 했다.

"모두 괜찮아요. 주님의 은총으로 잘 지내고 있습니다." 라고 아니심은 말했다.

"단지 이반 예고로프 집안에 사건이 생겼을 뿐입니다. 그의 늙은 아내 소피아 니키포로브나가 세상을 떠났습니다. 폐병이었어요. 돌아가신 영혼의 명복을 빌기 위해서 한 사람 앞에 2루블 반씩 내고 다과점에서 추도 만찬회를 열었습니다. 진짜 포도주가 나왔어요. 이 마을에서 간 농부들도 역시 2루블 반씩 회비를 냈지요. 그런데 그놈들은 아무것도 먹지 않았어요. 아주 체면만 부리고 있었답니다.!"

"2루블 반!"

하고 아버지는 머리를 저으며 말했다.

"왜 그러세요? 거기는 시골이 아니니까요. 요리점에 가서 식사라도 하려면 으레 한두 가지는 주문하게 되고, 또 친구들이 모이면 술을 마시게 되고, 그러는 사이에 날이 새고 만답니다. 결국 한 사람 앞에 3루블 내지 4루블씩은 있어야 합니다. 거기에 사모로도프라도 함께 있으면 더하죠. 그는 무엇을 먹고 난 뒤에도 코냑이 섞인 커피를 마시고 싶어하거든요. 그런데 그 코냑이란 것이 자그마치 한 잔에 60카페예크나 하거든요.'

"그 허풍선이가."

노인은 흥분해서 말했다.

"아니, 그 허풍선이가!"

"저는 요새 사모로도프하고 함께 다니고 있습니다. 아버지에게 보낸 편지는 전부 사모로도프가 써준 것이에요. 정말 글을 잘 쓰지요. 그런데 어머니, 사모로도프가 어떤 사람이라는 것을 얘기한다 해도……."

아니심은 즐거운 듯 바르바라 쪽을 향해 말을 계속했다.

"어머니는 곧이듣지 않으실 것입니다. 우리는 그가 아르마니아 사람들처럼 새까매서 '코끼리 파수병'이라고 부르고 있어요. 그놈 일이라면 뱃속까지 환히 알지요. 자기 손가락을 보듯이 잘 알고 있어요. 그놈도 내 심정을 잘 알고 있어서, 언제나 내 꽁무니를 쫓아다니고 있어요. 정말 우리는 떨어질 수 없는 사이가 되고 말았답니다. 그도 그것을 싫어하지만, 내가 없으면 그는 살아갈 수 없어요. 내가 가는 곳이라면 어디든지 쫓아오죠. 어머니, 나는 정말 정확한 눈을 가지고 있답니다. 예를 들어, 농사꾼이 시장에서 셔츠를 판다고 합시다. 그때 '잠깐만 기다려, 그 셔츠는 훔친 거다!'라고 말하면 그것은 틀림없이 훔친 물건이라는 것이 판명되고 맙니다."

"어떻게 알 수 있나!"

바르바라가 물었다.

"어떻게라는 것이 없어요. 그저 보기만 하면 됩니다. 나는 셔츠에 관해선 모르지만, 아무 까닭도 없이 그 셔츠 쪽으로 눈이 쏠립니다. 그래서 알게 되죠. 단지 그뿐입니다. 같이 있는 형사들은 나를 보고 '오! 아니심이 도요새를 잡으러 떠난다'라고 말한답니다. 도요새라는 것은 훔친 물건이란 뜻이에요. 그래요, 누구든지 훔칠 수는 있지만, 어떻게 보존하느냐가 문제거든요! 세상은 넓지만, 훔친 물건을 숨길 곳은 없으니까요."

"지난 주일에 우리 마을 군트로프 집에서도 숫양 한 마리와 새끼양 두 마리를 도둑맞았는데 어디 찾아 줄 사람이 있어야지. 참, 딱하기도 해······."

"그래요? 제가 찾아 주지요. 염려할 것 없습니다."

결혼식 날이 다가왔다. 아직 싸늘한 기분이 감돌았지만 맑게 갠 상쾌한 4월이었다. 마을 사람들은 굴레와 말갈기에 가지각색 리본으로 장식한 두 필이나 세 필의 말이 끄는 마차를 타고 짤랑짤랑 방울소리를 내면서 아침 일찍부터 우클레예보 마을을 돌아다니고 있었다. 이 소동에 놀란 흰 주둥이의 까치들은 버드나무 가지 사이에서 시끄럽게 울어대고 있었다. 종달새는 츠이부킨 집안의 결혼식을 기뻐하는 듯이 쉴새없이 재잘대고 있었다. 집안에는 여러 개의 식탁에 기다란 생선이며 햄, 속에 양념이 든 통닭, 멸치 통조림이 든 상자, 여러 가지 소금절임, 수많은 보드카와 포도주 병이 벌써 즐비하게 놓여져 있었고, 훈제한 소시지 냄새와 새우젓 냄새가 풍겼다. 츠이부킨 노인은 구두 뒤꿈치를 딱딱 울리며 식탁 옆을 왔다갔다 하면서, 여러 종류의 칼을 갈아 주고 있었다. 사람들은 쉴새없이 바르바라를 불러서는 무슨 말을 물어 보곤 했다. 바르바라는 당황한 듯한 표정으로 숨을 헐떡이며 부엌으로 달려가기도 했다. 부엌에서는 코스추코프 집에서 온 요리사와 동생 프뤼민 집에서 온 여자 요리사들이 아침 일찍부터 일하고 있었다. 머리는 손질했으나 아직 저고리도 입지 않은 채, 코르셋 바람으로 삐걱삐걱 소리나는 새 장화를 신은 아크시니야는 벌거숭이 무릎과 가슴을 흔들거리며 회오리바람처럼 안뜰을 뛰어다니고 있었다.

집안은 떠나갈 듯하였다. 호령하는 소리가 들리는가 하면, 잘못했다고 비는 소리도 들려왔다. 오가던 사람들도 열려진 대문 밖에 걸음을 멈추었다. 이러한 부산함을 통하여 무슨 경사스러운 일이 있다는 것을 느낄 수 있었다.

"새색시를 데리러 간대!"

찰랑찰랑 방울소리가 나더니 마을 저쪽으로 사라져 갔다……. 두 시가 지나서, 사람들이 언덕 위로 뛰어올라간 후, 다시 방울소리가 들려왔다. 새색시가 오는 것이다! 교회에는 사람들이 가득 모여 있었다. 촛대에 불이 켜졌다. 성가대는 츠이부킨 노인의 요청에 따라 노래를 불렀다. 찬란한 불빛과 화려한 옷차림들이 리파를 어리둥절하게 만들었다.

성가대의 우렁찬 노랫소리가 리파에겐 자기의 머리를 쇠망치로 내려치는 듯이 느껴졌다. 난생 처음으로 입어 본 코르셋과 반장화 때문에 온몸이 숨이 막힐 듯이 답답했다. 그녀의 얼굴은 마치 기절했던 사람이 간신히 정신을 차렸을 때와 같은 그런 표정이었다. 그녀는 사방을 둘러보았으나 아무것도 이해하지 못했다. 검은 프록코트를 입고 넥타이 대신에 빨간 노끈을 맨 아니심은 멍하니 한 곳만 바라보며 생각에 잠겨 있었다. 그리고 성가대의 노랫소리가 갑자기 높아졌을 때, 그는 황급히 가슴에 성호를 그었다. 그는 너무나 감격스러워서 울고 싶은 마음이 들었다. 이 교회는 그가 어릴 때부터 다니던 낯익은 곳이었다. 언젠가 돌아가신 어머니가 성찬(聖餐)을 받으러 그를 데리고 오기도 하였고, 또 어느 땐가는 어린이 합창단에 끼어 노래 부른 적도 있었다. 어느 구석, 어느 성상도 그의 기억에 생생하지 않은 것이 없었다. 바로 이곳에서 그는 혼배 성사를 받으려는 것이다. 사람된 도리를 다하기 위해서는 장가를 들어야 한다.

그러나 지금 그는 그런 생각을 하고 있진 않았다. 그는 결혼식이란 것을 완전히 잊어버리고 있었다. 눈물이 앞을 가려 성상을 똑똑히 볼 수도 없었다. 가슴이 뻐근했다. 그는 기도를 드리면서, 피할 수 없는 불행들이— 오늘이 아니면 내일이라도 닥쳐올지 모르는 불행들이— 비 한 방울 뿌리지 않고 마을 위를 지나가는 가문 날의 구름처럼 무사히 지나가 주기를 주님께 빌었다. 그러자 지금까지 자기가 저질러 온 수많은 죄악들이 피할 수 없을 뿐만 아니라, 주님께 용서를 빌 수조차 없음을 깨달았다. 그러나 그는 주님께 용서를 빌었다. 그리고 흐느껴 울었다. 그러나 아무도 그에게 관심을 돌리는 사람이 없었다. 남들은 그저 술에 취해서 그러는 것으로 알았다.

갑자기 시끄러운 어린아이의 울음소리가 들려왔다.
"엄마, 돌아가!"
"조용히 하십시오."
신부가 소리쳤다.

그들이 교회에서 나오자 구경꾼들이 뒤에서 쫓아왔다. 가게 근처며 대문앞, 안뜰, 창 밑에까지 사람들이 가득 모여 있었다. 축가를 불러 줄 시골 여인들이 도착했다. 신랑 신부는 간신히 문지방을 넘어섰다. 악보를 손에 쥔 성가대들은 어느새 현관에 늘어서서 노래하고 있었다. 도시에서 일부러 불러온 악대가 연주를 시작했다. 돈 지방산(産) 샴페인이 거품을 내며 기다란 술잔에 따라졌다. 그러자 청부업을 하고 있는 목수로, 후리후리한 키에 몸이 마르고 눈을 가릴 정도로 짙은 눈썹을 한 엘리자로프 노인이 신랑 신부에게 말했다.

"아니심과 너희는 주님 뜻을 거역하지 말고 사이좋게 살아야 해. 알겠니? 그러면 주님께서도 너희를 보살펴 주실거야."

아니심은 할아버지의 어깨에 얼굴을 파묻고 흐느껴 울었다.

"그리고리 페트로비치, 자, 함께 우세. 너무 기쁘면 눈물이 나오는 법이야!"

그는 나직한 목소리로 말하고는 곧 커다란 소리로 웃기 시작했다.

"허, 허, 허! 참 훌륭한 색시를 얻었어! 흠잡을 곳이 없는 색시거든! 모든 기계와 여러 가지 나사들이 소리없이 잘 돌아갈 걸세."

이 할아버지는 예골리예프스키 지방에서 태어났으나, 젊을 때부터 우클레예보 마을과 이 근처의 공장에서 일해 왔으므로 이곳이 고향이나 다름없었다. 그는 몇 해 전부터 지금과 같이 여위고 키가 큰 노인이 되었다. 그래서 마을 사람들은 그를 나무다리 할아버지라고 부르고 있었다. 아마 40년이란 긴 세월을 공장에서 기계를 만지며 보내서인지, 그는 어떤 사람을 보든, 어떤 물건을 보든간에 그것이 수리가 필요한지 아닌지를 먼저 생각했다. 그는 식탁에 앉기 전에 항상 의자가 부서진 데가 없는지를 살펴보았고, 생선마저도 잘 익었는지 어떤지 만져 보았다.

거품이 나는 돈 지방산 샴페인을 마신 다음, 모두들 식탁에 앉았다. 손님들은 의자를 움직이며 이야기를 주고받았다. 성가대는 현관에서 노래를 불렀고, 악대는 연주하고 있었다. 안뜰에서는 시골 아낙네들이 음조에 맞추어 축가를 부르고 있었다. 이 모든 소리가 서로 얽혀서 나오는 시끄러운 음향은 사람들의 머리를 빙글빙글 돌게 만들었다.

나무다리 할아버지는 의자에 앉은 채 이리저리 몸을 돌리면서, 옆사람을 팔꿈치로 쿡쿡 찌르며 남의 이야기를 방해하고 있었다. 그러다가는 울기도 하고 소리내어 웃기도 했다.

"얘들아, 얘들아······."

하고 할아버지가 재빨리 중얼거렸다.

"귀여운 아크시니야, 귀여운 바르바라, 우리는 사이좋게 살아야 해. 귀염둥이들아······."

그는 술을 마실 줄 몰랐다. 그런데 오늘은 영국산 보드카 한 잔을 마시고 나서 흠뻑 취해 버린 것이다. 무엇으로 만들었는지도 모르는 이 보드카를 마신 사람은 모두 움직이지도 못할 정도로 취해 버렸다. 혀 꼬부라진 소리들이 나오기 시작했다.

피로연 자리에는 교회 신부와 부인을 동반한 공장 사무원, 이웃 마을에서 온 상인과 술집 주인들이 참석해 있었다. 14년 동안이나 이 마을에서 근무하면서 그동안 한 번도 서류에 서명할 일이 없었으며, 면사무소에 간 사람치고 그에게 속거나 모욕을 당하지 않은 사람이 없다는 면장과 면서기도 나란히 앉아 있었다. 두 사람 다 피둥피둥 살이 찌고 기름이 번지르르 돌았다. 부정과 사기가 몸에 배어 있어서, 그들의 얼굴 피부까지도 유달리 두꺼운 듯이 느껴졌다. 여윌 대로 여위고 사팔뜨기 눈을 하고 있는 서기의 아내는 자식들을 모조리 데리고 왔다. 그리고 먹이를 노리는 독수리처럼 요리 접시를 힐끗힐끗 곁눈질하다가 닥치는 대로 집어다가는 자기 호주머니와 아이들 호주머니에 쑤셔 넣었다.

리파는 교회에서와 마찬가지로 얼빠진 사람처럼 앉아 있었다. 아니심은 리파를 처음 본 날부터 지금까지 한마디도 이야기한 적이 없으므로 아직 새색시의 목소리를 모르고 있었다. 리파와 나란히 앉아 있던 그는 차차 취기가 오르자 맞은편에 앉은 아주머니에게 말을 걸었다.

"내 친구 중에 사모로도프라는 사람이 있는데요, 아주 이상한 놈이에요. 훌륭한 시민의 자격을 갖춘 친구지요. 이야기도 곧잘 한답니다. 그렇지만 나는 그의 뱃속까지 환히 알고 있거든요. 그리고 그자도 나를 잘 알고 있습니다. 아주머니, 자, 사모로도프의 건강을 위해서 저와 한 잔 들어 주세요!"

바르바라는 피곤하고 들뜬 모습으로 손님들에게 요리를 권하며 식탁 주위를 돌아다니고 있었다. 이렇게 많은 음식과 요리가 나왔으니, 아무도 불평할 사람은 없으리라고 마음속으로 기뻐하는 듯했다. 해가 저물었으나 식사는 여전히 계속되었다. 손님들은 지금 무엇을 먹고 있는지, 무엇을 마시고 있는지 분간을 못 할 지경이 되어 있었다. 그들이 지껄이고 있는 말은 한 마디도 알아들을 수가 없었다. 악대가 쉬고 있을 때 어느 시골 아낙네가 외치는 소리가 밖에서 들려왔다.

"저녀석들이 우리의 피를 빨아먹었어! 모두 페스트에나 걸려 죽어라!"

밤이 되자 사람들은 악대에 맞추어 춤을 쳤다. 동생 프뤼민 패거리들이 포도주를 가지고 왔다. 그 중 한 사람은 카트리유(네 패의 남녀가 추는 춤)를 출 때, 두 손에 술병을 들고 입에 술잔을 물고 있어서 모든 사람을 웃게 만들었다. 카트리유를 추면서 그들은 갑자기 무릎을 구부린 채 앉아서 돌아가기도 했다. 초록색 옷을 입은 아크시니야는 치맛자락으로 바람을 일으키며 날쌔게 돌아갔다. 누군가가 그녀의 치맛자락을 밟았을 때 나무다리 할아버지는 이렇게 외쳤다.

"애야, 치맛자락 떨어져 나간다!"

아크시니야는 귀여운 잿빛 눈을 거의 깜박이지도 않고 언제나 아리따운 미소를 띠고 있었다. 깜박이지 않는 눈, 기다란 목에 자그마한 머리, 가냘픈 몸매가 어쩐지 뱀과 같은 인상을 주었다. 앞가슴에만 노란 장식을 했을 뿐, 온통 초록색 비단에 휘감겨서 빙긋 웃고 있는 모습은 봄날에 보리밭 이랑에서 머리를 도사리고 뛰어나와 행인들을 노리는 살모사와도 같았다. 동생 프뤼민 패거리들은 그녀와 허물없이 지내고 있었는데, 그녀가 그 패거리의 두목과 벌써부터 친한 사이라는 것이 뚜렷이 드러나 보였다. 그러나 귀머거리 남편은 아무것도 몰랐다. 그는 다리를 끼고 앉아서 마치 권총을 쐈을 때와 비슷한 소리를 내면서 호두를 까먹고 있었다.

한편 츠이부킨 노인은 방 중앙으로 나서면서, 자기도 러시아 춤을 추고 싶다는 표시로 손수건을 흔들었다. 그러자 집 안에서 뿐만 아니라 안뜰에 있던 사람들까지도 와아 하는 함성을 터뜨렸다.

"츠이부킨 노인이 춤을 춘대! 노인이 춤을 춘대!"

바르바라는 춤을 추었다. 그러나 노인은 손수건을 흔들며 뒤축을 두들길 뿐이었다. 밖에 있던 하인들은 서로 밀치고 떼밀면서 창가에 매달려 환성을 울리고 있었다. 적어도 그 순간만은 그에 대한 불평을 잊고 있었다.

그가 악독하게 재산을 모은 것이며, 하인들에 대한 횡포며 그 모든 것을.

"잘 한다. 그리고리 페트로비치!" 라는 소리가 군중 속에서 들려왔다.

"더 힘을 내서! 더 신나게! 핫, 핫!"

춤은 새벽 두 시까지 계속되었다. 아니심은 비틀거리며 성가대와 악사들을 바래다주러 밖으로 나갔다. 그리고 한 사람마다 반 루블씩 집어 주었다.

그의 아버지는 비틀거리지는 않았으나 한쪽 다리로 걷듯이 껑충거리며 사람들을 전송했다. 그러고는 한 사람 한 사람에게 이렇게 말하였다.

"이 결혼식에 2천 루블이 들었어요."

손님들이 떠들썩하게 헤어지는 틈을 타고 누군가가 자기의 헌 외투를 버리고 시카로프스코 음식점 주인의 고급 외투를 입고 갔다. 아니심은 벌컥 화를 내며 고함을 쳤다.

"가만 있어! 내가 곧 찾아내지! 누가 훔쳤는지 당장 알 수 있어!"

그는 거리로 뛰어나가 어떤 사람을 쫓아갔다. 이윽고 그 사람을 잡아서 집까지 끌고 와서는, 취하고 화가 나 얼굴이 벌겋게 상기된 채 땀을 흘리면서, 아주머니가 벌써 리파의 옷을 벗기고 있던 그 방 안으로 잡아 넣고 철컥 자물쇠를 잠그고 말았다.

4

 그로부터 닷새가 지났다. 떠날 준비를 하고 있던 아니심은 바르바라에게 작별인사를 하려고 이층으로 올라갔다. 성상 앞에는 여러 개의 등불이 켜져 있고, 주위에선 향 냄새가 풍겼다. 바르바라는 창문가에 앉아서 붉은 털실로 양말을 뜨고 있었다.
 "아니, 며칠이나 있었다고, 벌써 싫증이 난 거야? 그래, 그런데 아니심…… 우리는 모든 것이 풍족해서 남부럽지 않게 살고 있어, 자네 결혼식도 잘 진행하지 않았나. 아버지 말씀에 의하면 2천 루블을 썼다더군. 그런데 한 가지, 우리는 장사꾼들처럼 아주 답답한 생활을 하고 있어. 우리는 농부들을 속이고 있단 말야. 나는 그것이 마음에 걸려 죽겠어. 아아, 얼마나 속이고 있을까! 말(馬)을 바꿀 때나, 무슨 물건을 사들일 때나, 일꾼들을 고용할 때나, 어느 때고 속이지 않을 때는 없어. 속이고 또 속이고……. 가게에 있는 기름은 쓰고 구린내 나서 사람들은 좀더 좋은 것을 가져오라고 야단이야. 응, 어째서 그럴까? 좋은 기름을 팔아선 안 된단 말인가?"
 "어머니, 장사꾼에게는 장사꾼의 요령이 있습니다."
 "하지만 사람들은 누구나 한 번은 죽는다는 것을 생각해야 하지 않아? 그러니 아버지에게 올바로 얘기해 드려야 하는 거야."

"어머니가 말씀하시면 되잖아요."

"저런, 저런! 벌써 얼마나 얘기했다구. 그런데 아버지도 자네 말과 똑 같아. '장사꾼에겐 장사꾼의 요령이 있노라'고. 아니심은 저 세상에 가서 우리들이 어떻게 장사를 했다는 것이 드러나지 않을 줄 아나? 주님의 심판은 공정한 거야."

"물론, 아무도 그런 생각을 하고 있는 사람은 없습니다."

아니심은 말하면서 한숨을 내쉬었다.

"하느님이라는 것은 없어요, 어머니. 그러니 아무도 그렇게 생각할 리가 없다고요."

바르바라는 손뼉을 치며 비웃고는 놀란 듯이 그를 바라보았다. 그녀는 아니심의 말에 너무 놀라서, 이상한 사람이라도 보는 듯이 그를 쳐다보았다. 아니심은 어리둥절해졌다.

"아니, 하느님은 계실지 모르지만 믿음이 없단 말입니다. 제 결혼식 때만 해도 저는 제정신이 아니었습니다. 마치 암탉의 품에 안긴 달걀 속에서 병아리가 삑삑 울기 시작하듯이, 그때 저의 양심도 울기 시작했습니다. 그리고 혼배 성사를 받는 동안에도 역시 주님은 계시다고 생각했어요. 그렇지만 교회에서 나오자 그런 생각은 어디론가 사라져 버렸어요. 그리고 주님이 있는지 없는지 어떻게 안단 말이에요? 저희들은 어릴 적부터 그런 것을 모르고 자랐어요. 아직 어머니의 젖을 빨 때부터 '장사꾼에게는 장사꾼의 요령이 있다'는 것만 배워왔어요. 아버지도 역시 하느님은 믿지 않아요. 어머닌 군트로프가 양 몇 마리를 도둑맞았다고 하셨지요? 내가 그걸 찾아냈어요. 시칼로바야의 농부가 훔쳤더군요. 그놈은 양을 훔쳤지만, 그 양털은 아버지한테 돌아왔습니다. 바로 이런 것이 신앙이랍니다!"

아니심은 눈을 깜박이면서 머리를 흔들었다.

"목사 역시 주를 믿는 것은 아닙니다."

그는 말을 계속했다.

"그리고 집사나 보제(浦祭)도 마찬가집니다. 그들이 교회에 다니고 계명을 지키는 것은 세상 사람들이 나쁜 소문을 퍼뜨리지 않도록 하기 위해서예요. 그리고 어쩌면 심판의 날이 정말 돌아올지도 모른다고 생각하기 때문입니다. 요즈음 사람들은 인간이 점점 약해지고 부모를 공경하지 않게 되었다는 사실 등으로 말세가 닥쳐왔다고들 말하고 있습니다. 그러나 모두 부질없는 소리지요. 어머니, 저는 우리 인간들이 조금도 양심을 가지고 있지 않기 때문에 여러 가지 불행이 일어난다고 생각합니다. 저는 모든 것을 꿰뚫어보는 눈을 가지고 있어서 그것을 잘 알고 있습니다. 이를테면 어떤 사람이 셔츠를 훔쳤다고 해도 저는 곧 알아낼 수 있습니다. 그리고 어떤 사람이 음식점에 앉아 있는 것을 보면, 어머니는 그 사람이 차를 마시고 있을 뿐이라고 생각할 테죠. 그러나 제가 보면 차 같은 건 보이지 않고, 더 나아가 그 사람에게 양심이 없다는 것을 보게 됩니다. 하루 종일 돌아다녀도 양심을 가진 사람은 한 사람도 없어요. 그 이유는 모두들 하느님이 계시는지 안 계시는지를 모르기 때문입니다……. 그럼, 안녕히 계세요, 어머니. 몸조심하세요. 저를 나쁘게 생각지 마세요."

아니심은 바르바라에게 허리를 굽혀 인사했다.

"모든 일에 감사합니다, 어머니."

그가 말했다.

"어머니는 우리 집안의 큰 보배입니다. 어머니는 아주 훌륭하신 분이세요. 저는 여러 모로 만족하고 있습니다."

"사모로도프와 함께 저는 어떤 일을 계획하고 있는데요, 부자가 될지 망하게 될지는 모르겠습니다. 만일 무슨 일이 생기면, 그때 어머니께선 아버지를 잘 위로해 주세요."

"무슨 실없는 소리야! 그저…… 주님께 빌기나 해. 그런데 아니심, 부인을 귀여워해 줘야지. 그렇게 서로 부어 있지들 말고 좀 웃어 보면 어때."

"네, 어쩐지 좀 이상한 여자예요……."

라고 말하며 아니심은 한숨을 쉬었다.

"아무것도 몰라요. 입을 붙인 채 통 말도 안 하는 걸요. 아직 어려서 좀더 자라도록 내버려둬야겠어요."

키가 크고 피둥피둥 살찐 백마(白馬)가 벌써 마차에 매여 현관 옆에 서 있었다.

츠이부킨 노인은 날쌔게 마차에 올라타고 고삐를 잡았다. 아니심은 바르바라와 아크시니야, 그리고 동생에게 키스했다. 리파도 현관에 서 있었다. 그녀는 멍청하게 다른 쪽을 바라보고 서 있어서, 남편을 배웅하러 나온 것이 아니라 우연히 나온 듯이 생각되었다. 아니심은 리파 곁으로 다가서서 그녀의 볼에 살짝 키스했다.

"잘 있어."

라고 그가 말했다.

리파는 그를 보지도 않고 억지로 웃는 것 같은 미소를 지어 보였다. 그녀의 얼굴은 부들부들 떨리고 있었다. 모든 사람은 리파를 불쌍히 여겼다. 아니심은 껑충 마차에 뛰어올랐다. 그러고는 자기를 꽤나 잘생겼다고 생각하는지 어깨를 젖히고 두 손을 허리에 얹었다.

마차가 골짜기를 올라가는 동안 아니심은 줄곧 마을 쪽을 돌아다보고 있었다. 따스하고 맑은 날이었다. 가축들이 오늘 처음으로 뜰 위에 뛰어다녔다. 그 옆에서는 곱게 차려 입은 아낙네들과 처녀들이 가축들을 쫓고 있었다. 다갈색 황소는 뜰에 나온 것이 기뻐서 음메 울면서 앞발로 땅을 파고 있었다. 여기저기서, 종달새가 노래를 불렀다. 아니심은 아름다운 하얀 교회를 바라보았다. ─그것은 바로 며칠 전에 흰 칠을 한 것이었다.─

그리고 닷새 전에 자기가 그곳에서 어떻게 기도를 드렸던가를 떠올렸다.

그는 초록색 지붕을 가진 학교를 바라보고, 그 옛날 헤엄을 치며 고기잡이를 하던 시냇물을 바라보기도 했다. 그러자 마음속에서 기쁨이 용솟음쳐 올랐다. 갑자기 땅 속에서 벽이라도 솟아올라 더이상 가지 못하게 막아 주었으면 얼마나 좋을까, 그리고 자기 생애에는 오늘까지의 과거만이 남아 준다면 얼마나 좋을까 하는 생각이 들었다.

정거장에 이르자 두 사람은 식당으로 가서 버찌 술을 한 잔씩 마셨다. 아버지가 술값을 치르려고 호주머니 속에 손을 집어넣었다.

"제가 내겠습니다!"
라고 아니심은 말하였다.

노인은 감동해서 아들의 어깨를 가볍게 두드리고는 '자, 어때. 좋은 아들을 뒀지!' 하는 눈빛으로 식당 주인에게 눈을 깜박였다.

"아니심, 네가 집에 남아서 일했으면 좋으련만."
노인은 말했다.

"그 이상 바랄 것은 없어! 그러면 너를 머리에서 발밑까지 금으로 싸주겠는데."

"아버지, 전 그럴 수 없어요."

버찌 술은 새큼한 초 냄새를 풍겼다. 그러나 두 사람

은 한 잔씩 더 마셨다.

츠이부킨 노인이 역에서 돌아왔을 때, 그는 처음에는 새 며느리를 알아보지 못하였다. 리파는 남편을 실은 마차가 안뜰에서 떠나가자 사람이 달라진 듯 갑자기 쾌활해졌다. 리파는 지금 맨발에 다 떨어진 낡은 치마를 입고, 소매를 어깨까지 걷어 올리고서, 은방울이 울리는 듯한 가냘픈 목소리로 노래를 부르며 현관의 층계를 닦고 있었다. 그리고 구정물이 담긴 커다란 통을 들고 밖으로 나가서, 어린아이 같은 웃음을 띠며 태양을 바라보았다. 그럴 때 그녀의 모습은 마치 종달새와도 같은 느낌을 준다.

현관 앞을 지나가던 어떤 나이 많은 직공은 머리를 저으며 이렇게 말했다.

"참, 그리고리 페트로비치. 자네 집 며느리는 하느님이 보냈어! 시골뜨기가 아니라 보배 덩어리거든!"

5

6월 8일 금요일. 나무다리라는 별명을 가진 엘리자로프 할아버지와 리파는 카잔의 성모를 예배하기 위해서 어떤 교회에 참석했다가 함께 카잔스코예 마을에서 돌아오고 있었다. 그들 훨씬 뒤에서는 리파의 어머니가 걸어오고 있었다. 그녀는 몸이 아픈데다가 숨이 차서 자꾸 뒤처졌다. 곧 어두워지려는 무렵이었다.
"으음!……."
하고 나무다리 할아버지는 놀란 듯이 말했다.
"으음!…… 그래?"
'일리야 마카르이치, 저는 잼을 매우 좋아해요'라고 리파는 말했다.
"저는 방에 들어앉아서 언제나 잼을 섞어서 차를 마셔요. 때로는 바르바라 니콜라예브나와 함께 차를 마시기도 해요. 그분은 아주 재미있는 얘기들을 많이 들려 준답니다. 우리 집엔 잼이 많아요. 네 통이나 있어요. 집안 식구들은 '리파, 사양하지 말고 많이 먹어요'라고 말해 준답니다."
"으흠…… 네 통이라니!"
"모두들 잘 살아요. 흰 빵에다 차를 마시고 고기도 먹고 싶은대로 먹어요. 잘 살긴 하지만, 왜 그런지 저는 그 사람들이 무서워서 못 견디겠어요. 일리야 마카르이치, 정말 무서워 죽겠어요!"
"무엇이 그렇게 무섭다는 거지?"
나무다리 할아버지는 이렇게 물어 보고, 플라스코바가 얼마나 뒤떨어졌는지 돌아보았다.
"처음에는 결혼식 때 아니심 그리고리치가 무서웠어요. 그분은 아무 말도 하지 않고, 제게 욕을 하지도 않았지만, 그분이 옆에 오기만 하면 오싹 소름이 끼쳐서

뼛속까지 얼어붙는 것 같았어요. 그래서 저는 밤새도록 자지 않고 부들부들 떨면서 하느님께 기도를 드렸답니다. 그런데 지금은 아크시니야가 또 무서워졌어요, 할아버지. 그렇다고 그녀가 어떻게 한다는 건 아니에요. 그녀는 언제나 웃는 얼굴이지만, 때때로 창문을 내다보는 그 눈빛에는 마치 우리 속에 갇힌 양같이 살기등등한 파란 빛이 번쩍이곤 해요. 작은 프뤼민이 또 그녀를 꼬여내고 있어요. '너의 집 할아버지는 부초키노에 40헥타르의 땅을 가지고 있어. 그 땅에는 모래도 있고 물도 있으니, 아크시니야, 그곳에 벽돌 공장을 세우도록 해. 우리도 한몫 낄 테니까'라고요. 지금 벽돌은 1천 장에 20루블 정도니까 아주 수지가 맞는 일일 테죠. 어젯밤 식사 때, 아크시니야는 아버님께 이렇게 말하더군요. '부초키노에다 벽돌 공장을 세우고 싶습니다. 저 혼자의 힘으로 그 사업을 하고 싶어요.' 그러나 그리고리 페트로비치는 얼굴빛이 좋지 않았어요. 마음에 들지 않았는가 보죠. '내가 살아 있는 동안 가족이 헤어져서는 안 돼. 모두 함께 살아야 하는 거야'라고 아버님은 말씀하셨어요. 그 말을 듣자 아크시니야는 눈을 부릅뜨고 이를 부득부득 갈았어요. 기름 과자가 나왔지만 먹지도 않았다고요!"

"으흠!······."

나무다리 할아버지는 놀라는 표정이었다.

"먹지도 않았다고!"
"그리고 그녀는 통 밤잠을 자지 않아요!"
리파는 말을 이었다.

"30분 가량 자고는 벌떡 일어나서 농부들이 어디다 불을 지르지나 않는지, 무엇을 훔치지나 않는지 두루두루 살피면서 돌아다니기만 한답니다. 저는 그녀가 무서워요, 일리야 마카르이치. 그리고 작은 프뤼민 패들은 결혼식이 끝난 다음부터 밤잠도 자지 않고 재판을 벌이려고 도시로 쏘다니고 있어요. 모두가 아크시니야 때문이라는 소문이 떠돌고 있어요. 형제 중에서 한 사람은 아크시니야에게 벽돌 공장을 세워 줄 것을 약속 했지만 한 사람이 말을 듣지 않는대요. 그래서 공장은 한 달이나 쉬고 있어서 제 삼촌 플로호르는 일자리를 잃고 이집 저집으로 빵 부스러기를 얻으러 다닌답니다. '그동안 밭에 나가 김을 매든지, 산에 가서 나무를 찍든지 하세요, 삼촌. 제가 낯이 뜨거워서 못 보겠어요'라고 말했더니, '나는 농사를 어떻게 짓는지 잊어버리고 말았어. 그래서 할 수도 없단다'라고 말씀하시지 않겠어요?"

두 사람은 플라스코바를 기다리면서 쉬려고 사시나무 숲 곁에서 발걸음을 멈추었다.

엘리자로프는 오래 전부터 청부일을 하고 있었지만, 아직 말을 갖지 못했다. 그는 언제나 빵과 마늘이 든 자그마한 배낭을 가지고 여러 지방을 걸어다녔다. 그가 손을 흔들며 성큼성큼 걸었다. 그래서 그와 함께 걷는다는 것은 쉬운 일이 아니었다.

숲으로 들어가려는 곳에 이정표가 서 있었다. 엘리자로프는 튼튼한지 보기 위해 거기에 손을 얹어 보았다. 플라스코바는 숨을 헐떡이며 따라왔다. 언제나 겁에 질린 듯한 주름 많은 그녀의 얼굴도 오늘은 행복에 빛나고 있었다.

그녀도 오늘은 다른 사람들과 같이 예배에 참석했고, 다음에는 시장에 들러서 배로 만든 크바스(러시아의 음료수)를 마시고 온 것이다. 그녀에게 이런 일은 매우 드문 일이었다. 그래서 오늘 난생 처음으로 보람있게 산 듯이 느껴지기까지 했다. 잠시 쉰 다음에 세 사람은 나란히 서서 걸었다. 해는 이미 저물어가고 있었다. 저녁 햇살이 수풀 속까지 스며들어 나뭇가지를 붉게 물들였다. 수풀 저쪽에서 여러 사람의 목소리가 울려왔다. 훨씬 앞질러 갔던 우클레예보 처녀들이 숲속에서 버섯을 찾고 있는 듯 싶었다.

"어이, 얘들아!"

엘리자로프가 외쳤다.

"어어이, 예쁜 처녀들!"

그러나 대답 대신 웃음소리가 들려왔다.

"나무다리가 왔어, 얘! 나무다리 할아버지!"

그리고 그 메아리도 웃었다. 이윽고 수풀을 지나왔

다. 벌써 공장 굴뚝이 보이기 시작했다. 종각 위의 십자가가 반짝반짝 빛나 보였다. 바로 그곳이 '목사님이 장례 때 이크라를 먹어치웠다'는 마을이었다. 이제 집까지는 얼마 남지 않았다. 그 커다란 골짜기 속으로 내려가기만 하면 된다. 맨발로 걷고 있던 리파와 플라스코바는 장화를 신으려고 풀 위에 앉았다. 나무다리 할아버지도 따라 앉았다. 아래를 내려다보니, 즐비하게 우거진 버드나무와 하얀 교회, 가느다란 시내가 흐르고 있는 우클레예보 마을은 평화스럽고 아름다운 마을처럼 보였다. 그런데 단 한 가지, 값을 고려해서 칠해진 음침하고 너절한 공장 지붕만은 이 아름다운 화폭을 더럽히고 있었다. 저쪽 비탈진 곳에는 보리가 보였다. 노적가리로 쌓아올린 것도 있고, 짚으로 묶은 것도 있고, 마치 비바람이 불어 흩어진 듯 널린 것도 있고, 방금 낫으로 베어 가지런히 눕힌 것도 있었다. 귀리 이삭도 벌써 여물어서 진주알같이 햇빛에 반짝거리고 있었다. 지금은 한창 보리를 거두어들일 때였다. 오늘은 명절이지만, 내일 토요일이 되면 농부들은 다시 보리를 거두어 들이고 풀을 날라가리라. 그리고 또 일요일의 휴식이 오는 것이다. 매일같이 멀리서는 천둥이 울렸다. 찌는 듯이 무더워서 금방 비가 쏟아질 듯했다. 그러나 농부들은 들을 바라보며 이렇게 때맞추어 보리를 거두어 들이게 된 것은 하느님의 보살핌 때문이라고 생각했다. 그리고 즐거움과 기쁨으로 마음이 들떴다.

"요새는 보리베기 품삯도 비싸요."

플라스코바가 말했다.

"하루 40카페예크라우!"

시골 여인들, 새 모자를 쓴 공장 직공들, 거지, 아이들 할 것 없이 많은 사람들이 카잔스코예 시장에서 줄을 이어 오고 있었다. 달구지가 먼지를 일으키며 지나가고, 팔리지 않은 말이 그 뒤를 따랐다. 말은 자기가 팔리지 않은 것을 무척 기뻐하는 듯했다. 다음엔 심술을 부리는 소가 뿔을 잡힌 채로 끌려오고 있었다. 그 뒤에는 다시 달구지가 따르고 달구지 위에는 술취한 농부들이 발을 흔들거리고 있었다. 어떤 노파가 커다란 모자와 긴 장화를 신은 소년을 데리고 오고 있었다. 그 소년은 찌는 듯한 더위와 무릎을 굽힐 수 없는 무거운 장화 때문에 녹초가 되어 있었다. 사람들은 벌써 골짜기를 내려서서 거리로 접어들었다. 그러나 여전히 나팔 소리는 들려오고 있었다.

"이곳 공장 주인들은 아주 몰상식한 녀석들이거든."

엘리자로프가 말을 꺼냈다.

"한심하기 짝이 없어! 글쎄 코스추코프 녀석이 '처마를 고치는 데 재목을 너무 많이 썼다'고 말하지 않겠어. 그래서 나는 '뭐가 많단 말이오? 필요한 대로 썼을 뿐인데요. 그럼 내가 재목으로 국이라도 끓여 먹었단 말입니까?'라고 대꾸해 줬지. '네가 감히 그런 말을 지껄일 수 있어? 이 못난 녀석 같으니! 자기 신분을 알아야 해! 넌 내 덕택으로 청부업자가 되지 않았어!'라고 하길래, 나도 '달갑지 않습니다. 청부업자가 되기 전에도 매일같이 차를 마실 수는 있었습니다' 해줬더니 '에이구, 저 악당 같으니……' 하고 화를 내더군. 나는 더이상 아무 말도 안하고 '우리는 이 세상에서 악당이지만, 자넨 저 세상에 가서 악당이 될 걸세, 하, 하, 핫!' 하고 마음속으로 웃어 버리고 말았지. 이튿날이 되니 그 녀석은 마음이 좀 풀린 듯이 이렇게 말하더군. '여보게, 내가 그런 말을 했다고 화낼 것은 없지 않나. 내 말이 좀 지나쳤다 하더라도 나는 상업조합 간부의 한 사람이고 자네보다는 높은 사람이 아닌가……. 그러니 꾹 참고 견뎌야 해.' 그래서 나는 '당신이 상업조합 간부고 내가 목수임에는 틀림없습니다. 그리고 성도(聖徒) 요셉도 목수였지요. 우리는 주의 가르침을 따라 일하고 있는 겁니다. 그러니 당신이 나보다 높다고 생각하고 싶으면 하고, 마음대로 하세요'라고 말해 줬지. 나는 이렇게 말하고 나서 상업조합 간부하고 목수 사이에서 누가 더 높을까를 생각해 봤지. 물론 목수가 더 높아야 하지!"

나무다리 할아버지는 잠시 생각한 후에 말을 이었다.

"그건 이런 뜻에서 그렇다는 거야. 노동을 하는 자나 고통을 참는 자가 누구보다도 뛰어난 사람이기 때문이지."

벌써 해는 저물고, 짙은 우유빛 안개가 냇가와 교회 뜰과 공장 근처의 빈터를 덮기 시작했다. 어둠이 깃들기 시작하자 아래서는 등불이 반짝거리고, 안개가 끝없는 심연을 감추고 있는 듯이 보였다. 이럴 때에는 가난한 집에서 태어나서, 겁에 질린 양순한 마음씨 이외에는 아무것도 가진 것 없이 일생 동안 가난에 쪼들리며 살아야 하는 리파와 그녀의 어머니도 잠시 동안은 이런 생각을 했을는지 모른다.

이 광막하고 신비로운 세상에서, 헤아릴 수 없이 다양한 생활 속에서 자기들도 인간축에 들지도 모르며, 이 세상에는 자기들보다 못난 사람이 있을지도 모른다고. 세 사람은 언덕에 앉아 있는 것이 매우 즐거웠다. 그들은 즐겁게 웃으면서 아래로 내려가는 것조차 잊어버리고 있었다.

드디어 그들도 집으로 돌아왔다. 문앞과 가게 옆에는 삯일꾼들이 땅바닥에 앉아 있었다. 우클레예보 마을 농부들은 츠이부킨 집에서 일하기를 꺼려했기 때문에 그들은 다른 마을에서 삯일꾼을 데려와야 했다. 지금 어둠 속에는 길고 검은 수염을 한 사람들이 앉아 있는 듯싶었다. 가게는 열려져 있었다. 귀머거리 스체판이 어떤 소년과 장기를 두고 있는 것이 들여다보였다. 삯일꾼들 중에는 겨우 들릴 만큼 가느다란 목소리로 노래를 부르는 사람도 있었고, 어제의 품삯을 달라고 큰 소리로 떠드는 사람도 있었다. 그러나 츠이부킨 집에서는 내일까지 그들을 잡아 두려고 품삯을 지불하지 않았다. 츠이부킨 노인은 저고리를 벗고 조끼 바람으로 아크시니야와 함께 벚나무 밑에서 차를 마시고 있었다. 테이블에는 등불이 켜져 있었다.

"영감님!"

일꾼 중의 한 사람이 빈정대는 어조로 문 밖에서 소리쳤다.

"그럼 반씩이라도 주슈! 영감님!"

그러자 밖에서는 웃음소리가 들려왔다. 그들은 또다시 낮은 소리로 노래를 부르기 시작했다.

나무다리 할아버지는 차를 마시려고 자리에 앉았다.

"우리는 시장에 다녀왔네."

그는 이야기하기 시작했다.

"아주 좋은 기분으로 교회에 다녀왔어. 그런데 한 가지 좋지 않은 일이 일어났어. 대장간 사쉬카가 담배를 사고 반 루블 금화를 주인에게 내주었지. 그랬는데 그 금화가 위조란 말야."

나무다리 할아버지는 주위를 살펴보며 말을 이었다. 그는 낮은 소리로 말하려고 애쓰면서 너무 지나치게 쉰 목소리로 말했기 때문에 모든 사람이 들을 수 있었다.

"그 반 루블 금화가 위조라는 것이 드러났단 말일세. 어디서 받았느냐고 물으니, 그 녀석 말이, 아니심 츠이부킨의 결혼식에 갔을 때 아니심한테서 받았다고 하더군. 사람들은 경찰을 불러서 그 대장장이를 넘겨 버렸어. 그리고리 페트로비치, 이번 일에 걸려들지 않도록 조심하게. 아무 말도 하지 않도록 주의해……"

"영감님!"

아까와 같은 목소리가 문 밖에서 들려왔다.

"영감님!"

침묵이 깃들었다.

"아, 얘들아, 얘들아……"

나무다리 할아버지는 재빨리 중얼거리며 일어섰다. 그는 졸려서 견딜 수 없었던 것이다.

"차와 설탕 잘 먹었다. 이제 잘 때가 됐는걸. 나도 이젠 썩은 재목같이 돼버리고 말았어. 손발이 다 썩어가니. 하하하."

그는 나가면서 이렇게 덧붙였다.

"죽을 때가 됐나 보지!"

하고 할아버지는 한숨을 내쉬었다.

츠이부킨 노인은 차를 마시다 말고 잠시 동안 깊은 생각에 잠겨 있었다. 그의 표정은 벌써 거리 저쪽으로 사라진 나무다리 할아버지의 발걸음 소리를 듣고 있는 듯했다.

"대장장이 사쉬카가 거짓말을 한 거겠죠."

아크시니야는 노인의 생각을 짐작하고 말했다.

노인은 집에 들어가더니, 조금 있다가 자그마한 꾸러미를 펼쳐 보았다. 거기에는 몇 닢의 금화가 반짝이고 있었다. 노인은 금화를 집어서 이로 깨물기도 하고 쟁반 위에 던져 보기도 했다. 그리고 또 다른 것을 던져 보았다.

"이 돈은 분명히 위조야……."

노인은 아크시니야를 바라보며 믿어지지 않는다는 듯이 말했다.

"이 금화는…… 아니심이 그때 선물로 가져온 거다."

그는 꾸러미를 아크시니야에게 내주며 낮은 소리로 말했다.

"이걸 가지고 가서 우물 속에 던져 버려…… 보기도 싫다! 그리고 다른 사람한테는 절대로 이런 말을 해선 안 돼. 무슨 일이 있을지 모르니까…… 사모바르도 가져가고, 불을 꺼다오……."

헛간에 앉아 있던 리파와 플라스코바는 등불이 하나씩 꺼져 가는 것을 보았다. 단지 이층 바르바라 방에만 파란색과 붉은색 등불이 켜져 있었다. 이곳에서는 고요하고 아득한 행복이 흘러나오는 듯했다. 플라스코바는 자기 딸이 부잣집에 시집왔다는 이 사실에 도저히 익숙해질 수가 없었다. 그래서 이 집에 왔을 때는 매우 황송한 듯한 미소를 띠면서 문간방에 쭈그린 채 겁에 질려 있는 것이었다. 그리고 이 방에서 차와 설탕을 날라다 먹고 있었다. 리파 역시 익숙해질 수는 없었다. 남편이 떠난 후로는 침대에서 자지 않고 헛간이나 부엌에서 잤다. 그녀는 매일같이 마루를 닦고 빨래를 했다. 그래서 리파는 자신이 하녀와 다름없다고 느끼고 있었다. 오늘도 교회에서 돌아온 모녀는 부엌에서 하녀들과 함께 차를 마신 다음 헛간으로 가서 썰매와 바람벽 사이의 마룻바닥에 드러누웠다. 헛간은 캄캄하고 말 멍에 냄새가 풍겨 왔다. 집안 등불이 점점 꺼지고, 귀머거리 스체판이 가게 문을 닫는 소리가 들려왔다. 일꾼들이 안뜰에서 잠자리를 고르는 소리도 들려왔다. 멀리 떨어진 작은 프뤼민 집에서는 아름다운 손풍금 소리가 울려오고 있었다. 플라스코바와 리파는 곧 잠들어 버렸다.

문득 누군가의 발걸음 소리에 잠을 깨 보니 밖에는 달빛이 넘쳐 흐르고 있었다. 헛간 입구에는 아크시니야가 두 손에 침구를 안고 있었다.

"여긴 좀 선선하겠지……."

아크시니야는 헛간으로 들어와서 바로 문지방 옆에 드러누웠다. 달빛은 그녀의 온몸을 비춰 주었다.

아크시니야는 잠을 이루지 못했다. 더위를 참지 못해서인지 옷을 모조리 벗어 버린 채 한숨을 내쉬며 이쪽저쪽으로 뒤척거리고 있었다. 파란 달빛에 비친 그녀의 모습은 한결 아름답고 매혹적으로 보였다. 잠시 후 다시 발소리가 들려왔다. 새하얀 잠옷을 입은 츠이부킨 노인이 문 앞에 나타났다.

"아크시니야! 여기 있냐?"

하고 노인은 물었다.

"그래요!"

그녀는 화난 듯이 대답했다.

"아가, 우물에 돈을 집어넣으라고 했는데, 집어넣었니?"

"우물에 집어넣다니 무슨 말씀이세요! 일꾼들에게 줘 버렸어요……."

"아니, 저런!"

노인은 질겁을 해서 소리쳤다.

"에구, 저 망할년 같으니!"

노인은 손을 뒤흔들며 나가 버렸다. 그는 가면서도 무슨 말을 중얼거리고 있었다. 조금 있다가 아크시니야는 일어나 앉아서 땅이 꺼질 듯한 한숨을 내쉬더니 이불을 말아 안고 밖으로 나갔다.

"어머닌 어째서 이런 집에 저를 시집보냈어요?"

리파가 말했다.

"하지만 여자란 누구나 시집을 가게 마련이란다. 그리고 이 집에 오게 된 것은 내가 정한 것이 아니었어."

두 모녀의 가슴에는 위로할 수 없는 슬픈 생각이 솟구쳤다. 그러나 그들은 저 높은 하늘에서, 푸른 하늘보다 더 높은 별 세계에서 누군가가 이 우클레예보 마을에서 일어나고 있는 모든 일을 보살펴 주리라고 믿고 있었다. 그리고 지상에서 아무리 큰 죄악이 범람하고 있어도, 역시 밤은 고요하고 아름다웠다. 그리고 주의 세계 역시 밤이면 고요하고 아름다우리라. 거기엔 또 진리와 정의가 있으리라. 그리고 달빛이 밤의 대지에 녹아내리듯이 인간도 정의와 진리에 융합하기를 기다리고 있으리라.

두 모녀는 서로 몸을 의지한 채 평화로운 잠길에 들어섰다.

6

아니심이 금화를 위조하고 그것을 사용했다는 죄로 투옥되었다는 소문이 떠돈 것은 벌써 오래 전의 일이었다. 몇 달이 지나고, 어느새 반 년 이상의 세월이 흘렀다. 기나긴 겨울도 지나고 봄이 돌아왔다. 집안 사람이나 마을 사람들이나 아니심이 감옥에 갇혔다는 사실을 잊어버린 지 오래였다. 혹시 밤에 이 집 옆을 지나거나, 가게 앞을 지나게 되면 문득 아니심이 감옥에 갇혀 있겠지 하고 생각할 뿐이었다. 그리고 교회에서 기도를 드릴 때면 아무 까닭도 없이 아니심이 감옥에 갇혀서 재판을 기다리고 있겠지 하고 생각할 정도였다.

집안에는 어떤 그림자가 누워 있는 듯이 느껴졌다.

집안은 전보다 더 어두워졌고, 지붕엔 녹이 슬고, 가게로 통하는 쇠붙이 띠가 달린 무거운 녹색 문에는 여러 곳에 금이—귀머거리 스체판의 말대로라면, 물집이—가 있었다. 그리고 츠이부킨 노인도 몹시 우울해 보였다. 그는 머리와 수염이 자라는 대로 텁수룩하게 길렀다. 이제는 날쌔게 마차에 뛰어오르거나, 거지에게 '하느님한테 구걸하게'라고 외치지는 않았다. 그는 점점 쇠약해 갈 뿐이었다. 그의 모습 어디에서나 이러한 느낌을 찾아볼 수 있었다. 농부들도 전처럼 그를 무서워하지 않았다. 경찰은 아직까지도 뇌물을 받으면서 가게에서 조서를 꾸몄다. 그리고 술을 밀매한 죄로 재판을 받기 위해 노인은 세 번이나 읍내로 불려갔다. 그러나 증인이 출두하지 않아서 사건은 차일피일 연기되고 있었다. 이런 상태이고 보니 츠이부킨 노인도 쇠약해지지 않을 수 없었던 것이다.

그는 이따금 아들을 면회하러 가기도 했고, 누구를 고용하기도 하고, 누구에게 탄원서를 내기도 하고, 교회에 성기(聖旗)를 기증하기도 했다.

그는 아니심이 갇혀 있는 감옥의 간수에게 '이성(理性)의 기준을 알지어다'라고 에나멜로 새겨진 은잔과 기다란 수저를 선물했다.

"우리를 도와줄 사람은 아무도 없어요."

바르바라는 말했다.

"저, 여보. 장관에게 편지 쓸 만한 사람을 읍내에서 찾아보도록 하세요. 재판할 때까지 보석이라도 되게요! 그애가 얼마나 고생하겠어요!"

바르바라도 슬퍼하긴 했으나, 요즘에 들어서는 피둥피둥 살찌고 혈색도 좋아졌다. 그녀는 예전과 다름없이 자기 방에 여러 개의 등불을 켜고, 집안의 모든 것이 청결하게 보이도록 꾸몄다. 그리고 손님들이 오면 잼과 능금, 치즈를 대접했다. 귀머거리 스체판과 아크시니야는 가게를 돌보고 있었다. 새로운 사업—부초키노의 벽돌 공장 사업—이 진행되고 있어서 아크시니야는 매일같이 마차를 타고 그곳으로 갔다. 그녀는 자신이 직접 마차를 몰았다. 도중에 아는 사람을 만나면 보리밭에서 머리를 쳐든 뱀처럼 목을 쭉 빼들고 천진난만하면서도 비밀이 깃든 듯한 미소를 던졌다. 한편 리파는 사순제(四旬祭) 전에 낳은 갓난아기를 달래면서 시간을 보내고 있었다. 그애는 매우 작고 여위어서 불쌍해 보였다. 그녀는 그 갓난아기가 소리를 지르든가, 주위를 둘러본다든가, 의젓하게 한 사람의 인간으로서 니키포르라는 이름을 가졌다든가 하는 것이 신기하게 느껴졌다. 갓난아기는 요람 속에 누워 있었다. 리파는 문 께로 다가서서 인사를 하며 말했다.

"안녕하세요, 니키포르 아니시미치!"

그러고는 황급히 아기한테로 달려가서 입맞추는 것이

었다. 리파는 문 쪽으로 물러서서 다시 인사를 하며 말했다.

"안녕하세요, 니키포르 아니시미치!"

그러면 아기는 빨간 발을 버둥거리며 엘리자로프 할아버지가 하듯이 웃음과 울음이 뒤섞인 소리를 냈다.

드디어 재판 날짜가 결정되었다. 츠이부킨 노인은 닷새 전에 읍내로 떠났다. 그동안 집에서는 증인으로 농부 몇 사람이 불려갔다는 말을 들었다. 어떤 늙은 직공도 호출장을 받고 떠났다.

재판은 목요일에 있었다. 그러나 일요일이 지났는데도 츠이부킨 노인은 돌아오지 않았다. 아무런 소식도 없었다. 화요일 저녁 때 바르바라는 열려진 들창가에 앉아서 남편이 돌아오기를 기다리고 있었다. 옆방에서는 리파가 아기와 장난을 치고 있었다. 그녀는 두 손으로 아기를 번쩍 들고는 기뻐서 못 견디겠다는 어조로 말하였다.

"너도 이제 이만큼, 이만큼 크게 자랄 테지. 그리고 농부이 돼서 나와 함께 일해요! 네, 같이 일해요!"

"얘, 얘!"

바르바라가 언짢은 소리로 말했다.

"함께 일한다니, 무슨 바보 같은 소리냐? 그애는 장사꾼이 돼야 해!"

리파는 나지막한 소리로 노래를 불렀다. 그러나 조금

후에는 방금 들은 말을 잊어버리고 다시 이렇게 말하였다.

"이제 이만큼 크게 자라지. 그러면 농부가 돼서 나와 함께 일해요."

"저애는 또 저런 소릴 하고 있어!"

리파는 니키포르를 가슴에 안고 문 옆에 서서 이렇게 물었다.

"어머니, 저는 이 아이가 왜 이렇게 귀여울까요? 그리고 왜 이렇게 불쌍할까요?"

그녀는 떨리는 목소리로 말을 이었다. 그녀의 눈에는 눈물이 맺혀 있었다.

"이 아기는 어떤 아길까요? 어떻게 보이세요? 새 날개나 빵 부스러기처럼 가볍지만, 저는 이애가 좋아요. 벌써 어른이 된 것처럼 사랑해요. 이애는 아직 아무것도 하지 못하고 입도 떼지 못하지만, 저는 이 작은 눈이 무엇을 바라고 있는지 알고 있어요."

갑자기 바르바라는 주의 깊게 귀를 기울였다. 저녁 기차가 역으로 들어오는 소리가 들려왔다. 남편이 돌아왔을까. 그녀는 리파의 말은 듣지도 않았다. 들으려고도 하지 않았다. 시간이 가는 줄도 몰랐다. 그리고 두려움이라기보다는 강한 호기심에 이끌려 온몸을 떨고 있었다. 그녀는 농부들을 가득 실은 마차가 덜컹거리며 지나가는 것을 보았다. 증인으로 갔던 사람들이 역에서 돌아온 것이다. 마차가 가게 옆을 지나칠 때 어떤 늙은 직공이 마차에서 뛰어내려 안뜰로 들어왔다. 그가 안뜰에서 다른 사람과 인사를 하며 묻는 말에 대답하는 소리가 들렸다.

"모든 재산과 권리를 박탈당하고."

그는 큰 소리로 말을 이었다.

"7년간 시베리아 유형(流刑)이라고 판결났습니다."

가게 뒷문으로 아크시니야가 나오는 것이 눈에 띄었다. 아크시니야는 석유를 팔고 있던 중이라 한쪽 손에는 석유병을 들고 다른 손에는 깔대기를 들고, 입에 몇 닢의 은화를 물고 있었다.

"아버님은 어디 계세요?"

그녀는 은화를 문 채 물었다.

"역에 계십니다."

일꾼이 대답했다.

"좀더 어두워지면 오신답니다."

아니심이 유형 선고를 받았다는 말이 집안에 퍼지자, 부엌에 있던 요리사는 자기의 신분으로 봐서 울어야 되겠다고 생각해서인지, 장례 때처럼 목을 놓아 울기 시작했다.

"당신이 가시면 우리는 누구를 믿고 살겠어요, 아니심 그리고리치. 독수리처럼 훌륭한 분이셨는데……."

개들이 놀라서 짖기 시작했다. 바르바라는 창가로 달려가서, 슬픔에 찬 목메인 소리로 요리사를 심하게 나무랐다.

"조용히 해요, 스체파니다, 조용히 해요! 제발 좀 그만 괴롭히라니까!"

모두들 사모바르를 끓이는 것조차 잊어버리고 있었다. 아무 일도 손에 잡히질 않았다.

단지 리파만은 무슨 일이 일어났는지도 모른 채 아기와 놀고 있었다.

츠이부킨 노인이 역에서 돌아왔을 때, 아무도 그에게 물어 보는 사람은 없었다. 그는 집안 식구들에게 인사를 하고, 묵묵히 이방 저방을 돌아다녔다. 그는 저녁 식사도 하지 않았다.

"아무도 돌봐 주는 사람이 없었군요……."

노인과 단둘이 되었을 때 바르바라가 말을 꺼냈다.

"제가 뭐랬어요. 높은 사람을 찾아봐야 한다니까요. 그때 당신은 제 말을 귀담아듣지 않으셨어요. 탄원서라도 냈더라면……."

"난 여러 모로 애써 봤어."

노인은 손을 흔들며 말했다.

"아니심을 재판할 때 그애를 변호해 준 사람한테도 가 봤지만, '이젠 틀렸습니다. 도저히 어떻게 할 도리가 없어요'라고 말하더군. 그리고 아니심도 역시 할 수 없다고 말하더군. 그래도 나는 재판할 때마다 언제나 변호사를 만나서 선금을 줘어 주었지. 이제 일 주일 후에 다시 한번 가볼 생각이야. 모든 것이 주의 뜻대로 되겠지."

노인은 다시 집안을 돌아보러 나갔다. 돌아오자 그는 바르바라에게 이런 말을 했다.

"나는 아마 무슨 병이라도 걸린 것 같아. 머릿속이 이렇게…… 안개가 낀 듯이 띵하고 통 생각을 할 수가 없으니."

그는 리파가 듣지 못하도록 문을 닫고는 나직한 소리로 말을 이었다.

"나도 돈에는 꽤 박복한 놈이야. 당신은 아니심이 장가들기 전인 부활제 전 주일에, 그 자식이 새 금화를 나한테 갖다 준 것을 기억하고 있겠지? 그때 한 보따리는 감춰 뒀지만, 또 한 보따리는 내 돈하고 섞어 버리고 말았어. 그런데 내 숙부 드미트리 피라트이치가—주여 그분의 영혼을 구하소서—아직 살아 계실 때, 그분은 장사를 하려고 늘 모스크바나 크림으로 돌아다니는 것이 일이었어. 그 숙부의 아내가 글쎄, 남편이 장사하러 떠난 동안은 다른 사내하고 살았다네. 그 집에는 자식이 여섯 명이나 있지만, 숙부가 술을 마시는 날이면 웃으면서 이런 말을 했다더군. '어느 놈이 내 자식이고, 어느 놈이 남의 자식인지 도무지 모르겠다'고, 성격도 그쯤 되면 괜찮겠지. 바로 이 모양으로 나는 지금 어느 돈이 진짜고 어느 돈이 가짠지 알 수가 없어. 내 눈에는 모두 가짜로밖에 안 보인단 말이야."

"그럴 리가 있겠어요!"

"역에서 표를 사고 3루블을 지불했는데, 그것도 가짜 돈 같은 생각이 들어서 가슴이 두근거리질 않겠나. 아무래도 병인 것 같아"

"글쎄 모든 것은 주의 뜻에 맡기는 수밖에 없어요. 그런데 여보……."

바르바라는 머리를 흔들며 말을 이었다.

"당신은 이런 생각을 해두셔야 해요. 이제부터 어떤 일이 일어날지 모르는데다, 당신도 이제는 젊은 분이 아니니까, 만일 당신이 돌아가시기라도 한다면 사람들이 손자를 얼마나 업신여기겠어요. 저는 집안 식구들이 니키포르를 업신여길 거라 생각하니 무서운 생각이 드는군요. 그애는 아비 없는 자식과 같고, 어머니는 어린데다 우둔하고 보니……. 당신은 손자 앞으로 재산이라도 남겨 둬야 하지 않겠어요? 부초키노 땅 정도라도 주도록 하세요. 그리고리 페트로비치, 잘 생각해 보세요!"

바르바라는 노인을 설득시키면서 말을 이었다.

"저 귀여운 아이가 불쌍해 죽겠어요! 내일이라도 가서 유언장을 쓰도록 하세요. 무엇을 기다리겠어요?"

"참, 손자놈을 잊어버리고 있었군. 그놈을 좀 봐야겠어. 그래, 그 녀석은 잘 노나! 으음, 아무쪼록 잘 키워야 할 텐데……."

츠이부킨 노인은 문을 열고 구부러진 손가락으로 리

파를 불렀다. 리파는 아기를 안고 노인 옆으로 왔다.
"애야, 무엇이든 필요한 것이 있으면 말해라."
라고 노인이 말했다.
"그리고 먹고 싶은 음식이 있으면 주저하지 말고 먹어. 조금도 아깝지 않으니까. 언제나 몸이 건강해야 한단다."

노인은 손자의 머리 위에다 성호를 그었다.
"그리고 이 아이를 잘 돌봐 줘. 아니심이 없으니 아비 없는 아이와 다름없구나."

노인의 두 볼에는 눈물이 흘러내렸다. 그는 어깨를 들먹이며 그 자리를 물러섰다. 이윽고 잠자리에 들자 노인은 일 주일 동안이나 잠을 자지 못했던 탓에 깊이 잠들었다.

7

츠이부킨 노인은 얼마 동안 거리로 나갔다가 돌아왔다. 그러자 누군가가 노인이 공증인한테 갔던 것은 유언장을 쓰기 위해서였으며, 아크시니야가 벽돌 공장을 세운 부초키노 땅을 니키포르에게 넘겨 주기 위해서였다는 말을 아크시니야에게 해주었다. 아크시니야가 이 말을 들은 것은 아침이었다. 그때 츠이부킨 노인과 바르바라는 층계 옆의 벚나무 밑에 앉아서 차를 마시고 있었다. 아크시니야는 거리와 안뜰에 면한 가게문을 닫아 건 다음, 자기가 맡고 있던 열쇠를 모두 모아서 시아버지 발밑에 내동댕이쳤다.

"당신들을 위해서 더이상 일해 주지 않겠어!"

앙칼진 목소리로 이렇게 말하고는 갑자기 흐느껴 울기 시작했다.

"나는 이 집 며느리가 아니라 식모예요! 동네 사람들은 나를 비웃으며 이렇게 말하고 있어요. 츠이부킨의 집에는 좋은 식모를 뒀다구요! 나는 하녀가 아니에요! 나는 거지도 아니고 노예도 아니에요. 나에게는 아버지도 있고 어머니도 있어요."

그녀는 흘러내리는 눈물을 닦을 생각도 하지 않은 채 눈물이 글썽글썽한 눈을 부릅뜨고 시아버지를 노려보았다. 그녀의 얼굴과 목덜미는 벌겋게 상기되어 있었다. 그녀는 다시 목청을 돋우어 이렇게 외쳤다.

"나는 더이상 일하고 싶지 않아요!"

그녀가 말을 이었다.

"나도 이젠 지쳤어요! 날마다 가게에 앉혀 두고 밤이 되면 보드카 때문에 뛰어다니게 하는 일은 다 나한테 떠맡겼다가, 땅을 넘길 때가 되니 저 유형수의 여편네나 애새끼에게 주다니! 그년은 이 집 주인이고 난 종년이군요! 뭐든지 다 주세요. 그 대신 목이 졸려 죽을 날이 있을 거라고 말하세요. 나는 집으로 가겠어요! 내

대신 다른 바보년을 골라 두세요. 에잇, 더러워!"

츠이부킨 노인은 지금까지 한 번도 자기 자식을 꾸짖어 본 적도 없으며 욕을 한 적도 없으므로, 자기 가족 중에서 누가 이렇게 무례하게 난폭한 말을 자기에게 하리라고는 꿈에도 생각지 못했다.

노인은 너무나 놀란 나머지 집안으로 뛰어들어가 찬장 뒤에 숨어 버렸다. 바르바라는 앉은 자리에서 일어설 수도 없을 만큼 충격을 받았다. 그리고 벌이라도 쫓듯이 두 손을 코 밑에서 흔들고 있을 뿐이었다.

"아니, 저게 무슨 말을?"

그녀는 공포에 질린 듯한 목소리로 말했다.

"아니, 왜 저렇게 고함을 지를까? 저런, 남이 듣겠다! 조용히 해라…… 조용히 해!"

"'부초키노 땅을 글쎄 죄인 여편네한테 준다면서요."

아크시니야는 계속해서 소리쳤다.

"아무거나 다 줘버려요. 나는 아무것도 필요 없어요! 모두들 죽어 버려라! 당신들은 모두 악당들이야! 내가 이 눈으로 본 걸요! 당신들은 손님들의 돈을 빨아먹은 도둑놈들이야. 늙은이건 젊은이건 할 것 없이 모조리 빨아먹었어! 세금 없이 보드카를 팔고 있는 것은 누구죠? 그리고 당신네들은 위조 금화를 상자 가득히 가지고 있죠? 좋아요, 나는 아무것도 필요하지 않아요!"

활짝 열려진 대문 주위에는 구경꾼들이 떼를 지어 모

여들어 안뜰을 들여다보고 있었다.
"남들이 보면 어때요!"
아크시니야가 외쳤다.
"톡톡히 망신을 줘야겠어! 당신네들은 불에 타죽어도 시원찮은 사람들이야! 내 발밑에 꿇어앉아도 될 정도라구! 여보, 스체판!"
아크시니야는 귀머거리 남편에게 소리쳤다.
"빨리 집으로 갑시다! 내 부모한테로 가요. 나는 이 죄인들과 같이 살고 싶지 않아요! 떠날 차비나 하세요!"
안뜰의 빨랫줄에 옷가지가 널려 있었다. 아크시니야는 아직 마르지 않은 자기 치마며 재킷을 걷어서 귀머거리 남편 손에 던졌다. 화가 치밀 대로 치민 그녀는 빨랫줄 옆을 뛰어다니며 옷가지란 옷가지는 모조리 걷어서는 자기 것이 아닌 옷은 땅바닥에 내던지고 발로 짓밟았다.
"아아, 저애를 저리 데리고 가줘요!"
바르바라는 괴로운 듯이 말했다.
"무슨 여자가 저럴까! 부초키노를 줘버리세요. 하느님을 위해서 줘버리세요!"
"무슨 여자가 저래!"
대문간에 서 있는 구경꾼들이 말했다.
"저래도 여잔가! 아이구, 저 성난 얼굴 좀 봐. 미친 듯하군!"

아크시니야는 빨래 소리가 나는 부엌으로 뛰어들었다. 거기에는 리빠가 혼자서 빨래를 하고 있었다. 요리사는 냇가로 옷을 빨러 나가고 없었다. 난로 옆 대야와 솥에서는 김이 무럭무럭 솟아올라 부엌 안은 안개라도 낀 듯이 뿌옇고 무더웠다. 마루 위에는 빨지 않은 옷이 산더미처럼 쌓여 있었다. 그리고 갓난아기 니키포르는 떨어지는 일이 있어도 다치지 않도록 바로 옆 벤치 위에 눕혀진 채, 벌거숭이 발을 버둥거리고 있었다.

아크시니야가 들어섰을 때, 리빠는 아크시니야의 속옷을 빨랫감에서 끄집어 내어 대야에 담고는 상 위에 있던 커다란 국자를 잡고 끓는 물을 퍼부으려는 참이었다.

"이리 줘!"

아크시니야는 증오에 찬 눈초리로 리빠를 바라보고 대야에서 자기 옷을 끄집어 내며 말했다.

"네년한테 내 속옷을 만지게 할 줄 알아! 너는 죄인의 여편네야! 네 주제나 알라구!"

리빠는 아크시니야를 보고 뒤로 물러났다. 무슨 영문인지는 몰랐으나, 문득 아크시니야가 갓난아기를 쳐다보는 눈초리를 깨닫고는 갑자기 리빠는 얼굴이 파랗게 질리고 말았다.

"네놈이 내 땅을 빼앗았지!"

이렇게 말하며, 아크시니야는 끓는 물이 든 국자를 잡고 니키포르에게 퍼부었다.

바로 그 순간, 우클레예보 마을에서 아직까지 한 번
도 들어 보지 못한 비명소리가 들렸다. 리파처럼 작고
연약한 여자가 어떻게 저런 비명을 낼 수 있는지 의심
할 정도였다. 그러더니 갑자기 안뜰도 잠잠해졌다.

 아크시니야는 여느때처럼 앳된 미소를 지은 채 아무
말 없이 집안으로 들어갔다. 귀머거리 남편은 옷가지를
한 아름 안고 이리저리 거닐다가 이윽고 아무 말 없이
그것을 다시 줄에 천천히 걸기 시작했다. 그리고 요리
사가 돌아올 때까지 아무도 부엌에 들어가 보지 않았으
므로, 거기서 무슨 일이 있었는지 아는 사람은 아무도
없었다.

8

 니키포르는 읍내의 병원으로 보내졌으나, 그날밤에
죽고 말았다. 리파는 사람들이 오기를 기다리지 않고,
죽은 아기를 포대기에 싸안고 집으로 향했다.

 커다란 창문이 달린 병원은 언덕 위에 높이 솟아 있
었다. 이 건물은 얼마 전에 세워진 것이었다. 저녁 놀이
병원 유리창을 비춰서 그 안에 불이라도 붙은 듯이 빨
갛게 보였다. 언덕 아래로는 자그마한 마을이 있었다.
리파는 언덕길을 내려가서 마을로 들어가기 전에 어느
작은 연못가에 앉았다. 어떤 아낙네가 말을 끌고 와서

물을 먹이려 하였으나, 말은 물을 먹지 않았다.
"도대체 왜 안 먹는 거야? 뭣이 먹고 싶니?"
그녀는 단념하지 못하겠다는 듯이 나직하게 물었다.
"뭐가 먹고 싶어?"
빨간 셔츠를 입은 소년이 연못가에 앉아서 아버지의 장화를 씻고 있었다. 그 밖에는 마을에나 언덕에나 인기척이라고는 없었다.
"물을 먹지 않는군요……."
리파는 말을 바라보며 중얼거렸다.
이윽고 아낙네도 가고 소년도 장화를 들고 내려갔다.
이젠 정말 아무도 보이지 않았다. 태양도 금빛과 자줏빛 비단으로 휘감긴 채 잠자리에 들었다. 붉은 빛이나 연자줏빛 가느다란 구름은 태양을 보호하려는 듯 이리저리 하늘에 흩어져 있었다. 멀리서 새의 구슬픈 울음소리가 은은하게 들려왔다. 마치 외양간에 갇힌 암소의 울음소리와도 같았다. 이 괴상한 새소리는 봄이 되면 언제나 들려왔으나, 그것이 어떤 새며, 어디 살고 있는지 아는 사람은 없었다. 병원이 있는 언덕 위와 바로 연못가의 숲속, 그리고 마을 저쪽 들판에서는 꾀꼬리 노랫소리가 들려왔다. 뻐꾸기는 누군가의 나이를 세다가 잘못 세었는지 다시 셈을 하는 듯했다. 연못 속에서는 개구리들이 찢어질 듯한 심술궂은 목청으로 앞을 다투어 울어댔다. 그 소리는 마치 이런 말로 지껄이고 있는 것 같았다.

"너 같은 건 그렇지! 너 같은 건 그렇지!"

지독히 소란한 밤이었다! 모든 동물은 오늘 같은 봄 밤에 아무도 가지 못하게 하려고 일부러 외치고 노래를 부르는 듯했다. 심술궂은 개구리들까지도 '인생은 덧없다. 일 분도 헛되이 보내지 말고 찬미하고 노래하라!'라고 외치는 것 같이 느껴졌다.

하늘에는 은빛 반달이 빛나고 수많은 별들이 반짝이고 있었다. 리파는 얼마나 오랫동안 연못가에 앉아 있었는지 몰랐다. 그러나 그녀가 일어서서 발걸음을 옮겼을 때에는 자그마한 마을도 이미 잠들고 등불 하나 보이지 않았다. 집까지는 12베르스타 가량 되었다. 그러나 거기까지 갈 힘이 없었다. 어떻게 갈 것인가를 생각할 기력조차 없었다. 지금까지 앞에서 빛나던 달이 오른쪽으로 기울어졌다. 아까 울던 그 뻐꾸기가 목메인 소리로, '조심해라, 길이 틀린다!'라고 리파를 비웃는 듯이 외치고 있었다.

리파는 걸음을 빨리했다. 그녀의 스카프는 어느새 날아가 버리고 없었다. 그녀는 하늘을 바라보며 지금 아기의 영혼이 어디 있을까, 자기 뒤를 따라오고 있을까, 그렇지 않으면 별이 반짝이는 높은 하늘을 헤매고 있을까, 그리고 엄마인 자기를 잊어버리지나 않았을까 하는 생각을 하였다. 이런 밤중에 광활한 들판에서 노래할 수 없을 만큼 우울할 때 새들의 노랫소리를 듣거나, 즐겁지 못할 때 즐거운 외침소리를 듣는다는 것은 얼마나 외롭고 쓸쓸한 일일까! 봄이거나 여름이거나, 살아 있거나 죽어 있거나를 가릴 것 없이, 한결같이 외롭게 하늘에서 내려다보는 달을 쳐다볼 때면, 오! 얼마나 가슴이 아픈 일일까! 가슴속에 슬픔을 품고 있을 때 혼자 남아 있다는 것은 얼마나 괴로운 일인가! 이럴 때 어머니 플라스코바가 계셔 주었더라면! 그렇지 않으면 나무다리 할아버지라도, 요리사라도, 아니 아무 농사꾼이라도 옆에 있어 주었으면!

"부우!"

이름 모를 새가 다시 울어댔다.

"부우!"

그러자 별안간 사람의 목소리가 똑똑히 들려왔다.

"말을 매어, 바빌라!"

저 바로 앞 길가에서 모닥불 빛이 보였다. 불꽃은 이미 꺼졌으나 타다 남은 숯덩이가 빨갛게 빛나고 있었다. 말이 풀을 뜯어먹는 소리가 들렸다. 어둠 속에서 두 대의 마차가 어렴풋이 보였다. 한쪽 마차에는 통이 실려 있었고, 또 하나의 낮은 마차 위에는 여러 개의 자루가 실려 있었다. 그리고 사내 모습도 둘이 보였다. 한 사람은 마차에다 말을 매달고 있었고, 다른 한 사람은 뒷짐을 지고 모닥불 옆에 우두커니 서 있었다. 마차 옆에서 개가 으르렁거렸다. 말을 끌고 있던 사람이 멈칫하며 말했다.

"누가 이리로 오나 보군."
"샬리크, 가만 있어!"

또 한 사람이 개에게 소리쳤다.

그 목소리로 보아 그는 노인인 듯했다. 리파는 발걸음을 멈추며 말했다.

"하느님께서 도와주셨어!"

노인은 리파에게로 다가섰지만 먼저 말을 건네지는 않았다.

"안녕하세요! 저 개가 물지 않을까요, 할아버지?"
"괜찮으니 지나가시오, 달려들진 않으니까."
"전 병원에서 오는 길이에요."

리파는 말하고 나서 잠시 사이를 두었다가 말을 이었다.

"아기가 죽었어요. 그래서 지금 집으로 안고 간답니다."

노인은 그 말에 어쩔 줄 몰라, 뒤로 물러서며 성급히 말했다.

"상심하지 마시오, 모두 주님의 뜻이니까."

노인은 이렇게 말하며 말을 매달던 사람에게 외쳤다.
"뭘 그렇게 꾸물거려. 빨리 해!"
"할아버지의 지름대가 보이지 않아요."
"또 네놈의 버릇이 나왔군."

노인이 숯덩이를 들고 후 불자 그의 눈과 코가 발갛

게 빛났다. 이윽고 지름대를 찾자 그는 불을 들고 와서 리파의 얼굴을 비춰 보았다. 그러고는 동정하는 듯한 부드러운 표정을 지었다.

"애 어머니군. 어느 어머니든지 자기 자식 때문에 고생하게 마련이라우."

이렇게 말하며 노인은 한숨을 몰아쉬고 나서 머리를 저었다. 바빌라는 불덩어리 위에 무엇을 던지고는 그것을 밟았다. 그러자 갑자기 주위는 캄캄해졌다. 아무것도 보이지 않았다. 그곳에는 다시 들판과 별이 반짝이는 하늘만이 남았고, 요란한 새들의 울음소리가 들릴 뿐이었다. 뜸부기 울음소리도 들렸다. 이 소리는 모닥불이 피던 바로 그 자리에서 들려오는 듯했다. 그러나 잠시 후, 리파는 다시 두 대의 마차와 노인과 후리후리한 바빌라의 모습을 볼 수 있었다. 두 대의 마차가 삐걱 소리를 내며 거리로 나섰다.

"할아버진 이 동네에 사시나요?"

리파는 노인에게 물었다.

"아니, 우린 피루사노보에서 왔다오."

"아까 할아버지가 저를 보실 때, 저는 마음이 놓였어요. 그리고 저분도 친절한 분이시군요. 저는 이 동네 사람들인가 보다 생각했어요."

"어디까지 가시우?"

"우클레예보까지요."

"그럼 이 마차를 타지. 쿠지메노크까지 데려다 줄 테니. 거기서 바로 가면 돼요. 우린 왼쪽으로 가고."

바빌라는 통이 실린 마차에 앉고, 노인과 리파는 다른 마차에 올랐다. 바빌라는 앞장섰고, 마차는 걸어가듯이 느릿느릿 떠났다.

"이애는 하루종일 괴로워했어요. 그 자그마한 두 눈으로 물끄러미 바라볼 뿐, 아무 말도 없었어요. 말하고는 싶었겠지만 말할 수가 없었겠죠. 아아, 하늘에 계신 아버지! 저는 슬픔에 못 이겨 그만 마루에 쓰러지고 말았어요. 그 다음 일어섰다가 다시 침대 옆에 넘어지고 말았답니다. 네, 할아버지, 이렇게 어린 것이 죽기 전에 왜 괴로워했을까요? 남자나 여자나 어른이 괴로워하는 것은 죄사함을 받기 위해서라고 하지만, 아무 죄도 없는 갓난아기가 괴로워하는 건 어째서일까요? 네, 왜 그럴까요?"

"그걸 누가 알겠나!"

노인이 대답했다.

그들은 아무 말 없이 30분 가량 마차를 달렸다.

"우리는 모든 일이 왜 그런가를 알 수는 없어."
라고 노인이 입을 열었다.

"어떤 새든 날개가 두 개씩 달렸지, 네 개씩 달린 것은 없거든. 그건 두 개의 날개로써 날게 되어 있기 때문이야. 그와 마찬가지로 인간도 전부를 알 수 있는 것이 아니라, 그 절반이나 사분의 일 정도밖에 모르게 돼 있는 거요. 그러나 사람이 살아가는 데 꼭 알아야 될 것만은 저절로 알게 되지."

"할아버지, 전 걸어가는 편이 낫겠어요. 가슴이 두근거려서 못 견디겠어요."

"괜찮으니 앉아 있어요."

노인은 하품을 하고 입 위에 성호를 그었다.

"근심하지 마오……."

노인이 되풀이했다.

"조금도 상심하지 말아요. 앞길이 구 만리 같은 몸이니, 아직 좋은 일도 있을 거고 나쁜 일도 있을 거요. 우리 러시아는 무척 큰 나라니까 별의별 일이 다 있다오."

그는 이렇게 말하며 사방을 둘러보았다.

"러시아에서 내가 가 보지 못한 곳이라고는 없고 또 여러 가지 일도 당해 봤지요. 그러나 내 말은 거짓말이 아니라오. 좋은 일도 있고 슬픈 일도 있는 법이오. 나는 남의 부탁을 받고 시베리아로 갔던 일도 있다오. 그리고 흑룡강에도 갔었고, 알타이의 산간벽지에도 갔었으며, 시베리아에서 밭을 갈며 살아 보기도 했다오. 그러자 러시아가 그리워져서 다정한 고향으로 돌아오고 말았지요. 우리는 걸어서 왔다오. 배를 타고 오던 일도 생각나는군. 피골이 상접한 나는 온몸에 누더기를 걸친 채 맨발로 추위에 덜덜 떨면서 빵조각을 먹고 있었지요. 그런데 그 기선에 타고 있던 어떤 나리가— 그 나리가 돌아가셨다면 주의 은총이 있기를—나를 보더니 애처로운 나머지 눈물을 흘리며 '오오, 자네의 빵은 검구려. 자네의 신세도 검고……'라고 하시지 않겠소. 그리고 집에 와 보니 집에는 말뚝 하나, 장작 한 개비 없는 형편이었다오. 내게도 아내가 있었지만 시베리아에 남겨두고 왔더니 거기서 죽고 말았지요. 그래서 지금은 머슴살이를 하고 있다오. 그런데 말이오, 그러고 나서도 역시 좋은 일도 있고 나쁜 일도 있었지요. 그래선지 죽고 싶진 않더군. 이제 20년만 더 살았으면……. 그러나 결국 따지고 보면 좋은 일이 더 많았던 셈이야. 아무튼 우리 러시아는 넓으니까!"

이렇게 말하고 노인은 다시 주위를 둘러보았다.

"할아버지, 사람이 죽으면 며칠이나 그 혼이 이 세상에 머물죠?"

리파가 물었다.

"누가 알겠소! 저 바빌라한테 물어 보지. 저놈은 학교에 다녔으니. 요새 학교에선 안 배워 주는 것이 없다더군. 바빌라!"

노인이 바빌라를 불렀다.

"왜요!"

"바빌라, 사람이 죽으면 영혼이 며칠이나 이 세상에서 헤매는지 자네 아나?"

"아흐레쯤이지요. 제 삼촌 키릴라가 죽었을 때엔 그 영혼이 열사흘이나 집에서 살았어요."

"그건 어떻게 알았지?"

"열사흘 동안이나 난로 속에서 덜거덕거리는 소리가 났거든요."

"흐음, 됐어. 자 가세."

노인은 이렇게 말했으나, 그가 한 말을 조금도 믿는 기색은 아니었다.

쿠지메노크 근처에서 마차는 다른 길로 접어들고, 리파는 곧바로 걸어갔다. 이미 동이 트려는 무렵이었다. 리파가 골짜기로 내려갔을 때, 우클레예보의 농가와 교회는 안개 속에 파묻혀 있었다. 싸늘한 기분이 감돌았다. 그리고 아까 울던 뻐꾸기 울음소리가 아직도 들려오는 듯했다.

리파가 집에 돌아오니, 집에서는 아직 가축들을 풀어놓지도 않은 채 모두들 잠들어 있었다. 그녀는 층계에 앉아서 기다렸다. 맨처음에 츠이부킨 노인이 나왔다. 리파를 보자, 노인은 무슨 일이 있었는지 첫눈에 알아차렸다. 노인은 오랫동안 아무 말도 못 하고 입술만 삐죽거릴 뿐이었다.

"오오, 리파. 그 손자놈을 잘 돌봐 주지 않고······."

바르바라도 일어났다. 그녀는 두 손을 비비며 흐느껴 울었다. 죽은 아기는 곧 자리에 눕혀졌다.

"정말 귀여운 아기였는데……. 단 하나밖에 없는 아기였는데. 네가 좀더 잘 돌봐 주었더라면."

아침 저녁으로 진혼제를 올렸다. 장례는 이틀날 거행되었다. 장례가 있은 후, 손님들과 목사는 오랫동안 음식이라는 것을 먹어 보지도 못한 듯이 아주 맛있게 많은 음식을 먹었다. 리파는 식탁을 돌보고 있었다. 목사가 소금 절인 버섯을 포크에 찔러 들면서 리파에게 말했다.

"아기 일로 너무 상심하지 마시오. 모두 주님의 뜻이니까."

손님들이 모두 돌아가고 나서야, 리파는 니키포르가 이미 이 세상에 없다는 것, 앞으로 다시는 볼 수 없다는 것을 새삼스럽게 느끼고 흐느끼기 시작했다. 그녀는 어느 방에 가서 울어야 할지조차 몰랐다. 아기가 죽은 다음부터는 자기 방이 없어지고 말았기 때문이다. 너는 이 집에 소용없는 거추장스러운 물건이라고나 하듯이. 그리고 다른 식구들도 역시 그렇게 느끼고 있었다.

"아니, 왜 울고 있는 거야?"

아크시니야가 문앞에 나타나며 앙칼지게 소리쳤다. 그녀는 장례식 예법대로 아래 위로 새옷을 입고, 얼굴에는 분을 바르고 있었다.

"조용히 해!"

리파는 울음을 멈추려고 했으나 멈출 수가 없었다.

리파는 더 큰 소리로 흐느꼈다.

"내 말이 들리지 않아?"

아크시니야는 발끈 화를 내고 발을 동동거리며 큰 소리로 외쳤다.

"내 말이 들리지 않아? 썩 밖으로 나가! 다시는 이 집에 얼씬도 말고. 죄인의 여편네 같은 것이! 썩 나가지 못해!"

"아니, 이거 왜들 그러니……."

츠이부킨 노인이 더듬더듬 말했다.

"아크시니야, 그러는 게 아니야…… 애를 잃어버렸으니…… 운다는 것은 당연한 일이지……."

"네, 당연한 일이에요……."

라고 아크시니야는 노인의 말을 흉내냈다.

"오늘밤까지는 그냥 놔 두지만, 내일부터는 얼씬도 못하게 해주세요! 이것도 당연한 일이죠!"

그녀는 한 번 더 흉내를 내고는 샐쭉 웃으며 가게쪽으로 사라졌다.

이튿날 리파는 아침 일찍 어머니가 있는 톨구예보 마을로 떠나가 버렸다.

9

가게 지붕과 문에 칠을 하고 보니 새집처럼 윤기가 흘

렸다. 들창에는 예전과 같이 아름다운 아욱꽃이 놓여져 있었다. 츠이부킨의 집과 뜰안에서 일어났던 사건도 어느새 3년이란 세월이 흘러서 거의 잊혀져 가고 있었다.

그리고리 페트로비치 노인은 예전처럼 지금도 주인이라고 생각하고 있었다. 그러나 사실은 모든 것이 아크시니야의 손아귀로 넘어가고 말았다. 그녀가 물건을 사고 팔았고, 그녀의 동의 없이는 어떤 일도 할 수 없었다. 벽돌 공장도 활기를 띠고 있었다.

철도를 건설하기 위해서 벽돌이 필요했기 때문에 벽돌 값은 1천 개에 24루블까지 올랐다. 시골 여인들과 처녀들이 역으로 벽돌을 운반해서는 열차에 실었다. 그들은 품삯으로 하루 25카페예크를 받고 있었다.

아크시니야도 프뤼민 조합에 한몫 끼여 있었으며, 지금 그 공장은 '작은 프뤼민 회사'라고 불렸다.

그들은 역 옆에 술집을 세웠다. 그래 요즘은 아름다운 손풍금 소리가 공장 쪽에서 들리는 것이 아니라, 이 술집에서 들렸다. 이 술집에는 우체국장도 자주 드나들었다. 그와 역장은 다같이 어떤 거래에 관계하고 있었기 때문이다. 작은 프뤼민은 귀머거리 스체판에게 금시계를 선물했다. 스체판은 연신 금시계를 호주머니에서 꺼내 가지고는 귀에 갖다대어 보곤 했다.

마을에서는 아크시니야가 커다란 세력을 가지고 있다는 소문이 떠돌았다. 화려한 옷을 입은 아크시니야가 앳된 미소를 띠며 아침마다 즐거운 기분으로 공장을 향해 마차를 모는 모습이며, 공장에서 이것 저것 지시하는 모습을 보면, 정말 커다란 세력을 가지고 있음을 알 수 있었다. 집안 식구들은 물론 마을 사람들이나 공장 사람들까지도 모두 아크시니야를 두려워하고 있었다. 그녀가 우체국에 들어서면, 우체국장은 벌떡 자리에서 일어나 이렇게 말하는 것이었다.

"자, 어서 앉으십시오, 아크시니야 아브라모브나!"

나이가 어느 정도 들고 엷은 나사(羅紗)로 만든 저고리를 입고, 에나멜을 칠한 높다란 장화를 신은 어떤 멋쟁이 지주가 아크시니야에게 말 한 필을 판 일이 있었다. 이 말을 흥정할 때, 지주는 아크시니야의 미모에 홀딱 반해서 그녀가 요구하는 대로 값을 내렸다. 그는 오랫동안 아크시니야의 손을 잡은 채, 명랑하면서도 교활한 빛이 흐르는 그녀의 눈초리를 바라보며 이렇게 말했다.

"당신 같은 부인을 위해서라면 어떠한 일이라도 할 용의가 있습니다. 아무도 방해하지 않는 곳에서 당신을 만나뵐 수 있을까요? 어서 말씀해 주십시오."

"언제라도 좋습니다!"

그 다음부터 이 멋쟁이 지주는 거의 매일같이 맥주를 마시러 술집으로 오게 되었다. 맥주는 쑥처럼 지독히 쓴 것이었지만, 지주는 머리를 저으면서도 그것을 마셨다. 츠이부킨 노인은 이미 장사에서 손을 뗀 지 오래였다. 그는 어느것이 진짜 돈이며, 어느것이 가짜 돈인지 도저히 알아낼 수가 없어서 돈이라는 물건을 모으는 재미를 잃고 말았다. 그러나 그는 이러한 약점을 누구한테도 이야기하지 않았다. 그는 점점 기억이 흐려 갔다. 그리고 집안 식구가 식사를 차려 주지 않는다 해도 그것을 독촉하지 않았다. 이제는 집안 식구들도 노인의 모습이 보이지 않는 식사에 익숙해지고 말았다. 바르바라는 때때로 이런 말을 했다.

"그는 엊저녁에도 밤참을 잡숫지 않고 주무셨어."

바르바라도 이런 말을 태연스럽게 할 정도로 익숙해졌던 것이다. 어찌된 셈인지 노인은 여름이나 겨울이나 할 것 없이 늘 털외투를 입고 다녔다. 그러나 매우 무더운 날만은 나가지 않고 집안에 앉아 있었다. 언제나 털외투에 몸을 감싼 노인은 외투 깃을 세우고서 마을을 산책하기도 하고, 역 쪽의 거리를 걷기도 했다. 그렇지 않으면 아침부터 저녁까지 교회 문앞 의자에 앉아 있었다. 노인은 의자에 앉은 채 움직이지 않았다. 지나가는 사람이 인사를 해도 받아 주지 않았다. 그는 여전히 농부들을 싫어하고 있었기 때문이다. 혹시 누가 묻기라도 하면 아주 공손히 재치 있는 말로 짤막하게 대답해 줄 따름이었다. 마을에서는 며느리가 시아버지를 쫓아내고 밥도 주지 않아서, 노인은 구걸을 하며 연명한다는 소문이 떠돌고 있었다. 마을 사람들 중에는 이 소문을 재미있어 하는 사람도 있었고, 가엾게 여기는 사람도 있었다.

바르바라는 더욱 피둥피둥 살이 찌고 혈색이 좋아졌다. 그리고 전과 다름없이 자선사업에 종사하고 있었다. 아크시니야도 바르바라한테만은 아무 간섭도 하지 않았다. 지금 집에는 햇과일을 미처 먹지 못할 정도로 많은 잼을 저장하고 있었다. 그래서 바르바라에게는 이 굳어져 가는 잼을 어떻게 처리하느냐가 큰 걱정거리였다.

아니심에 관해서는 거의 모두 잊어버리고 있었다. 어느 날 그에게서 한 장의 편지가 도착했다. 청원서 같은 커다란 용지에 예전처럼 훌륭한 필적으로 쓴 운문 편지였다. 이 편지로 봐서 그의 친구 사모로도프도 함께 복역하고 있음을 알 수 있었다. 그 편지 끝에는 겨우 읽을 수 있을 만큼 서투른 글씨로 이런 말이 적혀 있었다.

"저는 여기서 언제나 앓고 있습니다. 저는 괴롭습니다. 어서 저를 구해 주십시오."

맑게 갠 어느 가을 저녁이었다. 노인은 교회 문앞에 앉아 있었다. 털외투의 목깃을 높이 세우고 있었으므로, 그의 코와 모자 챙 외에는 아무것도 보이지 않았다. 기다란 나무의자의 다른 한 끝에는 청부업자인 엘리자로프 노인과 올해 일흔이 되는 학교의 수위 야코프 노인이 나란히 앉아 있었다. 그들은 이런 말을 하고 있었다.

"애들은 노인을 모셔야 하는 법이야……. 부모도 공

경할 줄 알아야 하고."

야코프 노인은 성난 어조로 말했다.

"그런데 저 집 며느리는 시아버지를 집에서 쫓아내고 말았군. 지금 저 사람은 먹지도 마시지도 못하고 있으니 어디로 가겠나? 사흘이나 아무것도 먹질 못했다더군."

"사흘이나!"

나무다리 할아버지가 깜짝 놀라며 말했다.

"저 사람은 아무 말 없이 저렇게 앉아 있기만 하니, 몹시 쇠약해졌어. 왜 가만히 있을까? 고소해 버리지. 재판소에서도 그 며느리를 칭찬하지는 않을 텐데."

"누굴 칭찬한다구요?"

나무다리 할아버지는 말귀를 알아듣지 못하고 이렇게 물었다.

"뭘 말이오?"

"그래도 그 며느리는 일꾼이라오. 그 며느리가 없다면 그 집 장사가 될 줄 아슈? 나는 죄가 없다고 보는데요……."

"시아버지 집에서 시아버지를 내쫓는 법이 어디 있나!"

야코프 노인은 성난 어조로 외쳤다.

"자기가 벌어서 산 집이라면 또 모르겠지만. 에이구 그런 년은 처음 봤어! 지독한 년이야!"

츠이부킨 노인은 꼼짝하지 않고 이 말을 듣고 있었다.

"자기 집이건 남의 집이건 따스하기만 하고, 여편네

가 바가지를 긁지만 않는다면 모두 마찬가지라오."

나무다리 할아버지가 웃으면서 말했다.

"젊었을 때, 나는 내 아내 나스타샤를 무척 사랑했지요. 아내는 양순한 여자였는데도 늘 하는 말이 '여보, 집 한 채 사세요! 집 한 채 사요!' 하고 졸라댔다우. 그리고 죽을 때까지도 이렇게 말하더군요. '여보, 당신도 걸어다니지 않게 경주용 마차를 한 대 사세요'라고요. 그런데 나는 아내한테 과자나 사주었을 뿐 아무것도 사준 것이 없었어요."

"그 귀머거리 사내 자식이 바보거든."

야코프 노인은 나무다리 할아버지의 말을 귀담아 듣지도 않으며 말을 이었다.

"정말 바보야. 거위처럼 아무것도 모른단 말야. 몽둥이로 거위 머리를 때려 봤댔자 알 리가 없지."

나무다리 할아버지는 공장으로 가려고 일어섰다. 야코프 노인도 일어섰다. 두 노인은 이야기를 나누며 함께 걸었다. 그들이 50걸음 가량 걸어갔을 때, 츠이부킨 노인도 일어섰다. 그는 마치 미끄러운 얼음판을 걷듯이 비틀거리며 그들의 뒤를 따랐다.

마을에는 벌써 황혼이 깃들었다. 비탈진 언덕을 따라 뱀처럼 구불구불 기어올라간 한길 위쪽만은 아직도 저녁 햇살이 비치고 있었다.

아이들을 거느린 할머니들이 산에서 돌아오고 있었

다. 그들은 버섯이 든 광주리를 들고 있었다. 농가의 아낙네며 처녀들도 떼를 지어 역에서 돌아오고 있었다. 그들은 벽돌을 열차에 싣는 작업을 했기 때문에 눈 밑의 볼과 코에 빨간 벽돌가루가 덮여 있었다. 그들은 노래를 불렀다. 그들 맨앞에는 리파가 걸어오고 있었다. 그녀는 하루의 일을 끝마치고 이제 편히 쉰다는 기쁨과 즐거움이 넘쳐서 하늘을 쳐다보며 높은 소리로 노래부르고 있었다. 그들 사이에는 리파의 어머니 플라스코바도 끼어 있었다. 그녀는 한 손에 보자기를 들고 여느 때와 같이 숨을 헐떡이며 걸어오고 있었다.

"안녕하세요, 마카르이치!"

리파는 나무다리 할아버지를 보자 인사를 했다.

"안녕하세요, 할아버지!"

"오, 잘 있었니, 리파!"

나무다리 할아버지는 무척 기뻐했다.

"애들아, 이 돈 많은 목수를 사랑해다오! 핫! 핫! 귀여운 것들아. 내 귀여운 것들아!"

나무다리 할아버지는 기쁨의 눈물을 흘리며 말하였다. 나무다리 할아버지와 야코프가 지나간 후에도 그들의 말소리는 아직 들려오고 있었다. 그 다음 얼마 안 가서 츠이부킨 노인을 만났다. 갑자기 모두들 잠잠해졌다. 리파와 플라스코바는 잠시 뒤로 물러섰다. 노인이 그들 옆에 다가왔을 때 리파는 정중히 인사를 하고 말했다.

"안녕하세요, 그리고리 페트로비치.'

어머니도 인사를 했다. 노인은 발걸음을 멈추고 그들 모녀를 물끄러미 바라보고만 있었다. 입술이 바르르 떨리고 그의 눈에는 눈물이 글썽하게 맺혔다. 리파는 어머니의 보자기에서 빵조각을 끄집어 내어 노인에게 주었다. 노인은 그것을 받아 들고 씹어 먹기 시작했다.

해는 이미 저물고 있었다. 거리 위를 비추던 저녁 햇살도 자취를 감추었다. 주위에는 어둠이 깃들고 싸늘한 기분이 감돌았다. 리파와 플라스코바는 다시 발걸음을 옮기면서 계속해서 가슴에 성호를 그었다.

귀여운 여인

 퇴직한 팔등관(八等官)인 플레만니코프의 딸 올렌카는 생각에 잠겨 자기 집 현관 층계에 앉아 있었다. 날씨는 무더운데 파리까지 짓궂게 덤벼들어서, 기울어져 가는 해가 빨리 저물기만을 기다리고 있었다. 검은 비구름이 이따금 생각난 듯이, 습기찬 미풍을 일으키며 동쪽에서 몰려왔다.

 뜰안에는 이 집 건너방을 빌려 쓰고 있는 티볼리 야외 극장 지배인 쿠킨이 하늘을 쳐다보며 서 있었다.

"제기랄!"

그는 울상이 되어 투덜거렸다.

"또 비야! 일부러 그러는 것처럼 허구헌 날 비만 오니, 이건 내 모가지를 졸라매자는 건가! 날마다 손해가 이만저만 해야지! 이러다간 파산하겠어, 파산!"

그는 올렌카에게 두 손을 쳐들어 보이며 불평을 계속했다.

"우리들의 생활이란 요모양 요꼴입니다. 올렌카 세묘노브나. 울어도 시원치 않을 지경이죠! 별고생을 다 하고 죽도록 기를 쓰며 일해 봐야, 어떡하면 좀 나아질까 하고 밤잠도 자지 않고 별궁리를 다 해봐야, 그게 무슨 소용이겠습니까? 첫째로, 관중이 야만인이나 다름없이 무지막지하단 말이에요. 나는 그들에게 일류 가수들을 동원하여 가장 고상한 오페레타나 무언극을 공연해 주지만, 과연 관중이 그런 것을 필요로 하겠습니까? 설사 그걸 구경한다 해도, 도대체 그들이 무엇을 이해할 수 있겠습니까? 관중은 광대를 요구합니다. 아주 저속한 것을 상연해야 한단 말입니다. 게다가 날씨까지 이 모양이에요. 거의 매일 저녁 비가 오지 않았습니까? 5월 10일부터 시작해서 6월 내내 장마니, 이런 기막힌 일이 어디 있겠어요! 구경꾼은 얼씬하지도 않는데, 그래도 사용료는 물어야 하고, 배우들에겐 보수를 줘야 하잖아요?"

이튿날도 저녁녘에 검은 구름이 몰려왔다. 쿠킨은 미친 듯이 웃으면서 중얼거렸다.

"어쩌겠다는 거야? 퍼부을 테면 얼마든지 퍼부어라! 극장이 몽땅 물에 잠기고, 나는 물 속에서 헤어나지 못하도록 실컷 퍼부으란 말이야! 이 세상에서뿐만 아니라 저승에서까지 나를 못 살게 하겠다는 거로군! 배우들이 나를 걸어 고소해도 좋다. 재판이 뭐야, 시베리아로 유형을 보내도 좋고, 교수대에 올려놔도 겁날 것 없다! 핫 핫 핫!"

그 다음 날도 마찬가지였다…….

올렌카는 쿠킨의 넋두리를 아무 말 없이 가슴 아프게

생각하며 듣고 있었다. 그녀의 눈에도 눈물이 글썽해지는 때가 있었다. 쿠킨의 불행은 드디어 올렌카의 마음을 흔들어 놓고 말았다. 그를 사랑하기 시작한 것이다. 그는 안색이 누렇고 이마에 곱슬머리가 덮인, 작달막한 키에 몸집이 여윈 사람이었다. 음성은 가느다란 테너였는데, 이야기할 때마다 입을 씰룩거렸고, 얼굴에는 언제나 절망의 빛이 감돌고 있었다. 그러나 그는 올렌카의 마음속에 순결하고도 깊은 애정을 일으키게 했다.

올렌카는 언제나 누군가를 사랑하고 있었다. 그녀는 누구도 사랑하지 않는 때가 없었고, 또 그러지 않고는 살아갈 수 없는 여자였다. 어릴 적에는 아버지를 무척 따랐다. 그 아버지는 지금 괴로운 숨을 몰아쉬며 어두운 방안에서 안락의자에 앉아 앓고 있다. 그리고 2년에 한 번쯤 브란스크에서 다녀가는 작은어머니도 사랑했다. 여학교 시절에는 프랑스어 선생님을 사랑했었다. 올렌카는 고운 마음씨를 가진 착하고 조용한 여자였다. 그녀의 눈길은 잔잔하고 부드러웠으며 몸은 매우 건강한 편이었다. 그녀의 통통하고 발그레한 뺨, 보드랍고 흰 살결에 까만 점이 찍힌 목덜미. 무슨 재미있는 이야기를 들을 때면 떠오르는 티없이 상냥한 미소를 보는 사내들이라면 으레 '괜찮은 여잔데……' 하며 자기들도 미소를 지었다. 상대가 여자일 때는, 이야기를 주고받다가도 '아이, 참 귀엽기도 하지!' 하며 느닷없이 그녀의 손을 잡곤 했다.

올렌카가 태어날 때부터 살아 왔고 또 아버지의 유언장에도 그녀의 명의로 돼 있는 이 집은 도심지에서 떨어진 츠이간스카야 슬로보드카에 있었다. 치볼리 야외극장이 가까워서 저녁마다 늦도록 음악소리와 폭죽이 터지는 소리가 들려왔다. 그런 소리를 듣고 있으면, 올렌카는 자기의 운명과 싸우며 자기의 가장 큰 적인 무관심한 관중을 향하여 공격을 가하고 있는 쿠킨의 모습이 떠올랐다. 그와 동시에 그녀의 심장은 달콤한 감격으로 벅차올랐다.

잠을 청할 생각은 아예 하지도 않았다. 새벽녘에 그가 돌아오면, 침실 창문을 똑똑 두드리고 커튼 사이로 얼굴과 한쪽 어깨만을 내밀며 상냥한 미소를 지어 보였다.

쿠킨은 올렌카에게 청혼하여 그들은 결혼했다. 그 역시 그녀의 목덜미며, 포동포동한 두 어깨를 보고는 두 손을 번쩍 쳐들고 기뻐하며 이렇게 말했다.

"당신은 정말 귀염둥이로군!"

그는 행복했다. 그러나 결혼식 날에도 밤낮을 두고 비가 온 것처럼, 그의 얼굴에서도 절망의 빛이 아주 사라지지는 않았다.

결혼한 후에 그들은 다정하고 즐겁게 살았다. 올렌카는 입장권을 팔기도 하고, 극장 안의 여러 가지 일을 거들어 주기도 하고, 계산서를 꾸미고 월급을 치러 주기도 했다. 그녀의 발그레한 두 뺨과 티없이 맑고 귀여운 미소가 매표구에서 보이기도 했고, 무대 뒤나 구내 식당에 나타나기도 했다.

그녀는 이제 자기가 아는 사람들을 붙들고, 연극이야말로 인간 생활에서 가장 보람있고 또 없어서는 안 될 중요한 것이며, 연극을 통해서만 인간은 참다운 위안을 느낄 수 있고 교양을 지닌 인도주의적 인간이 될 수 있다며 곧잘 설명하곤 했다.

"하지만 관중이 과연 그걸 이해할 수 있겠어요?"

그녀는 이렇게 말했다.

"그들이 요구하는 건 광대라니까요! 어제 〈개작(改作) 파우스트〉를 공연했더니 관람석이 아주 텅 비어 있었어요. 그렇지만 우리 남편과 내가 저속한 신파나 공연했더라면 틀림없이 대만원이었을 거예요. 내일 바니치카와 나는 〈지옥에서의 오르페우스〉를 상연하기로 했어요. 꼭 보러오세요."

그러고는 연극이나 배우들에 관해서 쿠킨이 하던 말을 그대로 되풀이했다. 남편이 하는 그대로, 예술에 대한 관중의 냉담과 무지를 탓하기도 하고, 무대 연습에 끼어들어 배우들의 포즈를 고쳐 주고 악사들의 몸짓을 감독하기도 했다. 어쩌다 지방 신문에 연극에 관한 악평이 실리는 일이 있으면 눈물을 흘렸으며, 그 악평을 해명하려고 직접 신문사를 찾아다니기도 했다.

배우들도 올렌카를 좋아했다. 그들은 그녀를 '또 하나의 바니치카'라거나, '귀여운 여인'이라고 불렀다. 그녀는 배우들을 동정해서 많지 않은 돈이면 빌려 주기도 했다. 그러다가 배우들이 약속을 지키지 않을 때에도 남편에게 일러바치는 일은 없었고, 그저 혼자서 눈물을 찔끔찔끔 짜고 말았다.

이들 부부는 겨울에도 잘 지냈다. 야외 극장은 시내에 있는 극단이 공연하지 않는 대신에, 소러시아에서 온 소규모의 극단, 마술사들, 그렇지 않으면 시골 아마추어 연극 동호회 같은 데에 단기간씩 빌려 주었다. 올렌카는 점점 뚱뚱해지기 시작했고, 흡족한 표정으로 얼굴이 환해져 갔다. 그러나 쿠킨은 노랗게 말라만 가면서, 겨우내 경기가 나쁘지 않았는데도 손해가 막심하다고 투덜거리기만 했다. 그는 밤마다 쿨룩쿨룩 기침을 했다. 그래서 올렌카는 남편에게 딸기즙이나 보리수꽃의 즙을 짜서 끓여 먹이기도 하고, 오데코롱으로 찜질도 해주고, 자기의 따뜻한 숄을 걸쳐 주기도 했다.

"난 당신이 얼마나 좋은지 몰라요!"

남편의 머리를 쓰다듬으며 그녀가 다정스럽게 말했다.

"당신은 정말 좋은 분이야!"

사순제가 되자, 쿠킨은 극단을 모집하러 모스크바로 떠났다. 올렌카는 남편 없이 잠을 이룰 수가 없어서, 밤이 새도록 별들만 바라보며 창가에 앉아 있었다. 그럴 때 그녀는, 닭장에 수탉이 없으면 괜히 겁을 집어먹고 밤새 잠을 못 자는 암탉과 자기를 비교해 보기도 했다. 쿠킨은 모스크바에서 한동안 머무르며, 부활절까지는 돌아갈 테니 극장 일은 이러저렇게 처리하라는 편지를 보내왔다.

그러나 부활절을 일 주일 남긴 월요일 밤늦게 불길한 예감을 주는 노크 소리가 들려왔다. 문 밖에서 누가 커다란 나무통을 쿠웅쿠웅 두드리고 있는 것 같은 소리였다. 잠이 덜 깬 하녀가 맨발로 물이 질퍽하게 고인 뜰을 거쳐 대문으로 달려나갔다.

"문 좀 열어 주시오!"

밖에서 거칠고 굵직한 목소리가 들렸다.

"댁에 전보요!"

올렌카는 이전에도 남편에게서 전보를 받은 일이 있었지만, 이번만은 어쩐지 정신이 아찔해지는 것 같았다. 부들부들 떨리는 손으로 전보용지를 펴들었다.

전보에는 이렇게 적혀있었다.

'이반 페트로비치 오늘 돌연 사망. 화요일 장례식. ××× 지시를 바람.'

장례식 다음에 적힌 글짜는 전혀 뜻모를 말이었다. 발신인은 소가극단 무대감독이었다.

"여보!"

올렌카는 흐느껴 울었다.

"나의 소중한 바니치카! 이게 어떻게 된 일이에요! 왜 나는 당신과 만났을까요? 왜 나는 당신을 사랑했을까요! 불쌍한 당신의 올렌카를 두고, 이 가엾고 불행한 올렌카를 두고, 당신은 혼자 어디로 가버렸단 말이에요?"

쿠킨의 장례식은 모스크바에서 치러졌다. 장례식을 끝내고 수요일에 올렌카는 집으로 돌아왔다. 방에 들어서자마자 침대에 몸을 던지고, 큰길에서나 이웃집에서도 들릴 만큼 큰 소리로 통곡을 했다.

"가엾기도 해라!"

이웃집 사람들은 가슴에 성호를 그으며 말했다.

"귀여운 올리가 세묘노브나가 저렇게 상심하다가는 몸을 망쳐 버리겠네!"

그로부터 석 달이 지난 어느날, 수심에 찬 올렌카가 상복을 입고 미사에서 돌아오는 길이었다. 이웃에 사는 바실리 안드레이치 푸스토발로프도 역시 교회에서 돌아오는 길이었는데, 우연히도 올렌카와 나란히 걷게 되었다. 그는 바바카예프라는 목재상의 주인이었다. 밀짚모자를 쓰고 금으로 만든 시계줄을 드리운 흰 조끼를 받쳐 입은 모습이, 상인이라기보다는 차라리 시골 지주라는 편이 어울릴 것 같은 사람이었다.

"세상의 모든 일은 다 주님의 뜻에 따라 결정되는 것입니다. 올리가 세묘노브나."

그가 동정 어린 음성으로 침착하게 타이르듯이 말했다.

"우리가 아끼고 귀중히 여기는 사람 중의 누가 죽는다 해도, 그것은 주님의 뜻입니다. 우리는 슬픔을 참고 그 뜻에 순종해야 하지요."

그는 대문까지 올렌카를 바래다 준 다음, 작별인사를 하고 돌아갔다. 이런 일이 있은 후, 그의 침착하고 위엄 있는 음성은 그녀의 귓가에서 온종일 사라지지 않았고, 눈을 감기만 하면 그의 검은 수염이 머릿속에 떠올랐다. 올렌카는 그를 무척 좋아하게 되었다. 남자 쪽에서도 그녀에게 관심을 가지고 있는 것이 틀림없었다. 그것은, 며칠 후 안면이 좀 있는 어떤 중년부인이 커피를 마시러 집으로 찾아와서는 식탁에 앉기가 무섭게 푸스토발로프의 말을 꺼내며 그가 아주 착실하고 믿음직스러운 신랑감이라는 둥, 그 사람한테라면 어떤 여자든지 시집가고 싶어할 거라는 말을 장황하게 늘어놓고 간 일만 봐도 충분히 짐작할 수 있었다. 사흘 후에는 푸스토발로프 자신이 찾아왔다. 그는 불과 10분이나 앉아 있었을까, 말도 몇 마디 하지 않고 돌아갔으나 올렌카는 벌써 그를 사랑하게 되었다. 얼마나 그에게 반해 버렸는지, 그날은 밤새도록 잠을 이루지 못하고 열병에 걸린 사람처럼 들떠 있었다. 그래서 아침이 되기가 바쁘게 그 중년부인을 불러왔다. 곧 혼담이 성립되었고, 마침내 결혼식도 치렀다.

결혼한 후 푸스토발로프와 올렌카는 사이좋게 지냈

다. 남편은 점심때까지 상점에 앉아 있다가 그 후에는 일을 보러 밖으로 나가곤 했다. 그러면 올렌카가 그를 대신하여 저녁때까지 사무실에 앉아서 계산서를 꾸미기도 하고 물건을 팔기도 했다.

"목재는 해마다 2할씩이나 값이 오르고 있답니다."

물건을 사러 오는 손님이나 아는 사람들에게 그녀는 이렇게 설명하곤 했다.

"이전에는 이 지방 목재만 가지고도 장사가 되었는데, 지금은 우리 남편이 목재를 구입하러 모길레프 현(縣)까지 해마다 다녀와야 합니다. 그리고 또 그 운임은……."

이렇게 말하며 그녀는 두 손으로 뺨을 감싸고 아주 놀란 표정을 지어 보였다.

"아주 엄청나게 비싸다니까요!"

올렌카는 오래 전부터 자기가 목재상을 경영해 온 것처럼 느꼈다. 또 목재야말로 인간 생활에서 가장 중요하고 필요한 물건인 것처럼 생각했다. 대들보, 통나무, 서까래, 판자, 각목, 창재(窓材), 기둥, 톱밥 등등, 이런 말들이 어릴 때부터 귀에 익은 것처럼 친밀하게 들렸다. 잠을 잘 때에도 차곡차곡 쌓아올린 두텁고 얇은 판자더미라든가, 어디론가 시외로 나무를 운반해 가는 우마차의 기다란 행렬이라든가, 길이가 30척이 넘는 통나무가 모두 일어나서 마치 군대처럼 재목 저장고로 행군하는 꿈을 꾸었다. 통나무, 들보, 판자 같은 마른 나무가 요란한 소리를 내고 서로 부딪치면서 한꺼번에 무너져 내린다든가, 다시 저절로 쌓아올려지는 꿈도 꾸었다. 그럴 때 올렌카는 소스라쳐 놀라며 깨어나곤 했다. 그러면 푸스토발로프가 어린아이 달래듯이 말했다.

"왜 그러지, 올렌카? 어서 성호를 그어요!"

남편의 생각은 바로 아내의 생각이기도 했다. 가령 남편이 방안이 너무 넓다고 하든가 장사가 잘 안 된다고 생각하면, 그녀도 역시 그렇게 생각했다. 남편은 어떤 종류의 오락도 좋아하지 않았다. 공휴일에도 그는 집에만 틀어박혀 있었고, 아내도 역시 마찬가지였다.

"매일 집안이나 사무실에서만 있지 말고 극장 같은 데 구경이라도 좀 다녀 보세요."

가깝게 지내는 사람들은 그녀에게 이렇게 권했다.

"우리 남편과 나는 극장엔 가지 않기로 했어요."

그녀는 위엄 있는 말투로 대답했다.

"우리처럼 열심히 일하는 사람들에겐 그런 우스꽝스런 구경을 하고 다닐 시간이 없답니다. 극장에 다녀 봐야 뭐 하나 이로울 게 있어야죠."

토요일이면 푸스토발로프 부부는 저녁 기도에 참석했고, 일요일엔 아침 미사에 참석했다. 교회에서 돌아올 때 그들은 부드러운 표정으로 나란히 걸었다. 아내의 비단옷은 사락사락 기분 좋은 소리를 냈고, 남이 보기에도 두 사람은 더없이 행복해 보였다. 집에 돌아와서는 버터빵에 여러 가지 잼을 발라서 차를 마시고, 케이크를 먹었다. 매일 점심때가 되면 수프며, 양고기, 오리를 볶는 냄새가 대문 밖 큰길까지 풍겨 나왔다. 육식을 금하는 날에는 생선으로 요리를 만들었다. 그래서 누구나 이 집 앞을 지날 때면 군침을 삼켰다. 사무실에는 언제나 사모바르가 끓고 있어서 손님들은 차와 도넛을 대접받았다.

일 주일에 한 번씩 이 부부는 목욕탕에 갔다가 볼그레하게 상기한 얼굴로 나란히 집으로 돌아오곤 했다.

"덕분에 잘 지내고 있지요."

올렌카는 아는 사람을 만나면 이렇게 말했다.

"남들도 모두 남편과 내가 사는 것처럼 행복하게 살 수 있게 해달라고 주님께 기도한답니다."

푸스토발로프가 목재를 구입하러 모길레프 현으로 떠나자, 그녀는 매우 쓸쓸해하며 밤잠도 못 자고 눈물만 흘리고 있었다. 그녀의 집 별채를 빌려 쓰고 있는 젊은 군 수의관(軍獸醫官)인 스미르닌이 저녁이면 이따금 놀러왔다. 그는 올렌카에게 이야기도 해주고 함께 트럼프 놀이도 했는데, 그것이 그녀에게는 많은 위로가 되었다. 스미르닌의 가정 이야기는 특히 그녀의 관심을 끌었다. 수의관에게는 아내와 아들 하나가 있었는데, 아내의 행실이 좋지 못하여 헤어졌다는 것이다. 그는 지금 자기 아내를 몹시 원망하고 있기는 하지만, 아들의 양육비로 매달 40루블씩 보내주고 있다고 했다. 그런 이야기를 들으며 올렌카는 한숨을 내쉬고 머리를 흔들었다. 그가 측은하게 여겨졌던 것이다.

"주님께서 당신을 구해 주시도록 기도하겠어요."

층계까지 촛불을 들고 나와서 그를 배웅하며 올렌카가 말했다.

"심심한데 와주셔서 정말 고마웠어요. 주님께서 당신에게 건강을 주시고, 또 성모 마리아께서도……."

그녀의 말투는 남편을 닮아 침착하고 위엄이 있었다. 아래층 문을 열고 나가려는 수의관을 일부러 불러 세우고 그녀는 이렇게 충고했다.

"블라디미르 플라토니치, 부인과 화해하셔야 합니다. 아드님을 봐서라도 부인을 용서해 줘야죠! 어린아이 마음에 그늘이 지게 해서는 안 되니까요."

푸스토발로프가 돌아오자, 그녀는 남편에게 수의관의 불행한 가정 이야기를 소곤소곤 들려주었다. 그리고 그들 내외는 한숨을 쉬고 머리를 저으면서, 그 어린아이가 얼마나 아버지가 보고 싶겠느냐고 남의 일 같지 않게 동정을 했다. 그러다가 내외는 어떤 생각이 떠올라 성상 앞에 무릎을 꿇고, 자기들에게도 자식을 달라는 기도를 드렸다.

이렇듯 푸스토발로프 부부는 깊은 사랑 속에서 말다

툼 한 번 하지 않고 6년 동안 조용하고 평화로운 나날을 보냈다. 어느 겨울날, 바실리 안드레이치가 상점에서 뜨거운 차를 한 잔 마시고는, 목재가 반출되는 것을 살피러 모자도 쓰지 않은 채 밖으로 나갔다가 그만 감기에 걸렸다. 드디어는 앓아눕게 되었다. 이름난 의사들을 불러 보았지만 그의 병세는 조금도 차도가 없었다. 넉 달 동안 누워 앓다가 끝내 죽어 버리고 말았다. 올렌카는 다시금 과부가 된 것이다.

"나를 두고 당신은 혼자 어디로 가신단 말이에요, 여보!"

남편의 장례식을 치르고, 그녀는 이렇게 통곡했다.

"당신 없이 나 혼자 앞으로 어떻게 살아가면 좋아요? 내가 가엾고 불쌍하지도 않으세요? 이웃의 여러분들이 나를 보살펴 주세요. 나는 이제 의지할 데 없는 여자가 돼 버렸어요……."

올렌카는 상장(喪章)이 달린 검은 옷을 입고다닐 뿐, 모자나 장갑도 끼지 않았다. 그리고 교회와 남편 묘지에 가는 것 이외에는 밖으로 나오는 일도 없었다. 마치 수도원의 수녀와 같은 생활을 했다.

푸스토발로프가 죽은 지 6개월이 지나자, 올렌카는 상복을 벗고 무겁게 닫아두었던 창의 덧문을 열어 놓기 시작했다. 아침이면 이따금 하녀를 데리고 시장에 나가는 그녀의 모습을 볼 수 있게 되었다. 그러나 집안에서 그녀가 어떻게 지내고 있는지, 또 무슨 일이 일어나고 있는지, 그런 것은 그저 제멋대로 추측해 보는 수밖에 다른 도리가 없었다. 그녀가 뜰안에 앉아 수의관과 차를 마시고 있다느니, 수의관이 그녀에게 신문을 읽어 주고 있는 것을 누가 보았다느니, 또 우체국에서 어떤 친구를 만난 올렌카는 이런 말을 하더라느니 하는 소문이 그러한 추측의 근거가 되었다.

"이 고장에서는 가축 관리가 제대로 돼 있지 않아요. 그것이 여러 가지 병이 생기는 원인이지요. 우유에서 병을 얻게 되고, 말이나 소에게서 무서운 병이 사람에게 옮겨진다는 것쯤은 누구나 알 만한 일이에요. 그래서 가축의 건강에 대해서도 사람의 건강 못지않게 세심한 주의가 필요한 거예요."

수의관의 견해를 그대로 남에게 되풀이한 것이다. 그리고 무슨 일에 대해서나 그녀는 벌써 수의관과 똑같은 의견을 가지게 되었다. 올렌카는 그 누구에 대한 애정 없이는 단 1년도 살아갈 수 없는 여자였다. 그래서 그녀는 자기 집 별채에서 새로운 행복을 찾은 것이다. 다른 여자였다면 사람들의 비난을 받았겠지만, 올렌카의 경우에는 누구도 나쁘게 해석하려는 사람이 없었다. 그것이 그녀에게는 너무도 당연하다고 생각했기 때문이다. 올렌카와 수의관은 누구에게도 자기들의 관계를 말하지 않고 될 수 있는 대로 감추려 했지만, 그것은 불

가능한 일이었다. 올렌카는 비밀이라는 것을 가질 수 없는 여자였다. 연대(聯隊)에 같이 근무하는 수의관의 친구들이 놀러오면, 올렌카는 그들에게 차를 대접하기도 하고 어떤 때는 밤참을 내가기도 했다.

그런 자리에서도 그녀는 페스트·결핵 등 가축의 질병이나, 도회지의 도살장과 같은 문제에 대해 늘어놓기가 일쑤여서 수의관을 난처하게 만들었다. 손님들이 돌아간 후, 수의관은 그녀의 손을 붙잡고 화를 내며 나무랐다.

"똑똑히 알지도 못하는 그런 얘긴 하지 말라고 그러지 않았소. 우리 수의사들끼리 얘기할 땐 제발 말참견 좀 하지 말아요. 내 꼴이 뭐가 되겠소!"

그러면 올렌카는 놀라움과 불안이 섞인 얼굴로 그를 쳐다보며 물었다.

"그럼 볼로치카, 난 무슨 말을 하면 좋아요?"

그리고 눈물이 글썽해져서 그를 껴안으며 화내지 말라고 애원했다. 그래도 두 사람은 행복했다.

그러나 그 행복도 오래 계속되지는 못했다. 연대가 다른 곳으로, 시베리아로 가는 것은 아니지만 아주 먼 곳으로 이동하게 되어 수의관도 연대와 함께 영영 떠나가 버린 것이다. 그래서 올렌카는 다시 혼자 남게 되었다.

이제 그녀는 그야말로 외톨이가 되었다. 아버지도 이미 오래 전에 세상을 떠나고 말았다. 그가 앉았던 의자는 다리가 하나 부러진 채 먼지를 가득 쓰고 지붕 밑 창고 속에 들어가 있었다. 그녀의 복스럽던 얼굴도 이제는 여위고 귀여움은 사라졌다. 거리에서 만나는 사람들도 이전처럼 그녀에게 미소를 던지는 일이 없었다. 분명히 젊고 아름답던 시절은 지나가 버리고 다시는 그녀에게 되돌아올 수 없게 된 것이다. 그리고 이제, 행복이란 꿈도 꿀 수 없는 그늘진 생활이 시작된 것이다.

해가 기울어지면 올렌카는 현관 층계에 앉아 있었다. 야외 극장에서는 음악소리와 폭죽이 터지는 소리가 전과 다름없이 들려왔지만, 지금은 아무런 감동도 일어나지 않았다. 아무 생각도 없이, 아무 욕망도 없이, 그저 멍하니 텅빈 정원을 바라보고 있을 따름이었다. 그러다가 밤이 와서 잠자리에 들면 꿈 속에서도 폐허 같은 자기 집 정원을 다시 보곤 했다. 음식은 마지못해 먹는 흉내만 냈다.

그러나 그녀에게 무엇보다도 가장 큰 불행은, 아무 일에도 자기 의견을 가질 수 없게 되었다는 것이다. 물론 주위의 사물이 눈에 띄었고 또 주위에서 일어나는 일을 알고 있기는 했지만, 그런 일에 대해 아무런 자기 의견도 세울 수 없을 뿐 아니라 무슨 이야기를 해야 할지 갈피를 잡을 수 없었다. 자기 의견을 가질 수 없다는 것이 그녀에게 얼마나 무서운 일이었는지 모른다. 가령 병(瓶)이 놓여 있다든지, 비가 온다든지, 농부가 달구지에 올라타고 가는 것을 보았다 해도, 무엇 때문에 있는 병이고, 무엇 때문에 비가 오고, 또 농부는 무엇을 하러 가는지 자신의 생각으로는 이야기할 수 없었다. 아마 천 루블을 줄 테니 말해 보라 해도, 무어라고 입을 뗄 재주가 없었을 것이다.

쿠킨이나 푸스토발로프나 수의관과 함께 지낼 때는 모든 일에 대해 설명할 수 있었고, 그럴 듯한 자기 의견을 말할 수 있었다. 그러나 지금, 그녀의 머릿속은 자기 집안처럼 공허했다. 그것은 소름이 끼치도록 무섭고 괴로운 일이었다.

시가지는 점점 사방으로 퍼져, 츠이간스카야 슬로보드카도 이제는 큰 거리가 되었다. 치볼리 극장과 목재상이 있던 자리에는 집들이 즐비하게 들어서서, 이리저리 골목길이 생겼다. 참으로 세월이 빨리 지나갔다. 올렌카의 집은 연기에 그을리고, 지붕은 녹이 슬고, 헛간은 한쪽으로 기울어지고, 뜰안에는 잡초와 가시나무가 무성했다.

집주인인 올렌카의 얼굴에도 흉하게 주름이 늘어갔다. 여름이면 허전한 마음으로 시름없이 층계에 나와 앉아 있었고, 겨울에는 눈 내리는 것을 바라보며 창가에 앉아 있었다.

훈훈한 봄바람이 불기 시작하고 그 바람을 타고 교회의 종소리가 들려오면, 문득 지난날의 추억이 한꺼번에 되살아나서 가슴이 메어질 것 같았다. 그러나 그 눈물도 오래 가는 것은 아니었다. 다시금 무엇 때문에 사는지 알 수 없는 공허감이 그 자리를 차지하였다.

브리스카라 부르는 새까만 고양이가 야옹거리며 곁에 와서 재롱을 부렸으나, 그것도 올렌카의 마음을 움직일 수는 없었다. 그녀에게 고양이의 재롱이 무슨 소용이 있겠는가. 그녀에게 필요한 것은 자기의 모든 존재, 자기의 이성과 영혼을 독점하고, 생각할 수 있는 힘과 생활의 방향을 제시해 주며, 식어가는 피를 다시 따뜻하게 해줄 수 있는 그러한 사랑이었던 것이다.

그녀는 옷깃에 매달리는 고양이를 떼어내 밀어 버리며 짜증을 냈다.

"저리 가거라! 귀찮다!"

날이면 날마다 아무런 기쁨도, 아무런 자기 주장도 없이 세월을 보내며 해를 맞이했다. 살림은 하녀 마브라가 하는 대로 맡겨 두었다.

무더운 6월 어느날 저녁 무렵이었다. 시외로 나갔던 가축들이 집안으로 온통 먼지를 휘날리며 지나갈 때 누군가 대문을 두드리는 사람이 있었다. 올렌카가 나가서 문을 열었다. 그리고 밖을 보았을 때, 하마터면 기절할 뻔했다. 문 밖에는 머리가 희끗희끗한 수의관이 평복을 입고 서 있었다. 순간, 잊어버렸던 모든 과거가 되살아났다. 그녀는 어쩔 줄 몰라, 한 마디 말도 입 밖에 내지 못한 채 그의 가슴에 머리를 파묻고 흐느껴 울었다.

너무나 흥분한 나머지 두 사람이 어떻게 집으로 들어오고, 어떻게 차를 마시러 식탁에 와서 마주 앉았는지 알 수가 없었다.

"당신이 오셨군요!"

기쁨에 떨리는 목소리로 그녀가 속삭이듯 말했다.

"블라디미르 플라토니치! 어디에 계시다 이렇게 찾아오셨어요?"

"이제 아주 이 고장에 와서 살기로 했습니다."

수의관이 입을 열었다.

"군대도 그만두고, 이젠 내 맘껏 일을 해서 자리잡힌 생활을 해보려고 왔지요. 그리고 아들놈도 학교에 입학시킬 때가 되었습니다. 다 자랐어요. 나는…… 알고 계신지 모르겠지만, 아내와 화해를 했습니다."

"그럼 부인은 어디 계신데요?"

올렌카가 물었다.

"어린아이하고 여관에 있습니다. 그래서 지금 셋집을 얻으러 다니는 길이지요."

"아니 셋집이라니, 그게 무슨 말씀이세요. 우리 집에 와 계시면 될 텐데. 왜 여기가 마음에 안 드시나요? 방세는 한 푼도 안 받을 테니 우리 집으로 오세요, 네!"

올렌카는 다시 흥분하여 눈물을 흘렸다.

"이곳을 쓰시도록 하세요. 나는 별채면 되니까요. 그

렇게 하시면 난 얼마나 좋은지 몰라요!"

이튿날, 지붕에는 벌써 페인트칠을 하고 벽도 희게 칠해졌다. 올렌카는 가슴을 펴고 두 손을 허리에 얹고서, 집안을 돌아다니며 여러 가지로 일을 감독하고 있었다. 얼굴에는 예전과 같은 미소가 떠올랐으며, 마치 오랜 잠에서 깨어난 것처럼 그녀의 온몸에서는 활기가 넘쳤다.

수의관의 아내가 아들과 함께 이사를 왔다. 못생긴 얼굴에 머리를 짧게 자르고, 성미가 까다로울 것 같은 여윈 몸집의 여자였다. 아들 사샤는 열 살 난 어린아이 치고는 키가 작고 뚱뚱한 편이었는데, 눈이 파랗고 볼엔 오목 패인 보조개가 있었다.

아이는 뜰 안에 들어서기가 무섭게 고양이를 쫓아서 달려가더니, 곧이어 명랑하고 즐거운 웃음소리가 들려왔다.

"아주머니, 이거 아주머니네 고양이죠?"

사샤가 올렌카에게 물었다.

"새끼 낳으면 우리 하나 주세요. 우리 어머닌 쥐새끼를 제일 싫어해요."

올렌카가 차를 따라 주며 사샤와 이야기하고 있다 보면 가슴이 훈훈해지며, 이 아이가 제 자식처럼 사랑스럽게 여겨졌다. 저녁에 사샤가 책상에 앉아 공부를 하고 있으면 그녀는 대견스럽게 그 모습을 바라보며 이렇게 속으로 중얼거렸다.

'참 귀엽기도 하지…… 어쩌면 어린 것이 저렇게 똑똑할까? 어쩌면 저리도 하얀 살결을 가졌담!'

"섬은 사면이 바다로 둘러싸인 육지의 한 부분입니다."

사샤가 소리를 내어 읽었다.

"섬은 사면이 바다로 둘러싸인……."

올렌카도 받아서 읽었다. 이것은 여러 해 동안 자기 주장이라는 것을 모르고 침묵 속에서만 살아 온 그녀가, 자신을 가지고 입 밖에 낸 맨처음 의견이었다. 이제야 올렌카는 다시 자기 자신의 의견을 가지게 된 것이다.

저녁식사 때 그녀는 사샤의 부모와 이야기하면서, 중학교 과목은 어린아이들에게 어렵긴 하지만, 실업교육을 받게 하는 것보다는 역시 기초적인 고전을 교육시키는 중학교가 장래를 위해서 더 좋다는 말을 했다. 중학교를 마치면 의사도 기사(技師)도 될 수 있고, 자기가 원하는 대로 진출할 수 있는 길이 트이기 때문이라는 것이었다.

사샤가 중학교에 다니게 되었다. 그의 어머니는 하리코프에 있는 자기 언니네 집에 가서 돌아오지 않았다. 아버지는 매일같이 가축 검사를 하러 출장가서 어떤 때는 2, 3일씩 묵었다가 오는 일도 있었다. 그럴 때면 사샤는 자기 가정에서 완전히 버림받은 거나 다름이 없었다. 올렌카는 사샤가 그러다가 굶어죽지나 않을까 걱정

되었다. 그래서 그녀는 아이를 데려다가 자기가 거처하는 별채에 붙은 조그만 방 하나를 마련해 주었다.

사샤가 올렌카에게 와서 살게 된 지도 벌써 반 년이 지났다. 아침이 되면 그녀는 아이 방으로 들어갔다. 사샤는 한쪽 뺨 밑에 손바닥을 괴고 죽은 듯이 잠을 자고 있었다. 아이를 깨우는 것이 가여워서 그녀는 늘 망설였다.

"얘, 사셴카야!"

올렌카는 애처로운 듯이 아이를 불렀다.

"이젠 일어나거라. 학교에 갈 시간이 되었어!"

사샤는 일어나서 옷을 갈아입고 아침 기도를 드린 다음, 차 석 잔과 커다란 도넛 두 개와 버터 바른 빵을 조금 먹었다. 아침은 잠이 채 깨지 않아서 뽀로통한 얼굴로 먹기가 일쑤였다.

"그런데 사셴카야, 너 학교에서 배운 그 우화(寓話)를 똑똑히 따라 외우지 못했더구나."

마치 아이를 먼곳으로 떠나 보내기나 하는 것처럼 그녀는 이렇게 타일렀다.

"나는 항상 네 일이 걱정이란다. 열심히 공부하고, 선생님 말씀도 명심해서 들어야 한다. 알겠니?"

"아이, 그런 말 제발 그만둬요!"

사샤는 이렇게 내쏘곤 했다. 이윽고 소년이, 자기 머리보다 훨씬 큰 모자를 쓰고 책가방을 둘러메고 큰길로 나와 학교 쪽으로 걸어가면, 올렌카도 그 뒤를 슬금슬금 따라나섰다.

"사센카야!"

뒤에서 불러세워서는 대추나 캐러멜을 손에 쥐어 주기도 했다. 학교가 있는 골목길로 접어들면, 사샤는 몸집이 큰 여자가 뒤에 따라오는 것이 부끄러워서 뒤를 돌아보며 말했다.

"이젠 돌아가요. 나 혼자서도 갈 수 있어요."

올렌카는 멈춰 서서 소년이 학교 문 안으로 사라질 때까지 물끄러미 바라보았다. 소년에 대한 그녀의 애정이 얼마나 깊은지 아는 사람은 아무도 없었다. 과거에 사랑한 일이 있는 어느 누구에게도 그처럼 깊은 애정을 바친 적은 없었다. 모성으로서의 사랑이 날이 갈수록 불타오르는 지금처럼, 그렇게 헌신적이고 순결하며 기쁨을 주는 애정이 그녀의 영혼을 독차지해 버린 일은 결코 없었다. 자기와는 아무 핏줄도 섞이지 않은 이 소년에게, 볼에 박힌 오목한 보조개에, 그 커다란 학생모에 그녀는 자기의 한평생을, 눈물과 기쁨을 모두 바칠 수 있었다. 무슨 이유로 그러는지, 누가 그것을 알 수 있겠는가.

사샤를 학교에 바래다 주고, 올렌카는 흡족하고 평온한 마음으로 천천히 집으로 돌아왔다. 이 반년 동안에 한결 젊어진 그녀의 얼굴에는 밝은 미소가 떠날 줄 몰랐다.

 길에서 만나는 사람들은 옛날처럼 그녀에게 친밀감을 느끼며 말을 걸어오게 되었다.

 "안녕하세요, 귀여운 올리가 세묘노브나! 요새 어떻게 지내십니까?"

 "중학교 학과가 아주 어려워졌더군요."

 시장에서 올렌카는 이런 말을 했다.

 "글쎄, 어제는 1학년 애들에게 우화의 암송과 라틴어 번역, 또 수학 문제까지 숙제를 내주었으니 그게 말이 됩니까? 아직 어린아이들에게 너무 부담이 되지 않겠어요?"

 그리고 올렌카는 교사들이며, 학교 수업, 교과서 등에 대해 사샤에게서 들은 그대로 늘어놓기 시작했다.

 오후 세 시에 점심을 먹고, 저녁에는 함께 예습을 하느라 끙끙대곤 했다. 사샤를 잠자리에 눕히며 그녀는 몇 번이나 성호를 긋고 입 속으로 기도를 드렸다. 그 다음에야 자기도 자리에 누웠다. 그러고는 사샤가 대학을 마치고 의사나 기사가 되어, 마구간과 마차까지 있는 커다란 저택을 가지게 되고, 또 결혼하여 자식을 낳고……. 이처럼 아득히 미래에 대한 환상에 잠기곤 했다. 눈을 감고 그런 생각을 하다 보면 뺨에 하염없는 눈물이 흘러내렸다. 겨드랑이 밑에서 고양이가 가르릉 가르릉 코를 골고 있었다.

밤중에 별안간 대문을 쾅쾅 두드리는 소리가 났다.

올렌카는 겁을 먹고 벌떡 일어나 앉았다. 숨이 막혔다. 가슴은 방망이질을 했다. 잠깐 사이를 두고 다시 쾅쾅 두드리는 소리가 들렸다.

'하리코프에서 전보가 왔구나!'

온몸을 후들후들 떨면서 올렌카는 이렇게 생각했다.

'사샤의 어머니가 그애를 하리코프로 보내라고 전보를 쳤나봐…… 아…… 이 일을 어쩌면 좋아…….'

올렌카는 절망 속에 빠져들었다. 머리와 온몸이 얼음장처럼 얼었다. 이 세상에서 자기보다 더 불행한 사람은 다시 없을 거라고 생각했다. 그러나 잠시 후, 사람의 목소리가 들렸다. 수의관이 클럽에서 돌아온 것이다.

'아, 다행이구나!'

가슴 속에 뭉쳐졌던 무거운 것이 차차 풀리며 다시 가벼워졌다. 올렌카는 옆방에서 깊이 잠들어 있는 사샤를 생각하며 다시 자리에 누웠다. 이따금 사샤의 잠꼬대 소리가 들려왔다.

"난 싫어! 저리 가! 그만두라고!"

상자 속에 든 사나이

 미로노시츠코예 마을 끝에 자리잡고 있는 이장(里長) 프로코피의 집 헛간에서 미처 집으로 돌아가지 못한 사냥꾼들이 하룻밤을 묵게 되었다.
 두 사람은 수의사인 이반 이바니치와 중학교 교사인 불킨이었다. 이반 이바니치는 침샤 기말라이스키란 괴상한 이중의 성(姓)을 갖고 있었다.
 그런데 그 성이 그에게는 조금도 어울리지 않아서 그 고장 사람들은 그저 이름과 부칭(父稱)만을 불렀다. 그는 읍에서 가까운 어느 양마장(養馬場)에 살고 있었는데, 오늘은 그저 시원한 바람이나 쏘일까 하고 사냥을 나온 것이다.
 중학교 교사 불킨은 여름철마다 P백작댁 손님으로 와 있었기 때문에, 이 고장에서는 오래 전부터 낯익은 사람이었다.
 두 사람은 잠을 이루지 못했다. 키가 크고 긴 수염에 바싹 마른 노인 이반 이바니치는 문 옆에 앉아서 파이프 담배를 피우고 있었다. 달빛이 그를 비추고 있었다.
 불킨은 헛간 건초 위에 누워 있었으나 어둠 속이라 잘 보이지 않았다. 두 사람은 여러 가지 이야기를 나누기 시작했다. 그 중에서도 이장의 아내 마브라에 관한 이야기가 화제에 올랐다. 그녀는 건강하고 꽤 똑똑한 편이었으나, 전생애를 통하여 한 번도 마을 밖으로 나가 본 일이 없으며, 거리와 철도조차 본 일이 없었고, 최근 10년 동안은 줄곧 벽난로 옆에만 앉아 있다는 것이다. 그리고 외출은 밤에만 한다고 했다.

"그것이 무슨 놀랄 만한 일이 되나요?"

불킨이 말했다.

"이 세상에는 꿀벌이나 달팽이처럼 자기 집(껍질) 속으로 들어가려고만 하는, 천성이 은폐적인 사람이 적지 않지요. 어떻게 보면, 그것은 인류의 조상들이 아직 사회적 동물이 못 되었을 때, 홀로 동굴 속에서 살고 있었던 시대로 돌아가고 싶어하는 심리일지도 모르죠. 또 어떻게 보면, 그것은 단지 천태만상인 인간 성격 중의 하나인지도 모르겠습니다. 그런 걸 누가 알 수 있습니까! 저는 자연과학자가 아니니 그런 문제에는 문외한입니다. 다만 제가 말하려 하는 것은, 마브라 같은 인간이 그렇게 드물지는 않다는 것입니다. 가장 가까운 예로는, 두어 달 전에 우리 읍에서 사망한 내 동료 베리코프라는 희랍어 교사를 들 수 있습니다. 선생님은 물론 그에 대한 이야기를 들으셨겠지요? 그는 여러 모로 기이한 인물이었습니다. 날씨가 좋은 날에도 밖에 나갈 때는 기어이 덧신을 신고, 우산을 들고, 솜을 넣은 방한

외투까지 입고 다니는 사람이었습니다. 그리고 우산은 자루 주머니에 넣고, 시계는 잿빛 사슴가죽으로 싸고 말입니다. 연필을 깎으려고 칼을 꺼내는데, 글쎄 그 칼까지도 자그마한 주머니 속에 들어 있지 뭡니까. 게다가 그는 언제나 높다란 옷깃 속에 얼굴을 파묻고 있어서 얼굴마저 자루 속에 들어 있는 것같이 보였습니다. 검은 안경을 쓰고 재킷을 입은데다 귀까지 솜으로 싸고, 마차를 타면 꼭 휘장을 치라고 했습니다. 다시 말하면 그는 항상 무엇으로든 몸을 감싸고, 자기를 외부 세계에서 격리시켜 보호해 줄 상자 같은 것이 절실하게 필요했던 것입니다. 좀처럼 벗어나기 어려운 성벽(性癖)을 가지고 있었지요. 현실은 그를 초조와 공포 속에 몰아넣고, 끊임없는 불안 속에 허덕이게 하였습니다. 자신의 소심증과 현실에 대한 증오를 변호하기 위해서 그랬는지도 모르지만, 그는 언제나 과거를 찬미하였고, 남이 보기엔 아무렇지도 않은 일을 칭찬하였습니다. 그가 가르치고 있던 고대어도, 그에게는 덧신과 마찬가지로 현실생활을 도피하기 위한 한낱 수단에 불과했지요. '아아, 희랍어는 얼마나 듣기 좋고, 얼마나 아름다운 말인가!'

그는 언제나 달콤한 표정으로 말하곤 하였습니다. 그러고는 그 말을 증명이나 하려는 듯이 눈을 가늘게 뜨고 손가락 하나를 치켜들며 '안트로포스(인간)'라고 발음해 보였답니다.

이렇게 베리코프는 자기 사상까지도 상자 속에다 감추려고 했습니다. 그의 관심거리는 무엇을 금지하는 공고라든지, 신문의 논설 같은 것뿐이었습니다.

밤 9시 이후에 학생들의 외출을 금지하는 공고라든지 육체적인 연애를 금지하는 논설 같은 것은 생각할 여지도 없이 극히 당연한 것으로 여겼죠. 무엇이든지 금지만 하면 그것으로 만족한단 말입니다. 그에게는 해방이나 허가라는 그 말자체가 도대체 의아스럽고, 모호한 것으로 여겨졌습니다. 이런 상태이고 보니 거리의 연극 서클, 독서회, 찻집 같은 것이 허가되면 그는 고개를 설레설레 저으면서 나지막한 소리로 말하곤 했지요.

'여하간 다 좋은 일이긴 해. 그렇지만 아무 일도 생기지 말아야 할 텐데.'

이처럼 자기와는 전혀 관계가 없는 다른 사람들의 범법행위, 탈선, 반칙 등도 그의 두통거리가 되었습니다. 동료들 중에서 누가 미사에 늦었다든지, 중학생이 무슨 못된 장난을 했다는 소문이 들린다든지, 여자 사감 선생이 밤늦게 어떤 장교와 함께 가는 것을 사람들이 봤다는 말을 들으면 그는 꼭,

'무슨 일이 생기지 말아야 할 텐데.'

하고 마음을 졸이곤 했습니다.

그는 교직원 회의에서도 남학생과 여학생들의 소행이

불량하다느니, 교실 안에서 너무 떠든다느니 하며, 어쨌든 당국에 알려져서 말썽이 생기면 안 되는데, 아무 일도 생기지 않아야 할 텐데 하면서 온갖 군걱정을 늘어놓았습니다. 그러면서도 2학년생 페트로프와 3학년생 예고로프를 품행이 좋지 않다며 제적해 버렸으면 좋겠다는 말까지 했답니다. 그의 이런 식의 공통성 없는 사고방식, 면밀성, 의심 때문에 우리들은 무척 속을 태웠지요. 그러니 그 후의 일이 어떻게 됐겠습니까? 그의 한숨, 울상을 한 찌푸린 얼굴, 고양이처럼 조그마한 얼굴에 걸친 안경, 이런 것들이 우리를 끊임없이 압박했습니다. 그래서 우리도 마지못해 양보를 해서 페트로프와 예고로프의 품행점을 깎고, 둘 다 한 방에 가두었습니다. 그랬다가 결국 퇴학 처분을 내리고 말았지요.

그 외에도 그는 우리들의 하숙집을 돌아가며 방문하는 괴상한 버릇이 있었습니다. 그런데 동료 교사의 어느 집을 가든지간에 그냥 말없이 앉아 있었습니다. 그러나 마치 무엇을 살피는 듯한 태도였지요. 한두 시간 우두커니 앉아 있다가는 자기 집으로 가버렸습니다. 그의 말을 빌린다면, 그렇게나마 방문하는 것도 동료들과 아주 친근한 관계를 맺기 위해서라는 것입니다. 사실 우리들의 하숙집에 찾아와서 우두커니 앉아 있는다는 것은 그에게도 분명히 고통이었을 것입니다. 그런데도 그처럼 일부러 방문하는 것이 자기 나름대로는 동료에 대한 의무를 다하는 것이라고 생각했던 모양입니다.

우리 교직원들은 모두 그를 두려워했습니다. 교장까지도 그를 두려워했을 정도였으니까요. 그런데 여기서 한 가지 말해 둘 것은, 우리 동료 직원들은 투르게네프나 시체드린을 본보기로 삼아 교육을 받은, 꽤 똑똑하고 생각이 깊은 사람들이었습니다. 그런데도 날마다 덧신을 신고 우산을 들고 다니던 그가 만 15년 동안 중학교 전체를 자기 손아귀에 넣고 있었단 말입니다. 중학교뿐이겠습니까? 읍 전체가 그의 손아귀에 있었습니다. 부인들까지도 토요일마다 개최하던 가정연극을 그가 알아차릴까 봐 중단하고 말았습니다. 목사님들도 그가 앞에 있으면 육식을 하거나 카드 놀이 하는 것을 두려워했습니다. 베리코프의 영향으로 최근 15년 동안 우리 읍 사람들은 무슨 일에나 이런 식으로 겁을 집어먹게 되었습니다. 큰 소리로 말을 한다거나, 편지를 쓴다거나, 이웃과 사귄다거나, 독서를 하는 것까지도 두려워했고, 심지어는 가난한 사람을 도와준다든지, 글을 가르치는 것까지도 두려워해야 할 지경이었답니다."

이반 이바니치는 무슨 말을 하려고 기침을 한 번 하고는, 파이프 담배를 한 모금 빨고 나서 달을 쳐다보면서 한 마디 한 마디 띄엄띄엄 말하기 시작했다.

"아무튼 시체드린이나 투르게네프, 버클과 같은 문호들의 작품을 읽어내는 훌륭한 인텔리들까지도 그처럼 굴복을 당하고 참았단 말이죠……. 바로 그것이 문제로 군요."

"베리코프는 저와 한 집에서 살았습니다."

불킨은 하던 말을 이었다.

"더구나 같은 이층에서 문지방 하나를 사이에 두고 살았으니 자주 만날 수밖에 없었지요. 그러니까 그의 생활을 자세히 잘 알고 있습니다. 집에서의 생활 역시 조금도 다름이 없었습니다. 잠옷에다 실내모를 쓰고, 덧문을 내리고는 빗장을 잠갔지요. 말하자면 굴욕과 제한을 자신에게 가했습니다. 그러고는, '아아, 무슨 일이 생기지 말아야 할 텐데…….' 이런 말을 항상 되풀이하였습니다. 채식만 먹는 것은 몸에 해롭지만 그래도 육식을 먹을 수가 없었어요. 그것은 읍 사람들이 베리코프는 채식주의를 안 지킨다고 할까봐 겁이 났기 때문이지요. 그래서 그는 채식이라고 할 수도 없고 그렇다고 육식이라고도 할 수 없는, 버터에 튀긴 가시고기 같은 것을 반찬으로 먹고 지냈습니다. 그리고 나쁜 소문이라도 날까 두려워서 식모도 두지 못하고, 60 고개를 바라보는, 어딘지 똑똑해 뵈지 않는 백발의 주정뱅이 영감을 뒀지요. 옛날에 군대에서 졸병으로 근무했다는 그 노인은 겨우 불이나 땔 수 있을 정도였지요. 이파나시라는 그 영감은 날마다 팔짱을 끼고 문간에서 서성거리며, 땅이 꺼질 듯한 한숨을 내쉬고 언제나 똑같은 소리로 중얼거렸습니다.

'요즘은 저런 패들이 꽤 많이 늘었단 말야!'

베리코프의 침실은 상자 모양으로 작았고, 침대에는 휘장을 쳐놓았습니다. 잠자리에 들면 그는 머리까지 이불을 뒤집어썼답니다. 그러니 숨이 막힐 지경으로 답답했겠지요. 꽉 닫힌 문은 바람이 불 때마다 덜그덕거리고, 벽난로에서는 불 붙는 소리가 요란했지요. 부엌에서는 영감의 한숨소리가 들려왔습니다. 그 불길한 한숨소리가……. 이불 속에서도 그는 무서워했습니다. 무슨 일이 생기지나 않을까, 아파나시가 자기를 찔러 죽이지나 않을까, 도둑이 들지나 않을까, 이런 쓸데없는 걱정이 태산 같았습니다. 그러니 잠이 들고 나서도 밤새도록 무서운 꿈을 꿀 수밖에 없었지요. 아침이 되어 저와 함께 학교로 출근할 때의 그의 표정은 쓸쓸해 보였고, 얼굴빛은 흰 종잇장 같았습니다. 아마 그가 가고 있는, 사람들이 웅성거리는 학교는 분명히 그에게는 귀찮은 곳이었을 것입니다. 천성이 고독을 벗삼는 사람들은 누구나 그렇겠지만, 그는 나와 나란히 걸어가는 것조차 무척 괴로웠던 모양입니다.

'필경 교실 안은 벌써 야단법석이겠군.'

마치 자기 감정을 얘기하려는 듯한 표정을 짓고 그는 말했습니다.

'말이 아니란 말야!'

그런데 말입니다. 이 희랍어 선생이 장가를 들 뻔했답니다.

이반 이바니치는 헛간 쪽을 돌아보며 재빨리 물었다.
"농담이시겠죠."
"물론 이상하게 생각하시겠지만, 장가를 들 뻔한 것은 사실입니다. 어느날, 우리 학교에 미하일 사브비치 코발렌코라는 소러시아 선생 한 분이 새로 부임해 왔습니다. 그는 지리와 역사를 담당할 분이었습니다. 그 선생은 혼자가 아니고 바렌카란 이름을 가진 누이와 함께 왔습니다. 그는 젊고 후리후리한 키에 얼굴빛이 거무스름하고 손이 큼직한 대장부였습니다. 그의 얼굴 생김새만 보고도 목소리가 굵직하다는 걸 알 수 있을 정도였지요. 사실 그의 음성은 흡사 나무로 만든 물통을 두드릴 때 나는 소리 같았습니다. 그의 누이 바렌카는 서른 안팎으로 보이는 노처녀였습니다. 그녀 역시 키가 크고 날씬한 몸매에다 눈썹은 짙었고, 얼굴빛은 붉어서 홍당무 같았습니다. 한 마디로 말하면 보통 처녀와는 다른 말괄량이였지요. 줄곧 소러시아 노래나 부르고, 걸핏하면 히히덕거렸습니다. 대수롭지 않은 일에도 호호 하하, 큰 소리로 웃어댔답니다. 제가 처음 코발렌코의 누이를 알게 된 것은, 지금도 잊지 않고 있지만, 교장댁의 생일 축하파티에서였습니다. 예의상 마지못해 참석한 무뚝뚝한 교직원 틈에 새로운 비너스가 나타났습니다.

그녀는 손을 허리에 얹은 채 방안을 왔다갔다 하며 히히덕거리는가 하면 노래를 부르기도 했고 춤까지 추었습니다…… 그녀는 감정을 듬뿍 넣어서 〈바람이 분다면〉이란 노래를 부르고 나더니 또다른 노래를 연달아 불렀습니다. 우리들은 그녀의 노랫소리에 얼이 빠졌었죠. 심지어는 베리코프까지도 말입니다. 베리코프는 그녀 곁에 앉아서 아주 다정한 미소를 띠며 말을 걸었습니다.

'소러시아 말의 부드럽고 맑은 음조는 고대 희랍어를 상기시켜 주는군요.'

그녀는 그 한 마디가 마음에 들었습니다. 그녀는 정다운 목소리로 베리코프에게 이야기했습니다.―자기네 농장이 가쟈츠키 군(郡)에 있으며 그곳에는 어머니가 계시다는 것과, 그 고장에는 배나무와 탐스러운 참외·호박 등이 많다고 말입니다. 또 소러시아에서는 호박을 카바카라고 한다느니, 이 고장에서 카바카(선술집의 뜻)를 그 고장에서는 시노코라고 말한다느니, 그 고장에서는 빨간 것과 파란 것을 넣은 보르스치(러시아의 수프의 일종)를 끓이는데, 그 맛은 천하 일미라느니 하는 이야기들을 늘어놓았습니다.

귀가 솔깃해서 그녀의 얘기를 듣는 동안에 우리의 머릿속에는 똑같은 생각이 떠올랐습니다.

'두 분을 결혼시켰으면 좋겠어요.'

교장 부인은 나지막한 소리로 내게 말했습니다. 웬일인지 베리코프가 독신이라는 생각이 우리 머릿속에 떠올랐던 것입니다. 우리는 지금까지 그의 생활의 중요한 부분을 까맣게 잊고 있었다는 것을 새삼 이상하게 생각하였습니다. 그가 이성(異性)과 어떤 관계를 맺을지, 또 이 중요한 문제를 잘 해결할지, 그런 궁금증은 흥미있는 일이었습니다.

 전 같으면 이런 일은 전혀 우리의 흥미거리가 되지 않았습니다. 날마다 덧신을 신고, 휘장을 친 침대 속에서 잠을 자는 사내가 설마 연애를 하리라고는 생각조차 해본 일이 없었기 때문이지요.

 '저 선생님은 벌써 마흔 살을 넘겼잖아요. 그리고 저 처녀는 서른이라면서요……. 저 처녀 같으면, 저 선생한테 시집갈 것 같아요.'

하고 교장 부인은 자기 생각을 말했습니다.

 우리 시골에서는 공연히 대수롭지 않은 일들을 심심풀이 삼아 말하곤 합니다. 해야 할 일은 하지 않으면서 말입니다. 신랑이 될 수 있다고는 생각조차도 할 수 없던 베리코프를 결혼시켜 줄 필요가 있었겠습니까? 교장 부인과 사감 부인을 비롯해서 전교직원의 부인들은 모두 인생의 목적을 불현듯 발견한 것처럼 활기를 띠었고, 전에 없이 아름답게 보이기까지 했습니다.

 어느날, 교장 부인이 극장 특별석에 앉은 것이 눈에

띄었습니다. 교장 부인 바로 옆에 바렌카가 부채를 들고 행복에 겨운 표정을 지으며 앉아 있었습니다. 또 그녀 옆에는 몸집이 작고 등이 좀 굽은 베리코프가 앉아 있었습니다. 그런데 그 모양이 꿔다놓은 보리자루 같았답니다.

제가 어느날 만찬회를 베푼 일이 있었습니다. 부인들은 꼭 베리코프와 바렌카를 초대하라고 졸라댔지요. 한 마디로 말하면 기계가 돌기 시작한 셈입니다. 바렌카도 분명히 결혼에 반대는 하지 않을 것 같았습니다. 하기야 동생한테 얹혀 사는 바렌카의 마음이 별로 편안하지 않았으리라는 것은 짐작할 만한 일이었지요. 더구나 날마다 옥신각신하다가는 서로 욕을 퍼붓기가 일쑤였으니까요. 이 오누이가 다투던 장면을 말씀드리겠습니다.

키가 큰 대장부 코발렌코가 수놓은 셔츠를 걸치고 걸어갑니다. 앞머리를 길게 이마까지 늘어뜨린데다 한 손에는 책을 끼고, 다른 손에는 매듭투성이의 지팡이를 쥐고 있습니다. 그 뒤를 바렌카가 역시 책을 옆에 끼고 따라갑니다.

'얘, 미하일리크. 너 이 책 안 읽었구나!'

언성을 높여 말합니다.

'너 이 책 안 읽었지, 틀림없어……'

'원 누이도, 읽었다는데도!'

코발렌코는 보도 위를 지팡이로 치면서 버럭 소리를

지릅니다.

'아이 참, 너 화는 왜 내니, 별일 아닌 걸 가지고!'
'하여튼 난 읽었단 말야!'

코발렌코는 더욱 언성을 높입니다.

집에서도 마찬가지로 남남끼리인 양 말다툼이 끊이지 않았습니다. 그러니 그런 생활이 싫어졌을 것이고, 자기 몸을 의탁할 곳이 필요했을 것입니다. 하기야 그 나이면 그런 생각도 할 만큼 됐지요. 그녀는 상대방이 좋다든지 싫다든지를 따질 그런 마음의 여유가 없었을 것입니다. 누구라도 좋으니 결혼해야겠어, 희랍어 선생이라도 괜찮아, 이런 심정이었을 겁니다 이 여자뿐 아니라, 요즘은 처녀들이 대개 다 그렇게 생각하는 것 같습니다. 상대가 누구든간에 시집만 가면 그만이라는 생각을 하는 것 같아요. 그런 문제는 차치하고라도 그녀가 베리코프에게 호감을 갖고 있는 것만은 틀림없었습니다.

한편 베리코프는 어땠을까요? 그는 코발렌코 집에도 우리를 방문하는 것과 마찬가지로 방문했습니다. 방에 들어가서는 우두커니 말없이 앉아 있었지요. 그와는 정반대로 바렌카는 〈바람이 분다면〉이란 노래를 그에게 들려주기도 하고, 무엇을 생각하는 듯한 눈길로 그의 얼굴을 빤히 들여다보기도 했습니다. 그런가 하면 갑자기 호호 하고 웃음을 터뜨리기도 했지요.

애정 관계, 더구나 결혼에서는 남의 말이 더 큰 역할

을 하는 것 같습니다. 동료들의 부인들은 이구동성으로 그가 결혼해야 한다는 둥, 그의 인생에서 결혼을 제외한 그 밖의 일들은 아무 가치도 없다는 둥, 여러 말로 설득을 했습니다. 그리고 엄숙한 태도로 결혼은 인생에서 가장 중요한 일이라는 판에 박힌 말을 늘어놓았습니다. 선생님도 바렌카에 대해서는 대략 아시리라 믿습니다만, 나쁜 여자는 물론 아니었고, 무척 재미있는 처녀였습니다. 그래봬도 오등관(五等官)의 딸이며 자기 집에는 큰 농장까지 있었습니다. 그러나 무엇보다 중요한 점은, 이 처녀가 그에게 참된 사랑을 기울인 첫 여인이라는 것입니다. 그의 머릿속은 텅빈 것 같았습니다. 마침내 그도 결혼을 해야겠다는 결심을 하게 되었습니다."

"음…… 이제야 그 덧신과 우산을 치워 버릴 때가 왔군요."

이반 이바니치가 입을 열었다.

"그런데 그것들을 치워 버리지 못했습니다. 그 후, 베리코프는 책상 위에 바렌카의 초상화를 올려놓았습니다. 그리고 틈만 있으면 내 방에 건너와서 바렌카에 대한 얘기와, 가정생활을 둘러싼 여러 가지 문제라든지, 결혼은 대사라는 등의 얘기를 했습니다. 코발렌코 집에도 자주 방문했지만, 그의 생활에는 조금도 변화가 없었습니다. 도리어 결혼에 대한 결심은 그에게 병적인 영향을 끼친 것 같았습니다. 그는 날이 갈수록 야위어 갔고 얼굴에는 핏기가 없었습니다. 제가 보기에는 더욱더 깊숙이 상자 속으로 들어가려고 애쓰는 것 같았습니다.
 '바르바라 사비시나를 좋아해.'
 그는 어느날 히죽 웃으며 내게 말했습니다.
 '누구나 결혼해야 한다는 것은 나도 잘 알고 있기는 하지만……. 그러나 이번 일은 자네도 알다시피 너무 갑작스러워서……. 좀 생각해야겠는걸.'
 '생각하고말고 할 것이 뭐야, 이 사람아? 결혼하면 그것으로 다 되는 거라네.'
 '아냐, 그래도 결혼은 대사이니 장래의 책임과 의무를 미리 곰곰이 생각해 봐야겠어……. 그래야 후에 무슨 일이 생기지 않을 테니까! 이런 걱정 때문에 난 요즈음 잠도 제대로 못 자네. 솔직히 말하면 난 두려워. 그 남매는 좀 특이한 생각을 갖고 있잖은가. 무슨 일에든지 남자는 전혀 색다른 생각을 하는데다, 성질들도 과격하단 말일세. 결혼한 후에 무슨 일이 생길지도 모를 일이 아닌가.'
 그래서 그는 청혼도 하지 못한 채 하루 이틀 날짜만 끌었습니다. 그러니 교장 부인과 우리는 모두 실망했지요. 결국 그는 장래의 책임과 의무 같은 것을 곰곰이 생각하느라 세월만 보낼 판국이었으니까요. 그러면서도 자기 의무라고 생각했는지, 거의 매일같이 바렌카와 산책을 하였으며, 가정생활을 둘러싼 얘기를 하려고 내

방에 건너오곤 했습니다. 확실치는 않지만, 결국은 결혼 신청을 했으리라 믿어집니다. 마침내는 심심풀이삼아 하는 수많은 일 중의 하나인 이 불필요한 결혼이 성립되었을 것입니다. 만일에 돌연한 대사건이 발생하지 않았다면 말입니다.

한 가지만 더 말해 둬야겠습니다. 바렌카의 동생 코발렌코는 베리코프를 만나던 첫날부터 지나칠 정도로 그를 미워했습니다.

'도무지 이해할 수가 없군요.'

코발렌코는 어깨를 으쓱거리며 불평을 했습니다.

'저런 사람과 어떻게 함께 지내십니까? 밀고자 같은 구역질나는 그 얼굴을 어떻게 참고 견딥니까? 여러분! 이런 곳에서 지내시는 여러분은 용하시기도 하군요. 당신들의 분위기는 숨이 막힐 지경입니다. 이러고도 당신들이 교육자라고, 스승이라고 할 수 있습니까? 이곳은 과학의 전당이 아니라 경찰서군요. 게다가 파출소에서 나는 그 시큼털털한 냄새까지 풍깁니다. 전 곧 시골로 내려가렵니다. 거기서 새우잡이나 하며, 소러시아 사람들의 아이들이나 가르치고 살겠습니다. 전 곧 떠나겠으니 여러분은 저 유다하고나 지내시지요. 그런 자식은 죽어 없어지는 편이 낫지!'

그러는가 하면 또 그는 굵직한 소리로 하하, 크게 웃고 나서는, 두 팔을 벌리며 저에게 묻는 것입니다.

'뭣 때문에 그 사람이 내 집에 와서 우두커니 앉아 있냔 말입니다. 무슨 용무가 나한테 있다고 말이죠. 멍하니 앉아서 사람만 뚫어지게 쳐다보고!'

그는 베리코프의 별명을 거미라고 지었습니다. 이런 관계를 잘 아는 우리는, 그의 누이를 베리코프한테 시집보내려 한다는 말은 코발렌코한테는 입 밖에도 내지 않았습니다. 그런데 어느날 교장 부인이, 성실하고 많은 사람들의 존경을 받는 베리코프에게 누이를 시집보내면 참 좋을 것이라는 말을 그에게 슬쩍 비쳐 봤더니, 그는 양미간을 찌푸린 채 투덜거렸습니다.

'누이가 독사한테 시집을 가건 말건, 제가 알 바 아닙니다. 저는 남의 일에 간섭하지 않는 사람이니까요.'

그 후 무슨 일이 있었는지 말씀드리겠습니다. 어떤 장난꾸러기가, 베리코프가 덧신을 신고 바지가랑이를 걷어 올리고 우산을 쓰고, 바렌카와 팔짱을 끼고 나란히 걸어가는 장면을 만화로 그렸습니다. 그 만화 밑에는 〈사랑에 빠진 안트로프스〉라는 제목을 붙였습니다. 그런데 그 만화의 표정이 신기할 정도로 잘 표현되어 있었습니다. 이 만화를 중학교, 여학교의 선생들은 물론이고, 신학교 교사들과 관리들까지 한 장씩 받았습니다. 그러니 어느 만화가가 며칠은 걸려서 그려낸 것 같았지요. 베리코프도 이 만화를 받았습니다. 이 만화는 그에게 치명적인 마음의 상처를 주었습니다.

그날이 5월 초하룻날이었으며, 바로 일요일이었습니다. 학교에서 소풍을 가기로 했었습니다. 일단 학교에서 모였다가 떠나기로 되어 있었지요. 그날 아침 베리코프는 저와 함께 집을 나섰습니다. 집 밖에 나선 그의 얼굴은 새파랗게 질렸고, 얼굴 표정은 비구름 같았습니다.

'세상엔 별의별 못된 녀석도 있군!'

내뱉듯이 그가 말했습니다. 그의 입술은 파르르 떨고 있었지요. 측은한 생각이 들 정도였습니다. 우리가 목적지의 반쯤 되는 곳에 도달했을 때, 코발렌코가 자전거를 타고 따라왔습니다. 바로 그 뒤엔 바렌카도 역시 자전거를 타고 왔습니다. 그녀의 붉은 얼굴은 좀 지친 듯했지만, 그래도 싱글벙글 명랑한 빛을 띠고 있었습니다.

'저희는 먼저 가겠어요!'

그녀가 말했습니다.

'참 날씨가 좋기도 해라. 어쩌면 이렇게 날씨가 좋을까!'

잠시 후에 자전거를 탄 그들 남매는 우리들의 시야 밖으로 사라졌습니다. 그러나 베리코프의 얼굴은 백지장처럼 창백해졌고, 제정신이 아닌 것 같았습니다. 그는 걸음을 멈추고 나를 빤히 쳐다보았습니다.

'저것들이 도대체 뭐야?'

그가 물었습니다.

'아니, 내가 혹시 잘못 본 것이 아닐까? 중학교 교사가, 더구나 여자까지 자전거를 타다니 될 법이나 한 일

이야!'

'뭐가 나쁘다는 거야?'

내가 물었습니다.

'운동삼아 타는 거니, 괜찮지 뭘 그래!'

'뭐! 괜찮다구?'

그는 내가 대수롭지 않은 일처럼 천연스럽게 말을 하자 더욱 화를 내며 소리를 꽥 질렀습니다.

'그게 무슨 소린가?'

몹시 놀란 그는 더 걸어갈 기력이 없어졌던지 집으로 돌아가 버렸습니다.

이튿날은 온종일 신경질적으로 손을 마주 비벼대며 부들부들 떨었습니다. 그는 얼굴빛이 어둡고 기분이 매우 울적해 보였습니다. 그는 이날 생전 처음 학교를 결근했습니다. 밥도 먹지 않았습니다. 그런데 저녁때가 되자, 밖은 여름 날씨였는데도 두터운 옷을 껴입고 코발렌코 집으로 비틀거리며 걸어갔습니다. 이때 바렌카가 외출하고 집에 없어 코발렌코와 마주쳤습니다.

'자, 앉으시죠.'

코발렌코가 쌀쌀하게 말하며 이맛살을 찌푸렸습니다. 그는 잠에 취한 얼굴을 하고 있었는데, 식후에 한잠 잤던 모양입니다. 그래서 그런지 입이 불룩하게 나와 있었습니다. 베리코프는 10여 분 동안 우두커니 앉았다가 말문을 열었습니다.

'오늘은 제 마음을 좀 가라앉혀 볼까 해서 들렀습니다. 지금 저는 아주 괴로워요. 어느 짓궂은 녀석이 저와 당신 누이를 만화에다 그렸습니다. 그러나 저는 그 사실이 저와는 아무 상관이 없다는 것을 말씀드려야 할 것 같아서……. 저는 이런 만화의 재료가 될 아무런 구실을 준 일이 없으니까요. 오히려 저는 예의가 바른 사람답게 처신해 왔어요.'

코발렌코는 입이 불룩한 채 침묵을 지켰습니다. 베리코프는 잠시 후, 울먹이는 듯한 소리로 나지막하게 말을 이었습니다.

'그리고 한 가지만 더 말씀드리겠어요. 저는 오랫동안 교편을 잡았고, 당신은 교편을 잡은 지 얼마 안 됩니다. 그래서 한 마디 주의 말씀을 드리는 것이 선배로서의 제 의무라고 생각합니다. 다름이 아니라, 당신은 자전거를 타고 다니는데, 그런 취미는 청소년 교육을 담당하고 계시는 분으로서는 삼가야 할 것입니다.'

'어째서 그렇단 말이죠?'

굵직한 목소리로 코발렌코가 반문했습니다.

'더 설명을 해야 아시겠습니까? 미하일 사브비치, 정말 모르시겠습니까? 교사가 자전거를 타도 좋다면 학생들은 어떻게 해야 할까요? 학생들은 거꾸로 서서 다니는 수밖에 없겠군요! 일단 공고를 내어 금지한 일을 하시면 안 됩니다. 저는 어제 무척 놀랐습니다. 당신 누이

를 봤을 땐, 눈앞이 캄캄해지더군요. 부인네나 처녀가 자전거를 타다니, 말이 됩니까!'
 '그러니 어쩌란 말이오?'
 '제가 바라는 것은 당신이 앞으로 주의해 달라는 것뿐입니다. 미하일 사브비치, 당신은 아직 젊으니까 장래가 있습니다. 신중하게 처신을 해야 합니다. 당신의 처신은 신중하지 못해요! 당신은 매일 수놓은 셔츠를 입고, 책을 옆에 끼고 다니시는가 싶더니, 이번엔 자전거까지 타고 다니다니 말입니다. 당신과 당신 누이가 자전거를 타고 다닌다는 사실이 교장 귀에 들어간다면, 아무때고 장학관 귀에도 들어갈 텐데, 그래도 좋단 말입니까?'
 '나나 저의 누님이 자전거를 타건말건, 그것이 다른 사람에게 도대체 무슨 상관이란 말이오?'
 코발렌코는 불끈 화를 내며 말했습니다.
 '어떤 놈이든 내 사생활이나 가정생활에 간섭하는 자가 있다면 목을 분질러 놓겠어!'
 새파랗게 질려 버린 베리코프가 벌떡 일어났습니다.
 '그런 어조로 나오면 더 말할 수가 없군요.'
 그가 말했습니다.
 '제발 부탁이니 앞으로 상관에게 제 앞에서 말한 식으로 말하지 마시오. 상관에게는 존경하는 마음으로 대해야 합니다.'

'아니 내가 상관 험담이라도 했단 말이오?'

화가 치솟은 코발렌코는 증오의 눈초리로 쏘아보며 따지기 시작했습니다.

'제발 내 일에는 참견 마시오. 난 솔직한 사람이오. 당신 같은 사람과는 말도 하기 싫소. 난 밀고자 같은 놈은 싫어해요.'

화가 날 대로 난 베리코프는 몸둘 바를 몰라 하며 부랴부랴 옷을 챙겼습니다. 그는 아마 생전 처음 이런 폭언을 들었을 것입니다.

'말하고 싶은 대로 하시오.'

층계를 나서면서 한 마디 더 덧붙였습니다.

'한 마디 더 말씀드려야겠는데, 혹시 우리 말을 누가 들었을지도 모릅니다. 그 말이 퍼지면 공연한 말썽이 생길 테니, 교장께 미리 보고해야 하겠소……. 어째서 다투게 되었는지 대강 그 줄거리라도 말씀드리겠소.'

'보고해, 할 테면 해라!'

코발렌코는 그의 목덜미를 쥐고 홱 밑으로 밀어 버렸습니다. 베리코프는 덧신을 철떡거리며 층계 밑으로 뒹굴었습니다. 그는 부스스 일어나서 안경이 깨지지나 않았나 코를 만져 보았습니다. 그가 층계 밑으로 굴러떨어졌을 때, 마침 바렌카가 두 부인과 함께 들어왔습니다. 부인들은 이 광경을 밑에서 보고 있었습니다. 베리코프에게는 이 사실이 무엇보다 두려웠습니다.

'이런 웃음거리가 될 바에는 차라리 죽어 버리는 편이 낫겠어. 일이 이쯤 됐으니 읍 사람들이 모두 알게 될 거고, 교장과 장학관도 알게 될 테지. 아아, 무슨 일이 생기지 말아야 할 텐데. 또 새 만화가 그려지면 어쩌지……. 결국 파면을 당하는 게 아닐까!'

그가 이러한 온갖 걱정을 하며 부스스 일어났을 때, 바렌카는 그가 자기 애인인 베리코프라는 걸 알아봤습니다. 그리고 그의 우스꽝스러운 얼굴과 구겨진 외투와 덧신을 내려다보았습니다. 그녀는 영문도 모른 채 그의 부주의로 떨어졌을 것이라고 생각하고는 집이 떠나갈 듯이 웃어댔습니다.

'하하…… 호호.'

이 천둥 같은 웃음소리가 구혼도, 지상에서의 존재까지도 결정짓고 말았습니다. 집에 돌아오자 그는 가장 먼저 바렌카의 초상화를 치우고, 잠자리에 누운 채 다시는 일어나지 않았습니다.

사나흘 후 아파나시가 찾아와서, 그가 아무래도 잘못될 것 같다면서 의사를 불러야겠다고 말했습니다. 저는 베리코프의 방으로 건너가 보았습니다. 그는 휘장 속에서 담요를 덮고 말없이 누워 있었습니다. 무엇을 물으면 그저 '아니', '응' 이라고만 할 뿐이었지요. 그의 곁에는 아파나시가 우울한 표정을 지으며, 땅이 꺼질 듯한 한숨을 쉬고 있었습니다. 그 한숨과 함께 보드카 냄새가 코를 찔렀습니다.

한 달 후에 베리코프는 결국 죽었습니다. 중학교, 여학교, 신학교의 교직원들이 그의 장례를 치렀습니다. 관 속에 든 그의 얼굴은 편안하고도 명랑해 보이는 표정을 하고 있었습니다. 드디어 상자 속에 들여보내져서 다시는 밖으로 나가지 않게 된 것을 기뻐하는 듯이 보였습니다. 그렇습니다. 그는 자기 이상을 달성한 셈입니다!

마치 그의 명예를 위해서인 듯, 장례식날은 비구름이 잔뜩 덮인 궂은 날이었습니다. 그래서 우리 일행도 덧신을 신고, 우산을 썼습니다. 바렌카가 장례식에 참석했습니다. 관이 무덤 속으로 들어가자, 그녀가 울음을 터뜨렸습니다. 저는 소러시아 여자들은 웃거나 울 뿐이지, 그 중간의 기분이 없음을 그때 처음 알았습니다.

솔직히 말씀드리면, 베리코프와 같은 사람의 장례를 치렀다는 것은 기쁜 일이라고 할 수 있습니다. 묘지에서 돌아오는 도중, 우리들은 모두 엄숙한 표정을 하고 있었습니다. 누구도 흡족한 감정을 겉에 나타내려 하지는 않았습니다. 그것은 우리가 어렸을 때, 어른들이 집을 비우고 나가신 후 완전한 자유를 맛보며 한두 시간 뛰어놀 때의 표정과 비슷한 것이었습니다. 아아, 자유, 자유, 자유를 누릴 수 있다는 그 암시, 그것은 보잘것없는 한 가닥 희망이라 할지라도 사람의 마음에 날개를 주는 것입니다. 그렇지 않습니까!

묘지에서 돌아올 때의 우리들의 마음은 가벼웠습니다. 그러나 일 주일이 채 못 가서 우리들의 생활은 전과 조금도 다름없이 번거롭고 아무 가치도 없는 지루한 것이 되었습니다. 그렇다고 공고로써 금지된 생활은 아니었으나, 아무튼 완전한 자유가 보장된 것은 아니었습니다. 전보다 조금도 더 나아지지 않았다는 말입니다. 우리들이 베리코프 한 사람의 장례를 치른 것은 사실이지만, 아직도 베리코프와 같이 상자 속에 든 사람들은 얼마든지 남아 있으며, 앞으로도 이런 사람들이 얼마든지 나타날 것입니다……"

"그 말씀이 맞습니다."

이반 이바니치가 말하며 파이프 담배에 불을 당겼다.

"앞으로도 얼마든지 나타날 것입니다."

불킨은 거듭 강조하듯 말했다.

중학교 교사는 헛간 밖으로 나왔다. 그는 자그마한 키에 뚱뚱하고, 대머리며 수염이 텁수룩한 사람이었다.

"저 달을 좀 보십시오!"

그가 달을 쳐다보며 말했다.

벌써 밤이 깊었다. 오른쪽으로 저 멀리 5킬로미터 가량이나 길게 뻗은 마을 전체가 보였다. 만물은 깊은 잠 속에 빠져 있었다. 자연계에 이같은 고요함이 있으리라고 믿을 수 없을 만큼 아무런 움직임도, 소리도 없었다.

달 밝은 밤에 농가와 볏낟가리가 잠들어 있는 넓은 마을을 바라보니, 마음도 적막 속에 잠겼다. 속세의 고통, 번민, 비애도 어둠의 적막 속에 잠겼다. 이 적막 속에서는 거리도 평화로웠고, 애수에 잠겨 아름답게까지 보였다. 하늘의 별들도 다정한 눈길로 거리를 내려다보는 것 같았다. 세상은 아무런 악이 없는 태평한 곳으로 생각되었다. 왼쪽으로는 마을 끝에서 저 멀리 지평선까지 들판이 보였다. 달빛이 가득찬 들판에는 어느곳에서도 그림자 하나 얼씬거리지 않았고 아무런 소리도 들려오지 않았다.

"네, 그렇습니다."

이반 이바니치는 되풀이해서 말했다.

"그렇지만 우리가 숨막힐 정도로 답답한 거리에서 살며, 필요없는 서류를 작성하고, 카드 놀이를 하는 것도 역시 상자와 다름없는 일이 아닐까요? 또 우리가 게으름뱅이, 수다쟁이, 영리하지 못하고 체신머리 없는 여자들과 일생을 보내며, 쓸데없는 말들을 주고받는 것도 일종의 상자가 아닐까요? 혹시 원하시면 교육적인 얘기를 하나 해드릴까요?"

"아뇨, 이젠 그만 자야겠습니다."

불킨이 말했다.

"그럼 내일 또!"

두 사람은 헛간 안으로 들어와 건초 위에 누웠다.

이윽고 담요를 덮고 잠을 청했다. 갑자기 자박자박하는 발소리가 들려왔다. 누군가 헛간에서 멀지 않은 곳을 지나가는 것 같았다. 몇 걸음을 더 가더니 멈칫 섰다.

잠시 후에 그 발소리는 다시 들려왔다. 개들이 짖기 시작했다

"마브라가 다니는 모양입니다."

불킨이 말했다. 발소리는 다시 잠잠해졌다.

이반 이바니치가 옆으로 누우며 입을 열었다.

"사람들은 거짓말을 듣고도, 모욕과 멸시를 당하고도 참기 때문에 바보라는 말을 듣습니다. 그러면서 자기는 정직한 자유이이라고 말하기도 하고, 자기 자신을 기만하고 비웃고 있습니다. 이것은 모두 한 조각의 빵과, 자기 몸을 의탁할 곳과, 한 푼의 가치도 없는 지위 때문입니다! 이렇게는 더이상 살고 싶지 않습니다!"

얼마 후 불킨은 잠이 들었다.

그러나 이반 이바니치는 이리 저리 뒤척이며 한숨을 내쉬고 있다가 벌떡 일어나 밖으로 나왔다. 그는 문 옆에 앉아 파이프 담배에 불을 당겼다.

함 정(陷穽)

I

로트슈타인의 유산(遺産)인 보드카 양조장의 널따란 뜰 안으로, 새하얀 여름 제복을 입은 젊은 장교 한 사람이 안장 위에서 맵시있게 몸을 흔들거리며 말을 타고 들어왔다. 따사로운 햇빛이 이 육군 중위의 별 달린 계급장과 백양나무의 흰 줄기, 여기저기 뜰 안에 흩어진 유리 조각 위에 비치고 있었다. 눈에 보이는 모든 것이 여름날의 밝고 싱싱한 빛깔로 물들어 있었고, 초록색 나뭇잎들이 맑고 푸른 하늘을 향하여 즐겁게 설레며 눈짓하고 있었다. 연기에 그은 창고의 지저분한 꼴이라든지, 숨막힐 듯한 보드카 냄새도 이처럼 상쾌한 기분을 망치지는 못했다. 중위는 안장에서 가볍게 뛰어내려, 달려온 하인에게 말고삐를 넘겨 주었다. 그는 손가락으로 가늘고 새까만 콧수염을 매만지며 현관문으로 들어섰다. 여러 해 동안 사람의 발길이 닿아 낡아 버리기는 했으나 아직도 깨끗하고 반들거리는 층계를 밟고 올라가자, 나이가 지긋하고 좀 무뚝뚝해 보이는 이 집 하녀가 그를 맞아 주었다. 중위는 아무 말도 하지 않고 명함을 내주었다. 안으로 들어가며 하녀는 알렉산드르 그리고리예비치 소콜리스키라는 이름이 명함에 찍혀 있는 것을 보았다. 하녀는 곧 다시 나왔으나, 안주인이 몸이 편치 않아서 만나 뵐 수 없다고 했다. 소콜리스키는 아랫입술을 비쭉 내밀며 잠깐 천장을 쳐다보고 나서 입을 열었다.

"야단났군! 이봐요, 내 말 좀 들어줘요."

그의 말투는 시원스러웠다.

"수산나 모이세예브나에게 꼭 말씀드려야 할 일이 있다고 해요. 그저 2,3분이면 되니까. 꼭 만나 뵈어야 하오. 좀 만나도록 해주시오."

하녀는 한쪽 어깨를 으쓱해 보이고 느린 걸음걸이로 다시 안으로 들어갔다.

"그렇게 하시랍니다."

잠시 후에 돌아온 하녀는 후우 하고 숨을 몰아쉬며 말했다.

"올라오세요!"

중위는 하녀를 따라 화려하게 꾸며 놓은 커다란 방을 대여섯 개나 지나고 복도를 거쳐, 네모 반듯하고 널찍한 방으로 들어섰다. 발을 들여놓자 방안 가득히 가꿔 놓은 갖가지 화초며 꽃나무, 코를 찌를 듯이 진하고 달콤한 재스민 향기는 그를 놀라고도 어리둥절하게 했다. 어떤 꽃은 넝쿨을 이루어 벽을 따라 창을 가릴 듯이 두

줄기로 천장에까지 뻗어 올라가서 다시 밑으로 늘어진 것도 있고, 또다른 꽃은 방구석마다 둥그렇게 말려 있는 것도 있었다.

사람이 사는 방이라기보다는 차라리 온실이라는 느낌이 들었다. 곤줄매기, 방울새, 카나리아 따위 새들이 빽빽거리며 화초 속에서 법석대고 창 유리에 부딪치기도 했다.

"여기서 만나 뵙는 걸 용서하세요!"

요염한 여자의 음성이 들려왔다. 'r' 소리가 분명히 발음되지는 않으나, 그렇다고 귀에 거슬릴 정도는 아니었다.

"어제 편두통을 앓았어요. 그래서 다시 앓을까봐 오늘은 꼼짝도 않고 있는 거죠. 그런데 무슨 말씀이신지?"

그는 방문 맞은편을 바라보았다. 값비싼 중국식 자리옷을 입고 수건으로 머리를 싸맨 여자가, 노인들이나 사용하는 커다란 안락의자에 뒤로 젖힌 머리 밑으로 베개를 고이고 앉아 있었다.

털실로 떠서 만든 머릿수건 밑으로는 끝이 뾰족하고 약간 도드라진 핏기 없고 기다란 코와, 크고 검은 한쪽 눈만이 보일 뿐이었다. 폭넓은 중국식 옷은 그녀의 키와 몸매를 가려주고 있었지만, 희고 예쁘장한 손과 목소리, 코와 한쪽 눈만으로도 그녀의 나이는 스물여섯이나 기껏해야 스물여덟 정도로 밖에 되어 보이지 않았다.

"이렇게 고집을 부려서 죄송합니다!"

중위는 발뒤꿈치에 달린 박차(拍車)를 잘각거리며 말을 꺼냈다.

"내 이름은 소콜리스키라 불러 주십시오. 내 사촌형 되는 알렉세이 이바노비치 크류코프의 부탁을 받고 왔습니다. 여기서 가까운 곳에 사는 알렉세이 이바노비치 크류코프는……."

"아, 알겠습니다!"

수산나 모이세예브나가 재빨리 그의 말을 가로막으며 말했다.

"나도 크류코프라는 사람을 알고 있어요. 그리 좀 앉으세요. 눈앞에 커다랗게 가로막고 서 있으니 불편하군요."

중위는 다시 한 번 박차소리를 내고 자리에 앉으며 말을 이었다.

"다름이 아니라, 돌아가신 당신의 부친께서 지난 겨울에 내 사촌형의 보리를 사가신 일이 있는데, 많은 돈은 아니지만 아직 청산하지 않은 게 있습니다. 수표의 기한이 앞으로 일 주일 남았습니다만, 그 돈을 오늘 주실 순 없겠습니까?"

중위는 이렇게 말하면서도 곁눈으로 힐끗힐끗 좌우를 살펴보고 있었다.

'나는 지금 이 여자 침실에 들어와 있는 것이 아닐까?'

그가 생각했다.

방 한쪽 모퉁이, 무성한 장미꽃 넝쿨이 한층 높이 뻗어 올라가서 지붕을 이루고 있는 그 밑으로, 아직도 이불이 구겨진 채, 손질을 하지 않은 침대가 놓여 있었다. 바로 눈앞에 있는 두 개의 안락의자에는 둘둘 말린 여자의 옷가지가 걸려 있었다. 쭈굴쭈굴 주름진 레이스가 달린 옷자락과 팔소매가 양탄자 위로 늘어져 있었다. 그리고 방바닥에는 허리끈이며, 두서너 개의 담배꽁초며, 캐러멜 껍질이 여기저기 널려져 있었다. 침대 밑으로는 코끝이 둥글거나 뾰족한 가지각색의 슬리퍼가 기다랗게 줄지어 있는 것이 보였다.

 그러고 보면 달콤한 재스민 향기는 꽃에서 풍기는 게 아니라 여자의 침대와 슬리퍼에서 풍겨나오는 것 같았다.

 "수표의 금액은 얼마나 되죠?"

 수산나 모이세예브나가 물었다.

 "2천3백 루블입니다."

 "아유!"

 여자는 고개를 약간 돌리며 놀란 듯이 말했다.

 "많은 돈이 아니라고 하시더니! 하긴 오늘 갚아 드리나, 한 달 후에 드리나 마찬가지죠. 그렇지만 아버지가 돌아가신 후, 지난 두 달 동안 여기저기서 달라는 돈이 어떻게나 많은지, 머리가 돌 지경이라니까요! 외국으로 길을 떠나야 할 나를 이런 시끄러운 일들이 붙잡고 늘어지는군요. 보드카니, 보리니."

눈을 반쯤 감고 그녀가 중얼거렸다.

"보리다, 수표다, 이자다, 아주 진저리가 나요. 어제는 세무서 직원이 왔길래 입도 벌리지 못하게 하고 쫓아 버렸죠. 납세 고지서를 가지고 와서 치근거리며 달라붙더라니까. 그래서 한 마디 쏘아붙였죠.

'그 고지서 갖고 귀신한테나 가보시죠. 난 당신 같은 사람은 얼굴도 보기 싫어요.'

그랬더니 내 손에 키스하고 아무 소리도 못 하고 없어져 버리더군요.

"그런데 그 돈, 당신 형님께서 2,3개월만 좀 기다려 주실 수는 없을까요?"

"그건 어려운 일인데요……."

중위가 빙긋이 웃으며 말했다.

"형님이야 1년이라도 기다릴 수 있겠죠. 그러나 내가 기다릴 수 없단 말입니다. 나는 나 자신의 일 때문에 이렇게 애가 타서 쫓아다니는 겁니다. 지금 내겐 돈이 꼭 필요한데, 공교롭게도 형님 수중엔 단돈 한 푼 없어요. 그래서 하는 수 없이 내가 나서서 이렇게 돈을 받으러다니는 거죠. 방금 소작인한테 들렀다가 댁으로 온 것입니다. 곧 또다른 곳에 가봐야 합니다. 이래가지고는 5천 루블을 마련하기가 어림도 없겠어요. 돈이 안되면 나는 큰일입니다!"

"아이, 우습네요. 뭐 때문에 젊은 분이 그렇게 돈이

필요하세요! 쓸데없이 욕심내지 마세요. 그래 뭐, 방탕해서 돈을 없앴나요? 노름을 해서 돈을 잃었나요? 그렇지 않으면 장가라고 드나요?"

"바로 맞히셨습니다!"

중위는 얼굴에 웃음을 지으며 엉덩이를 들썩하더니 다시 박차를 잘그락거렸다.

"사실은 결혼을 하려는 거죠……."

수산나 모이세예브나는 손님의 얼굴을 물끄러미 바라보더니 얼굴을 찌푸리며 한숨을 내쉬었다.

"어째서 남자들이란 장가들기를 좋아하는지 나는 이해할 수가 없어요!"

콧수건을 찾으려고 주위를 두리번거리며 그녀가 이렇게 말했다.

"인생이란 그처럼 짧고 또 그처럼 자유롭지도 못한데, 사람들은 다시 스스로를 구속하려 든단 말예요."

"제각기 다 생각하는 바가 다를 테니까요……."

"네, 그렇죠. 물론 사람은 저마다 생각이 다르지만……. 그런데 당신은 알거지한테 장가를 든단 말인가요? 열렬한 사랑 끝에? 그리고 꼭 5천 루블이 필요하다는 건 무슨 말씀이세요? 3천 루블이나 4천 루블만 가지고는 안 되나요?"

'여간 수다스러운 여자가 아니군!'

중위는 이렇게 생각하며 그녀의 물음에 대답했다.

"문제는 군대 규칙에 의하여 28세 미만의 장교는 결혼할 수 없다는 데 있습니다. 만일 그래도 결혼하겠다면 군대에서 나오든가, 그렇지 않으면 5천 루블의 보증금을 내놔야 하거든요."

"아하, 이젠 알겠어요. 그런데 난 이렇게 봐요. 방금 당신은 사람마다 제각기 생각하는 바가 다르다고 하셨죠. 아마 당신의 약혼자는 아주 훌륭해서 예외가 될지 모르겠지만……. 그러나 나는 교양있는 버젓한 남자들이 어떻게 여자들과 함께 살 수 있는지 의문이에요. 아무리 생각해도 이해할 수 없어요. 나도 이럭저럭 나이 스물일곱이 됐지만, 그동안 나는 끝까지 얌전하게 참는 여자를 본 일이 없어요. 모두들 겉으로는 얌전을 빼지만, 뒤로는 호박씨를 까는 거짓말쟁이뿐이라니까……. 차라리 심부름하는 계집이라든가 부엌데기가 낫지요. 소위 교양이 있다는 그 따위 여자들하고는 아예 상종도 않고 있어요. 물론 그들 자신이 틈을 주지 않고 나를 미워하지만, 오히려 그게 다행이지 뭐예요. 돈이 필요하면 남편한테 바가지나 긁을 줄 알았지, 자기가 나서는 일은 절대로 없어요. 자존심에서가 아니라, 자신이 없고 겁이 나서 못 나가는 거죠. 그리고 내가 자기들의 아픈 곳을 찌를까봐 벌벌 떨고들 있다니까요……. 그들이 날 미워하는 건 알고 있죠. 그것도 당연하지 뭐예요! 나는 그들이 있는 힘을 다하여 하느님과 사람들에게 숨기려 드는 것을 후벼내어 아주 노골적으로 폭로하고 있으니까. 그러니 왜 나를 싫어하지 않겠어요? 아마 당신도 내 흉을 많이 들었을 테지만……."

"나는 여기 온 지 얼마 안 됐기 때문에……."

"말 마세요. 눈에 빤히 나타나는 걸! 그런데 당신 형수가 당신을 그냥 놔뒀나요? 아무 감시도 없이 젊은 남자를 어떻게 그런 예쁜 여자 곁에 놔 둘 수 있겠어요. 될 말이에요? 하하. 그건 그렇고, 당신 형님은 어떠세요? 그인 그야말로 미남자던데. 연회석상에서 몇 번 본 일이 있어요. 왜 그렇게 날 바라보세요. 나는 교회에 자주 나가요. 누구에게나 하느님은 하나밖에 없죠. 교양 있는 사람에겐 외모란 그리 중요한 게 아니라 생각해요. 속이 들어 있어야죠. 그렇잖아요?"

"물론, 그렇죠."

중위는 미소를 띠며 대답했다.

"그래요. 속에 무엇이 들어 있는가 하는 게 중요하죠. 그런데 형님을 닮은 데라곤 통 없으시군요. 당신도 누구 못지않게 잘생기셨지만, 당신 형님은 훨씬 미남자신데. 그렇게도 닮은 데가 없을까!"

"당연하지 않겠어요, 우린 친형제가 아니라 사촌입니다."

"정말 사촌형이라고 하셨지. 그래, 돈은 오늘 꼭 받으셔야겠어요? 왜 오늘이라야만 하죠?"

"2,3일밖에 휴가가 남지 않아서 그렇습니다."
"그럼 어떡하면 좋을까!"
수산나 모이세예브나가 한숨을 쉬며 말했다.
"나중에 당신이 날 원망하게 되리라는 건 알고 있지만, 돈을 드릴 수밖에 없군요. 결혼하고 나서 부인과 다툴 땐 이렇게 욕하겠죠. '그 유태인 여자가 그때 돈만 내주지 않았어도, 날아다니는 새들처럼 지금도 자유로울 텐데!' 당신과 약혼한 여자는 예뻐요?"
"뭐 그저 그렇죠……."
"음. 그저 그렇다는 것보다는 뭐 어디가 좋다든가 얼굴이 예쁘게 생겼다든가 하는 편이 그래도 낫지 않아요? 하기야 여자란 무가치한 삶의 대가로 자기의 아름다움을 남편에게 바치는 일이란 절대로 없죠."
"거 참 이상하군요!"
중위는 웃음을 띠며 말했다.
"당신 자신이 여자면서 어떻게 그런 말씀을 하실 수 있나요?"
"여자란……."
수산나의 얼굴에는 야릇한 미소가 떠올랐다.
"내가 세상에 태어날 때, 몸에 달고 나올 것을 못 달고 나왔다 해서 그게 내 죄가 될 수 있나요? 그게 내 죄라면 당신이 수염을 달고 있는 것도 죄가 되겠네요! 나는 무척 자만심을 가지고 있는 편이지만, 다른 사람들이 내가 여자라는 걸 상기시킬 때는 자기 자신이 싫어지기 시작해요. 그럼 당신은 좀 나가 계세요. 옷 좀 갈아 입을 테니. 응접실에서 잠깐만 기다리세요."

중위는 여자의 침실에서 나오자, 우선 지독한 재스민 냄새를 털어버리려는 듯 심호흡을 했다.

그 냄새 때문에 머리가 어질어질하고 목구멍이 칼칼해진 것 같았다.

'참 괴상한 여자야!'

주위를 두리번거리며 그는 생각했다.

'말은 재미있게 하는데……. 그렇지만 지나치게 수다스럽고, 또 말이 너무 노골적이야. 정신병 체질을 가진 여자인지도 모르지.'

응접실은 사치와 유행에 따라 모든 것을 화려하게 장식하고 있었다. 식탁 위에는 니스와 라인 강의 풍경을 검푸른 색깔로 그린 접시들, 옛날에 사용하던 촛대, 일본에서 가져온 골동품 같은 것들이 놓여 있었다. 그러나 이처럼 화려하게 늘어놓은 장식품들은 오히려 주인의 취미가 결코 고상하지 못하다는 것을 뚜렷하게 나타내고 있을 뿐이었다. 금박을 칠한 커튼 고리, 울긋불긋한 도배지, 짙은 색의 책상보, 두터운 틀 안의 서투른 서양화, 이 모든 것들은 몰취미를 더욱 확실히 증명하고도 남았다. 그런 것들은 서로 조화를 이루지 못할 뿐만 아니라, 방안 가득 늘어놓았으면서도 무엇인가 있어야 할 물건이 없는 것 같은, 또 그 중의 많은 것을 집어 내 버려야 할 것 같은 느낌을 주었다.

또 모든 실내 장식품들을 한꺼번에 마련한 것이 아니라, 경매 같은 싸구려 기회에 조금씩 사들였다는 것을 누가 보아도 알 수 있을 정도였다.

중위는 그런 것에 관해 아무런 조예도 없었지만, 방 안을 장식한 모든 것들이 하나의 공통된 특징, 사치로도 유행으로도 씻어 버릴 수 없는 하나의 결점을 가지고 있다는 것을 느낄 수 있었다. 방을 꾸미는 데 있어서 따스한 그 무엇을 느끼게 하는 아늑함이라든가, 정서적인 뉘앙스를 주는 안주인의 손길이 간 흔적을 찾아볼 수 없다는 것이 그것이다. 그래서 응접실은 마치 정거장의 대합실, 클럽, 극장 복도처럼 싸늘한 기운이 감돌았다.

방안에서 유태인 냄새를 풍기는 것이라고는 야곱과 이삭이 만나는 장면을 그린 커다란 한 폭의 그림을 제외하고는 아무것도 없었다. 중위는 주위를 둘러보았다. 어깨를 한번 으쓱거리고, 오늘 처음 알게 된 이 집 안주인의 뻔뻔스러울만큼 대담한 말을 다시 생각해 보았다.

그러나 그때 방문이 열리며 그녀가 나타났다. 그녀는 허리를 잘룩하게 깎아 낸 것 같은 날씬한 몸매에 검고 긴 원피스를 입고 있었다. 중위는 이제 그녀의 코와 눈뿐만 아니라 희고 여윈 얼굴과 양털 같은 새까만 곱슬

머리를 볼 수 있었다. 중위는 그녀의 얼굴이 마음에 들지는 않았지만, 그렇다고 미운 얼굴이라고는 생각하지 않았다. 중위는 러시아 사람이 아닌 다른 나라 사람에게는 대체로 어떤 편견을 가지고 있었다. 그래서 그런지 그녀의 검은 곱슬머리와 짙은 눈썹이 핏기 없는 새하얀 얼굴에 전혀 어울리지 않는다고 생각했다. 왜 그런지는 몰라도 그녀의 코와 귀가, 마치 양초를 녹여 만든 것처럼 놀랄 만큼 흰 것은 그 지독한 재스민 향기 때문인 것 같았다. 여자는 이를 내보이며 생긋 웃어 보였으나, 그때 얼핏 눈에 띈 희멀건 잇몸도 역시 중위의 마음에 들지 않았다.

'황달병에라도 걸린 여자가 아닐까……'

그는 생각했다.

'이 여자는 틀림없이 칠면조처럼 굉장한 신경질쟁이일거야.'

"오래 기다리셨죠, 그럼 갑시다!"

그녀는 빠른 걸음으로 앞장서서 가다가, 화분에서 노란 꽃잎사귀를 뜯어 들며 말했다.

"돈은 지금 곧 드리겠어요. 싫지 않으시다면 점심도 대접하고……. 2천3백 루블이라고 하셨죠! 수지를 맞추시고 난 후에 배불리 실컷 잡수세요. 어떠세요, 우리 집 방들이 마음에 드세요? 이 고장 여자들은 내게서 노린내가 난다고 흉을 보는 모양이지만, 그건 전혀 터무니 없는 소리죠. 술통에 빠졌다 나와 보세요. 내게서 무슨 냄새가 나나. 당신은 물론 나를 믿으시겠지만. 한번은 노린내를 피우는 의사가 우리 집에 왕진온 일이 있었어요. 그때 나는 의사에게 모자를 집어들고 어디 다른 데나 가서 냄새를 피우라고 쫓아 버렸어요. 내 몸에서 노린내가 나는 게 아니라 약 냄새가 나는 거예요. 아버지가 중풍으로 1년 반이나 누워 계셔서, 집안에는 온통 약냄새가 배어 버렸어요. 1년 반이나 누워 계셨다니까요! 아버지가 가엾긴 하지만, 그래도 돌아가시길 잘했다고 생각해요. 살아 계시면 그 고생이 어떻겠어요!"

그녀는 장교를 안내하여 응접실과 비슷하게 꾸며진 방 두 개와 넓은 홀을 지나, 서재로 들어가서 발을 멈추었다. 자그마한 장식품을 가득 늘어놓은 부인용 책상이 있었고, 책상 가까이 방바닥에는 몇 권의 책이 펼쳐진 채로 뒹굴고 있었다. 옆방으로 통하는 문이 조금 열려 있어, 문틈으로 점심을 차려 놓은 식탁이 엿보였다.

쉴새없이 재잘거리던 수산나는 호주머니에서 잘그럭거리는 열쇠뭉치를 꺼내어, 둥그스름한 뚜껑이 비스듬히 붙어 있는 복잡한 궤짝을 열었다. 뚜껑이 열리면서 궤짝에서는 아이올로스의 하프를 연상시키는 애달픈 멜로디가 잠시 동안 울려 나왔다. 수산나는 다시 한 개의 열쇠를 골라내어 이중으로 장치된 뚜껑을 열었다.

"여기 땅 속으로 비밀 통로와 출입구가 있어요."

양가죽으로 만든 그리 크지 않은 손가방을 꺼내며 그녀가 말했다.

"참 괴상한 궤짝도 다 있죠? 그리고 이 가방 속엔 내 전재산의 사분의 일이 들어 있어요. 자, 보세요, 배가 불룩하지 않아요. 어디 한번 내 목을 졸라 죽여 보시지?"

수산나는 눈을 들어 중위를 쳐다보며 상냥하게 웃었다. 중위도 따라 웃었다.

'그러고 보니 참 멋진 여잔데!'

여자의 손가락 사이에서 이리저리 움직거려지는 열쇠들을 바라보며 그는 이런 생각이 들었다.

"아, 이것이로군요!"

가죽 가방의 열쇠를 찾아내며 그녀가 말했다.

"그럼 빚쟁이 양반, 수표를 내놓으시지. 돈이란, 사실은 언제나 무의미한 물건이죠. 그래도 여자들은 돈이라면 그저 혹하거든요! 아시다시피 나는 그야말로 진짜 유태인이니까 슈물리나 양겔리(고골리의 작품에 나오는 유태인. 유태인을 비꼬아 부르는 말)를 좋아하긴 하지만, 돈벌이에만 눈이 벌게지는 우리 셈족의 피가 싫어요. 돈을 벌어 꽁꽁 뭉쳐 두면서도 뭣 때문에 그렇게 하는지 그들 자신도 모르고 있거든요. 삶을 즐길 줄 알아야 할 텐데, 그들은 단돈 한 푼에 벌벌 떨고 있단 말예요. 그런 점에서 본다면 나는 슈물리보다는 표기병

(驃騎兵)을 더 닮았다고 할까요. 돈을 꼭 움켜쥐고 있는 걸 싫어하죠. 내겐 유태인답지 않은 데가 많이 있다고 생각해요. 어때요, 내가 말할 때, 'a' 소리의 악센트가 너무 강하게 들리지 않아요?"

"어떻게 대답해야 좋을까요?"

중위는 좀 우물쭈물하며 말했다.

"무척 유창하게 말씀하십니다. 그러나 'r' 소리가 좀 분명치 않은 것 같군요."

수산나는 히죽 웃어 보이며 가방에 달린 자물쇠에 열쇠를 꽂아 넣었다. 중위는 호주머니에서 수표를 꺼내어 책상 위에 놓았다.

"악센트처럼 유태인이라는 걸 알아보기 쉽게 하는 건 없어요."

밝고 상냥한 미소를 띤 눈으로 중위를 바라보며 수산나는 말을 이었다.

"아무리 러시아 사람이나 프랑스 사람인 체해도 소용없어요. 푸흐(솜털)란 말을 한번 해보라 하세요. 틀림없이, 패흐흐흐······. 그렇지만 나는 정확히 말할 수 있어요. 푸흐!"

두 사람은 소리를 내어 함께 웃어댔다.

'확실히 매력적인 여자야!'라고 소콜리스키는 속으로 감탄했다.

수산나는 가방을 의자 위에 놓고 중위에게 한 걸음

다가섰다. 사내의 얼굴에 자기 얼굴을 가까이 하며 신이 나서 말을 계속했다.

"유태인 다음으로는 러시아인과 프랑스인을 나는 제일 좋아하죠. 여학교 때, 역사 공부를 잘하지 않아서 모르긴 하지만, 그래도 내 생각으론 지구의 운명이 이 두 민족의 손에 달려 있는 것 같아요. 나는 오랫동안 외국에 살면서—마드리드 같은 곳에서도 반 년 동안 살았으니까요—여러 나라 사람들을 살펴보았는데, 결국 그런 신념을 갖게 되었죠. 즉, 러시아와 프랑스 이외에는 이렇다 할 민족이 하나도 없다는 거예요. 한번 여러 나라의 말을 실례로 들어 볼까요. 독일 말은 망아지 소리 같고, 영어는 우스꽝스럽기 짝이 없죠. 이태리 말은 천천히 할 땐 괜찮지만, 이태리 여자들이 재잘거리는 걸 들어 보면 우리 유태인의 사투리가 그냥 나타나요. 그럼 폴란드 말은 어떠냐구요? 말 마세요! 그보다 더 듣기 싫은 말이 어디 있겠어요! '네 페프시 페프셰 페프솀 베프사 보 모제시프셰페프시 베프샤 페프솀.' 이건, 포트르야. 후춧가루를 돼지고기에 너무 치지 마라, 그러다간 매워서 못 먹을라 라는 말이래요. 호 호 호!"

수산나가 눈을 굴리며 웃어대는 바람에 중위도 그녀를 바라보며 커다란 소리로 웃었다. 그녀는 사내의 단추를 만지작거리며 다시 지껄이기 시작했다.

"물론 당신은 유태인을 싫어하시겠지만……. 난 그걸

가지고 이러니저러니 하진 않겠어요. 어느 민족이나 다 흠이 있는 것처럼 우리도 결점이야 많지요. 그럼 과연 그것이 유태인의 탓이냐? 아니죠, 유태인이 나쁜 게 아니라, 나쁜 건 유태 여자들이에요! 영리하지 못한데다 욕심쟁이고 아무런 취미도 정서도 모르는 따분한 여편네들이죠. 당신은 유태 여자와 함께 살아 본 일이 없을 테니까 잘 모르실 거예요. 그들에게 무슨 매력적인 면모가 어디 하나라도 있겠어요!"

수산나 모이세예브나는 말꼬리를 얼버무리며 이렇게 말했으나, 그녀의 말에는 지금까지의 흥겨움이나 웃음을 이미 찾아볼 수 없었다. 마치 자기 말이 너무 지나친 데 스스로 놀라기라도 한 것처럼 그녀는 입을 다물고 말았다. 순간, 그녀의 얼굴에는 이해할 수 없는 미묘한 표정이 스쳐갔다. 눈 한 번 깜박이는 일 없이 그녀의 시선은 중위에게서 떠나지 않았고, 벙긋이 벌려진 두 입술 사이로는 이를 악물고 있는 것이 내보였다. 얼굴 가득히, 목덜미와 가슴까지도 고양이와 같은 표독스러움이 넘쳐 있었다.

중위에게서 눈을 떼지 않고 그녀는 잽싸게 허리를 굽혀, 마치 고양이처럼 무엇인가를 책상 위에서 움켜쥐었다. 눈 깜짝할 새의 일이었다. 여자의 손끝에 집힌 수표가 살각살각 소리를 내며 손아귀 속으로 들어가 버리는 것을 중위는 보았다. 상냥스럽던 웃음이 금방 그처럼 비열한 범죄행위로 돌변하는 것을 보고, 그는 어안이 벙벙하여 한 발짝 뒤로 물러섰다. 앙칼진 눈으로 중위의 눈치를 살피며, 그녀는 움켜쥔 주먹을 허리로 가져가서 호주머니를 찾고 있었다. 그러나 그 주먹은 물 밖에 나온 물고기처럼 호주머니 언저리에서 팔딱거리며, 좀처럼 제구멍을 찾아 들어가지 못했다. 그러다가 이번엔 수표를 옷깃 사이로 집어넣으려 했다.

순간 중위는 가벼운 비명을 지르며 거의 본능적으로 여자에게 덤벼들어 수표를 움켜쥔 팔목을 붙잡았다. 그녀는 더욱 이를 악물었다. 있는 힘을 다하여 사내를 뿌리치며 붙잡힌 손을 빼냈다. 소콜리스키는 두 팔로 여자의 허리와 어깻죽지를 힘껏 부둥켜 안았다. 그들 사이에는 격투가 벌어진 것이다. 그는 여자에게 망신당하게 될까봐 두려웠다. 그러나 그녀는 사내의 품 안에서 탄력있는 몸을 뱀장어처럼 비비꼬며 팔꿈치로 사내의 가슴을 떼밀고 움켜쥔 주먹을 이리저리 빼돌렸다. 그것을 쫓아 중위의 손이 그녀의 몸 구석구석까지 가 닿지 않는 곳이 없었다.

'이거 참 일이 이상하게 되어가는걸!'

마치 재스민의 향기가 그의 얼을 빼놓기나 한 것처럼 그는 스스로를 잊어버리고 어리둥절해 있었다.

어느 편에서도 말이 없었다. 숨결만 더욱 거칠어 갔다. 그들은 서로 부둥켜안은 채 가구에 부딪치기도 하면서 이 구석 저 구석으로 밀려다니고 있었다. 그러는 동안 수산나는 제정신을 잃어가는 것 같았다. 중위의 얼굴에 자기 얼굴을 정신없이 갖다대고 비비기까지 했다. 사내의 입술에 달콤한 향기를 남기며 그녀의 입술이 스쳐갔다. 마침내 그는 여자의 주먹을 붙잡았다. 손가락을 헤쳐 보았으나 수표는 이미 간 곳이 없었다. 중위는 여자에게서 물러났다. 머리카락은 흩어지고 얼굴은 상기된 채, 그들은 헐떡거리며 서로의 얼굴을 바라보았다.

그녀의 얼굴에서 표독스럽고 매섭던 표정이 차츰 상냥스러운 미소로 변해 갔다. 그러다가 웃음을 터뜨리고 한참을 웃고 나더니, 발길을 돌려 점심이 준비되어 있는 옆방으로 들어갔다. 중위는 그 뒤를 어슬렁어슬렁 따라갔다. 아직도 불그스레한 얼굴로 거칠게 숨을 쉬며 그녀는 식탁에 앉더니, 포도주를 반 컵쯤 들이켰다.

"난 당신이 지금 장난을 하고 있다고 생각하고 있습니다. 그렇죠?"

중위가 먼저 입을 열었다.

"아뇨."

그녀는 빵 조각을 입 속에 넣으며 대답했다.

"음. 그럼 어떻게 해석해야 되겠습니까?"

"좋을 대로 해석하세요. 앉아서 점심이나 드시지요!"

"그러나…… 그런 속임수를 쓰다니 말이 됩니까!"

"그럴 수도 있겠죠. 그러니 설교를 할 생각일랑 아예 마세요. 나는 나대로의 생각이 따로 있으니까요."

"그럼, 주시지 않겠단 말이오?"

"물론이죠! 가진 것이라곤 아무것도 없는 당신 같은 가난뱅이가 장가는 무슨 장가예요!"

"그렇지만 그 돈은 내것이 아니라 형님 돈입니다."

"그럼 당신 형님은 무엇에 쓸 돈일까! 아내 옷차림에? 하긴 당신 형수의 옷을 사주건 말건 나와는 상관없는 일이지만."

중위는 처음 찾아오는 이 여자 집에서, 어떻게 해서 자기가 그런 예의에 벗어난 행동을 하게 되었는지 알 수가 없었다. 그는 양미간을 찌푸리고 방안을 뚜벅뚜벅 걸어다니며 애꿎은 조끼만 잡아당기고 있었다. 생각해 보면 그가 대담하게 행동한 것은, 이 유태 여자가 수치스럽기 짝이 없는 언동을 먼저 했기 때문이었다.

"참 어이가 없어서!"

그가 투덜거렸다.

"난 당신에게 그 수표를 받기 전엔 여기서 떠나지 않을 테니 그리 아시오!"

수산나는 웃고 있었다.

"이왕이면 아주 여기서 사시지. 그럼 나는 얼마나 좋을까요!"

격투 끝에 흥분한 중위는 종알거리는 입술, 할딱이는

가슴을 바라보며 엉뚱한 마음이 들었다. 수표가 어떻게 되느냐 하는 것은 상관 없었다. 갑자기 어떤 욕망과 함께 유태 여자의 자유분방한 생활태도에 대해 언젠가 형이 들려주던 이야기가 머리에 떠올랐다. 그리고 그것은 그의 마음을 더욱 대담하게 했다. 그는 여자 곁에 털썩 주저앉아서 수표 생각은 까맣게 잊고 점심을 먹기 시작했다.

"무얼 드시겠어요? 보드카, 포도주?"

수산나는 웃음 섞인 말로 물었다.

"수표를 도로 찾을 때까지는 여기서 기다리시겠다는 거죠? 며칠이나 기다리고 있나 봅시다! 당신 약혼녀는 화를 내지 않을까요?"

2

오후 다섯 시가 지났다. 중위의 형인 알렉세이 이바노비치 크류코프는 잠옷 바람에 슬리퍼를 끌고 집안을 돌아다니며 창 밖을 내다보고 있었다.

그는 이미 뱃살이 찌고, 머리가 벗겨지고, 집안에서는 잔소리깨나 할 그런 나이가 되었다. 그렇지만 후리후리한 키와 구렛나루가 검고 굵직한 사내다운 얼굴은 유태 여자가 말한 것처럼 여간 미남자가 아니었다. 또 그는 인텔리들이 가지고 있는 교양을 풍부하게 가지고 있는 사람이었다. 성실하고 원만한 인품을 가졌으며, 교양이 있었다. 과학·예술·신앙에 대해 문외한이 아니며 명예를 존중하는 기사도적 이해를 가진 사람이었으나, 어느 한 가지에 깊이 파고드는 일이 없는 게으름뱅이기도 했다. 그는 미식가였고, 애주가였다. 트럼프 놀이 같은 건 매우 잘했다. 또한 그는 자기가 상관없는 일엔 나서지 않는 것을 원칙으로 삼는 사람이었다. 그래서 무슨 일에 그를 끌어내려면 그의 마음을 움직일 만한 선동적이고 평범하지 않은 일이라야 했다. 그러나 일단 발벗고 나서기만 하면 먹고 자는 것도 잊을 정도로 적극적으로 활동했다. 결투에 대해서 기염을 토하는가 하면, 대신에게 장문의 진정서도 쓰고, 온 군(郡) 내를 분주하게 쫓아다니기도 하고, '비열한 놈'이라고 공공연하게 남을 꾸짖기도 했다. 또는 재판 소송으로 남과 다투기도 했다.

"그런데 사샤는 왜 여태 돌아오지 않는 거야?"

그는 창 밖을 내다보며 아내에게 물었다.

"저녁 먹을 때가 됐는데!"

중위를 기다리다가 크류코프네 식구들은 여섯 시가 되어서야 저녁을 먹었다. 밖이 어두워지고, 밤참 먹을 시간이 되었다. 알렉세이 이바노비치는 발소리와 문 밖의 인기척 소리에 귀를 기울이다가 알 수 없다는 듯이 어깨를 으쓱거렸다.

"이상한데!"

그가 중얼거렸다.

"그 중위 녀석이 아마 소작인 집에 틀어박혀 있는 게로군."

밤참을 먹고 잠자리에 들며, 크류코프는 그의 동생인 중위가 소작인의 집에서 한 잔 잘 얻어먹고 거기서 자고 오는 게 틀림없다고 생각했다.

소콜리스키는 다음날 아침이 되어서야 집으로 돌아왔다.

그는 풀이 죽고 낭패한 얼굴을 하고 있었다.

"단둘이서 좀 할 얘기가 있어요……."

그는 다른 사람 모르게 형에게 속삭였다.

그들은 서재로 들어갔다. 중위는 문을 닫고 말을 꺼내기 전에 뚜벅거리며 한참 동안 방안을 거닐었다.

"이런 일이 있었어요, 형님."

그는 입을 열었다.

"어떻게 얘기해야 할지 모르겠군요……. 아마 내 얘기를 믿지 못하겠지만……."

그는 붉게 상기한 얼굴로 더듬거리며 어제 자기가 겪은 이야기를 했다. 크류코프는 두 다리를 벌리고 서서 동생의 이야기를 듣고 나서 얼굴을 찌푸리며 말했다.

"아니 그게 농담이야, 진담이야?"

"농담이라뇨? 지금 어디 제가 농담할 처지인가요!"

"모를 말일세!"

크류코프는 믿지 못하겠다는 듯이 두 팔을 벌려 보이며 흥분한 어조로 말했다.

"그건 네게 잘못이 있어. 그래 그년이 그 따위 못된 짓을 하는 걸 보고도 넌 그년의 입술을 핥고 있었단 말인가!"

"그러나 어떻게 그렇게 됐는지, 나 자신도 알 수가 없어요!"

중위는 죄송스럽다는 듯이 눈을 껌벅거리며 말했다.

"정말 알 수 없는 일입니다! 난생 처음 그런 요물한테 걸려들었거든요! 제정신으로 여자한테 반해서 그렇게 된 게 아니라, 하도 몰염치하게 덤벼드는 바람에……."

"몰염치하게 덤벼들어서? 그렇다고 해서 네가 결백하다고 말할 수 있단 말인가! 그런 뻔뻔스럽고 치사한 걸 원한다면, 똥통에서 돼지새끼나 꺼내 날거로 먹을 것이지!"

"말이 너무 지나친데요!"

중위는 입맛이 쓴 얼굴로 대꾸했다.

"그 2천3백 루블은 제가 갚아 드리겠어요!"

"네가 그 돈 갚아 주리라는 건 알고 있어. 그러나 어디 돈이 문젠가? 그까짓 돈은 아무래도 좋아. 난 네 그 어리석은 행동에 화가 나 있는 거야! 약혼까지 한 처지에! 약혼녀를 두고!"

"너무 그러진 마세요……."

중위는 얼굴을 붉혔다.

"나도 지금 나 자신을 얼마나 원망하고 있는지 모릅니다. 정말 땅 속으로라도 기어들어가고 싶어요……. 큰 어머니한테 가서 5천 루블을 달라고 졸라야 할 생각을 하면 기가 막혀 죽겠어요……."

크류코프는 좀처럼 화가 풀리지 않는지 한참 동안 무어라 투덜거리고 있었다. 마음을 좀 진정한 다음, 그는 소파에 앉아서 동생을 바라보며 입을 실쭉거리고 웃었다.

"육군 중위가!"

그는 경멸에 찬 말투로 비꼬았다.

"약혼까지 한 녀석이!"

그러더니 별안간 그는 무엇에 찔린 사람처럼 벌떡 일어나서 발을 쾅쾅 구르고, 방안을 성급히 왔다갔다 하기 시작했다.

"안 되지, 그냥 둘 순 없어!"

그는 주먹을 휘두르며 소리쳤다.

"내가 가서 수표를 찾아오겠어! 찾아와야겠어! 가서 그년을 녹초를 만들고 말겠어! 여자를 때려선 안 되지만, 그런 년은 아주 병신을 만들어 놔야 해! 나는 육군 중위가 아니란 말일세! 제아무리 뻔뻔스럽게 덤벼도 내겐 소용이 없어! 암, 절대로 안 되지. 그런 계집애는 그냥 놔둬서는 안 돼!"

그는 고함을 쳤다.

"거기 누가 없느냐! 지금 당장 마차를 준비하라고 해!"

크류코프는 급히 옷을 갈아입고, 중위가 말리는 것도 듣지 않고 마차에 올라탔다. 그는 뒤도 돌아보지 않고 수산나 모이세예브나 집으로 달려갔다. 중위는 창 밖으로, 달려가는 마차 뒤에서 구름을 이루는 먼지를 한참 동안이나 바라보다가, 늘어지게 기지개를 켜며 하품을 하고 나서 제 방으로 들어가 버렸다. 15분 후에 그는 벌써 곤하게 잠이 들어 있었다.

여섯 시가 되자 저녁을 먹으라고 그를 깨웠다.

"그인 친절도 하지!"

식낭에서는 형수가 그를 맞으며 불평을 했다.

"저녁상을 차려 놓고 이렇게 기다리게 하다니!"

"그럼 형님은 아직 돌아오시지 않았습니까?"

중위는 하품을 하며 말했다.

"음, 아마 소작인 집에 들르셨겠죠"

그러나 크류코프는 밤참 때가 되어도 돌아오지 않았다. 그들은 그가 트럼프에 미쳐서 소작인의 집에서 자고 오는가 보다 생각했다. 그러나 그들의 추측과는 완전히 어긋난 전혀 다른 일이 벌어졌던 것이다.

크류코프는 이튿날 아침이 되어서야 돌아왔으나, 식구들에게는 아른 체도 하지 않고 아무 말 없이 서재로 들어가 버리고 말았다.

"아니, 어떻게 되었어요?"

중위가 눈이 휘둥그래져서 그를 바라보며 귓속말로 물었다.

크류코프는 코웃음만 치며 손을 내저어 보였다.

"대체 어떻게 됐길래 웃기만 하십니까?"

크류코프는 웃음을 참느라고 어깨만 들썩거렸다. 잠시 후, 그는 얼굴을 들었다. 눈에는 눈물까지 고여 있었다. 어리둥절해 서 있는 중위를 바라보며 그가 입을 떼었다.

"문 좀 닫아. 너한테 그 계집 얘길 하지!"

"수표는 찾으셨습니까?"

크류코프는 손을 내저으며 다시 깔깔거리고 웃었다.

"얘길 좀 들어봐. 이만저만한 년이 아니더군!"

그가 말을 계속했다.

"하여튼 고맙네. 네 덕분에 그런 계집을 알게 됐으니! 그건 치마를 두른 악마야. 그 집에 들어서자, 내딴엔 단단히 조심을 하느라고 시치미를 딱 떼고 양미간을 잔뜩 찌푸리고 무슨 큰 일이나 치르려는 듯이 두 주먹까지 불끈 쥐었지. '미리 말씀드리지만, 나하고는 장난을 치지 않는 게 좋을 거요!' 이런 식으로 나갔지. 그리고 막 겁나게 을러댔단 말이야. 그년 처음엔 눈물을 질질 짜며 말하더군. 네겐 정말 장난으로 그랬다고……. 그러면서 돈을 내주겠다고, 그 이상한 궤짝 있지 않나. 그리 데리고 가더란 말이야. 그 다음엔 너도 알만 하겠지. 유럽의 운명은 러시아인과 프랑스인의 손에 달렸다는 거 말이야. 여자들에 대한 혹평도 들었지. 나도 너와 마찬가지로 귀가 솔깃해서 듣고 있다가 결국 그 함정에 빠지고 만 거야. 아주 미남자라고 나를 한창 추켜세우더니, 얼마나 기운이 센지 보자고 내 팔을 꼬집어 뜯어보기도 하고, 그러고는…… 또…… 그 다음은 너도 알 거 아냐. 이제야 겨우 이렇게 빠져나왔네. 하하하. 너한테 흠뻑 반한 모양이던걸!"

"참 잘하십니다!"

중위도 따라 웃으며 형을 비꼬아 주었다.

"아내를 가진 사람이! 존경받는 사회의 명사가! 그래, 부끄럽지도 않아요? 그런데 말입니다, 이건 농담이 아닌데, 이 고장에는 타마라 여왕님이 새로 한 분 생긴 셈이군요."

"뭐가 생겼다고? 그런 카멜레온 같은 여자는 아마 러시아 전국을 찾아봐도 발견하지 못할 거야! 그런 방면엔 나도 그리 풋내기는 아닌데, 그 비슷한 정도의 여자도 생전 만나 본 일이 없다니까. 귀신도 그 여자만은 못할걸. 네 말마따나 그야말로 몰염치하게 덤벼드는 덴 안 넘어갈 재주가 없더라구. 그년의 말이 어찌나 변화무쌍한지 그냥 얼이 빠지더란 말야. 어이구! 그럼 수표는 어떻게 됐냐구? 날아가 버렸지, 뭐. 너나 나나 둘이 다 죄를 지었으니까 손해는 반씩 나누기로 하지. 너한테 받을 돈이 2천3백 루블이 아니라, 그 반만 있는 걸로 하겠네. 그리고 아내에겐 절대 입 밖에 내지 말게. 소작인의 집에 갔었다고 할 테니."

크류코프와 중위는 얼굴을 베개에 틀어박고 배를 움켜쥐고 웃어댔다. 얼굴을 들고 서로 바라보다가는 다시 웃음이 터져나와서 또다시 베개에 얼굴을 파묻었다.

"약혼까지 한 녀석이!"

크류코프가 먼저 중위를 놀렸다.

"육군 중위가!"

"아내를 가진 사람이!"

소콜리스키도 말을 받았다.

"존경받는 사회의 명사가! 한 집의 가장이!"

점심상을 받고서도 그들은 연신 서로 눈짓을 하며 암시 섞인 말을 주고받았다. 웃음이 터져나오는 바람에 냅킨에 음식물이 떨어져서 곁에 섰던 사람들을 놀라게 했다. 점심이 끝난 후에도 그들은 유쾌한 기분으로 엽총을 가지고 앞으로 달리고 뒤로 쫓고 하며, 어린아이들에게 전쟁놀이를 구경시켜 주었다.

저녁때, 그들 사이엔 오랫동안 논쟁이 벌어졌다. 중위의 주장은, 결혼할 때 여자가 지참금을 되도록 적게 가져와야 한다는 것이었다. 열렬한 연애 결혼이라 할지라도 많은 돈이나 재산을 여자 앞으로 가지고 와서는 안 된다는 것이다. 크류코프는 책상을 주먹으로 치며,

그런 불합리한 일이 어디 있냐고 중위의 견해를 반박했다. 즉, 아내가 자기 몫으로 재산을 소유하는 것을 싫어하는 남편은 이기주의자며 전제군주나 다름없다는 주장이었다. 둘이 다 흥분하여 체면도 지키지 못할 만큼 고함을 지르며 야단을 쳤다. 결국 그들은 자기 옷을 걷어들고 제각기 침실로 헤어져 들어갔으며 금세 깊은 잠에 빠져들었다.

다시 이전처럼 무사태평한 생활이 계속되었다. 땅 위엔 짙은 그림자가 덮여 있었다. 구름 속에서는 천둥소리가 울려오고, 이따금씩 무엇을 호소하는 것같이 바람이 소리치고 있었다. 마치 자연도 소리를 내어 울 수 있다는 것을 보여 주려는 듯이……. 그러나 안일한 생활에 젖어 버린 이들에게는 자연의 어떠한 현상에도 불안해하지 않았다. 수산나에 대해서도, 수표에 대해서도 그들은 입 밖에 내려 하지 않았다. 두 사람 다 그런 이야기를 하는 것이 부끄럽게 느껴졌기 때문이었다. 그 대신 그들은 수산나와의 일을 제각기 만족스런 마음으로 되씹어 보았다. 그것은 그들 생애에서 우연히 맞닥뜨린 한 토막 기이한 웃음거리로서, 후에 유쾌한 추억으로 남을 것이라 생각했다.

그런 일이 있은 후 일 주일쯤 되는 어느날 아침, 크류코프는 서재에 앉아 큰어머니에게 문안 편지를 쓰고 있었다. 책상 앞에서는 소콜리스키가 아무 말 없이 서

성거리고 있었다. 중위는 밤잠을 잘못 자서 기분이 상쾌하지 못했고 마음도 우울했다. 그는 방안을 거닐며, 휴가 기한도 이젠 다 됐다는 생각, 자기를 기다리고 있을 약혼녀 생각, 그리고 이런 시골에 사는 사람들은 적적하고 따분해서 어떻게 살아갈 수 있을까 하는 생각을 두서없이 하고 있었다. 그러다가 그는 창가로 가서 창 밖의 나무들을 멍하니 바라보며 담배를 연거푸 세 대나 피웠다. 그는 무슨 생각에선지 갑자기 형에게 돌아서며 말했다.

"형님, 부탁이 하나 있는데요. 오늘 형님의 말을 좀 빌려 주었으면 좋겠어요……."

크류코프는 중위의 눈치를 살피려는 듯이 그를 힐끗 쳐다보고는 이맛살을 찌푸리면서 다시 편지만 쓰고 있었다.

"그러시겠어요?"

중위가 다시 물었다.

크류코프는 또 한 번 그를 쳐다보더니 책상 서랍을 천천히 열고, 거기서 두툼한 돈뭉치를 꺼내어 동생에게 내주었다.

"자, 5천 루블……."

그가 입을 열었다.

"이건 내 돈은 아니지만 맘대로 해. 누구 돈이든 결국은 마찬가지니까. 역마차가 이리 들렀다 가도록 즉시

연락하고 오늘은 떠나게. 내가 충고하겠는데, 무슨 말인지 알겠지?"

이번에는 중위가 형의 눈치를 살피며 바라보고 있다가 웃음을 터뜨렸다.

"형님이 내 속을 들여다보았군요!"

얼굴을 붉히며 그가 말했다.

"사실 그 여자에게 가고 싶었어요. 지난번에 그 집에 입고 갔던 그 여름 제복 말예요. 그걸 엊저녁에 세탁해 왔는데, 아직도 그 옷에서 재스민 냄새가 풍기더군요. 그 냄새에 그만 유혹을 당했죠!"

"떠나야 해!"

"네, 정말 떠나야겠어요. 게다가 휴가도 이젠 끝났으니까, 오늘중으로 떠나겠어요! 어떤 일이 있어도 꼭 떠나 버리겠어요!"

점심 전에 역마차가 왔다. 중위는 형의 집안 식구들과 작별인사를 나누고 그들의 전송을 받으며 떠나갔다.

다시 한 주일이 지나갔다. 음산하면서도 숨이 막힐 것처럼 무더운 날이었다. 크류코프는 이른 아침부터 공연히 이방에서 저방으로 돌아다니며 창 밖을 내다보기도 하고, 이미 싫증이 난 사진첩을 들춰 보기도 했다. 아내나 아이들이 눈에 띄기만 하면 성난 소리로 잔소리를 퍼부었다. 그날은 왜 그런지 아이들도 그를 피하는 것 같았고, 아내가 하녀들에게 지출이 많다고 짜증을 내는 것도 일부러 자기에게 들으라는 것처럼 생각되었다. 이런 것들은 가장인 그가 제정신이 아닌 증거였다.

점심을 먹었으나 수프도 구운 고기도 입에 맞지 않았다. 그는 마차를 준비시켜서 천천히 뜰 밖으로 몰고 나가다가 마차를 멈추었다.

'그런데 대체 어디로 간담?'

그는 음산한 하늘을 쳐다보며 잠시 생각했다.

크류코프는 온종일 자기가 생각하고 바라던 것이 무엇이었는지 이제야 확실하게 알게 된 것 같았다. 얼굴에는 빙그레 웃음까지 떠올랐다. 금세 그의 가슴은 후련해지고 게슴츠레하던 눈에는 희열과 같은 빛이 났다. 그는 말에다 채찍질을 했다. 마차에 흔들리며 가는 도중, 그는 줄곧 공상에 잠겼다.

'그 유태 여자는 그가 찾아온 걸 보고 얼마나 놀랄까. 그녀와 흥겹게 얼마 동안 놀다가 상쾌한 기분으로 집에 돌아가자…….'

'적어도 한 달에 한 번쯤은 어떤 것으로든지 기분을 전환시킬 필요가 있어. 좀 색다른 것으로.' 그는 이렇게 생각했다. '침체한 심신에 활기찬 자극을 주는 그 어떤 것이 필요하단 말이야. 가령 술을 마신다든가. 그렇잖으면 수산나라도 만나 본다든가. 어쨌든 그런 게 없으면 안 되지.'

그가 양조장 뜰 안으로 들어섰을 때는 벌써 날이 어

두워지고 있었다. 열어젖힌 창문으로 웃음소리와 노래 소리가 새어나왔다.
"번개보다 더 밝게, 불길보다 더 뜨겁게……."
누군가 굵은 목소리로 노래를 부르고 있었다.
'쳇, 손님들이 와 있군!'
크류코프는 이 집에 손님이 와 있다는 것이 불쾌하게 여겨졌다.
'그냥 집으로 돌아갈까?'
그는 초인종에 손을 대고 잠시 망설였으나, 역시 종을 울리고 낯익은 계단을 올라갔다. 현관에서 홀을 들여다보았다. 홀 안에는 대여섯 명의 남자들이 있었다. 모두 그가 잘 아는 이 고장 명사인 관리와 지주들이었다. 빼빼 마른 키다리가 피아노를 치며 노래를 부르고 있었고, 나머지 사람들은 무엇이 그리 흥겨운지 히죽 입을 벌리고 그것을 듣고 있었다. 크류코프는 거울 앞에 잠시 섰다가 홀로 들어가려 했으나, 그때 마침 수산나 모이세예브나가 유쾌한 얼굴로 나타났다. 몸에는 역시 이전의 그 검은 옷을 입고 있었다. 크류코프를 보자 놀란 듯이 멈춰섰다가, 반가워 죽겠다는 듯이 그에게 달려들었다.
"어머, 당신이세요?"
그녀는 사내의 손을 잡으며 말했다.
"정말 뜻밖이군요!"

"당신이 보고 싶어서!"

크류코프는 빙그레 웃으며 그녀의 허리를 안았다.

"왜냐구? 유럽의 운명이 러시아와 프랑스인 손에 달려있다는 얘길 듣고 싶어서!"

"정말 기뻐요!"

사내의 팔에서 살그머니 몸을 빼면서 샐죽 웃으며 말했다.

"그럼 홀로 들어가세요. 다 아는 분들이니까……. 나는 가서 차를 가져오라 할게요. 참 알렉세이라고 하셨죠? 어서 들어가 보세요. 금방 나오겠어요……."

그녀는 달콤한 재스민 향기를 남겨 놓고 안으로 들어갔다. 크류코프는 얼굴을 번쩍 쳐들고 홀로 들어섰다. 거기에 있는 사람들은 평소에 가깝게 지내는 친구들이었지만, 그는 머리를 끄덕해 보였을 뿐이었다. 그들도 마지못해 아는 체를 했다. 마치 그 자리가 아주 불결한 자리나 되는 것처럼, 그렇잖으면 서로 모른 체하는 게 편리할 것이라는 묵계가 있는 것 같았다.

홀을 가로질러 크류코프는 응접실을 빠져나갔다.

거기서 그는 또다른 객실로 들어가는 길에, 역시 안면이 있는 손님들을 3,4명 지나쳤다. 그러나 그들은 크류코프를 알아보는 것 같지 않았다. 그들은 이미 술에 취하여 흥겨워 보였다.

그는 그들을 곁눈으로 보며 얼굴을 찌푸렸다. 어째서

저런 여자가 있고, 쓴맛 단맛 다 본 사회의 명사들이 이런 천하고 더러운 곳에서 유쾌할 수가 있을까 의심스러웠다. 그는 어깨를 한 번 으쓱거리고 코웃음을 치며 다른 방으로 갔다.

"술 안 먹은 사람에겐 구역질이 나도, 술 취한 사람들에겐 유쾌한 장소가 있지. 그러고 보면 나도 저속한 오페레타나 집시 여자한테 갈 때 술을 마시지 않고 간 일이라고는 한 번도 없지 않나……."

수산나의 서재에까지 온 그는 갑자기 못에 박힌 것처럼 문틀을 붙잡고 멈춰 섰다. 수산나의 책상 앞에 앉아 있는 사람은 다름아닌 알렉산드르 그리고리예비치가 아닌가.

그는 뚱뚱하고 주름살투성이인 유태인과 무엇인가 수군거리고 있었다. 그러나 자기 형이 거기 서 있는 것을 보자 얼굴이 빨개지며 앞에 놓은 사진첩으로 눈을 떨어뜨렸다. 순간, 크류코프는 자기에게 양식(良識)이 되돌아오는 것을 느꼈다.

온몸의 피가 머리로 쏠려 올라왔다. 놀람과 수치와 분노로 인해 그는 제 자신을 잃고 말없이 책상 옆으로 다가갔다. 그래도 소콜리스키는 머리를 들지 못했다. 극도의 수치심 때문에 중위의 얼굴은 일그러져 보였다.

"아, 형님이십니까!"

눈을 들어 미소를 지으려고 애쓰며 그가 입을 열었다.

"마지막 인사라도 하려고 왔어요……. 그러나 내일은 꼭 떠나겠습니다!"

'그렇지만 이제 내가 뭐라고 말할 수 있나? 무슨 말을?'

알렉세이 이바노비치는 생각했다.

'나 자신도 여기 와 있으면서 내 입으로 어떻게 동생을 나무랄 수 있단 말인가?'

한 마디 말도 입 밖에 내지 못하고 마른침만 꿀꺽 삼키고 나서, 그는 천천히 밖으로 걸어나갔다.

"그대를 천사라 부르지 마라. 땅 위에서 그대를 떠나 보내지 않으리니……."

홀에서는 노랫소리가 들려왔다. 얼마 후에 크류코프의 마차는 이미 먼지투성이의 길을 달리고 있었다.

아 뉴 타

 가구까지 함께 빌려 주는 아파트 리사본, 그 집에서도 제일 값이 싼 구석방에서 의과대학 3학년생인 스체판 클로치코프는 이리저리 방 안을 거닐며 해부학을 외우느라 여념이 없었다. 닥치는 대로 모두 외워 버리려는 지나친 노력으로 인해서 그의 입안은 바싹 마르고 이마에는 진땀이 솟아 있었다.
 엷은 얼음이 무늬를 이루며 언저리에 얼어붙은 창가에는 그와 함께 살고 있는 아뉴타가 의자에 앉아 있었다. 나이는 스물네댓이나 되었을까. 온순한 회색 눈동자에 창백한 얼굴, 갈색 머리에 자그마한 몸집의 여자였다. 아뉴타는 등을 구부리고 사내의 셔츠 목깃에 붉은 실로 부지런히 수를 놓고 있었다. 복도에 걸린 시계는 오후 두 시를 쳤지만, 방안은 아직 치우지 않은 채였다. 구겨진 이부자리, 내동댕이쳐진 베개, 너저분하게 흩어진 책과 옷가지, 비눗물이 넘쳐 흐를 것 같은 멋없이 커다란 대야, 그 구정물에 던져진 담배 꽁초, 마룻바닥에 쌓인 먼지 할 것 없이 온통 뒤죽박죽이 되어 일부러 그런 난장판을 만들어 놓은 것 같았다.
 "우측 폐는 세 부분으로 나눈다······."

클로치코프는 계속해서 외웠다.

"윗부분은 흉곽 내면에서 4,5개의 늑골에 걸쳐 있는데, 측면으로는 제4 늑골에 이르고 뒷면으로는 척주 견갑골에 덮여 있다……."

클로치코프는 방금 외운 내용을 머릿속에 그려 보려고 애쓰며 천장을 쳐다보았다. 그러나 그것이 똑똑히 떠오르지 않자, 그는 조끼 위로 자기의 상부 늑골을 더듬어서 짚어 보기 시작했다.

"이 늑골들은 마치 피아노 건반과 비슷한 것이지."

그가 말했다.

"매사에 틀림이 없게 하려면 반드시 숙달이 필요한 법이야. 먼저 골격의 구조를 연구해야 하고, 그 다음엔 살아있는 사람을 실제로 대조해서 연구해야 하거든. 자, 그럼 아뉴타, 실습을 좀 해봐야겠어!"

아뉴타는 일거리를 놓고 재킷을 벗은 다음 허리를 쭉 폈다. 클로치코프는 마주 앉아서 얼굴을 찌푸리고 여자의 늑골을 세기 시작했다.

"음…… 제1 늑골은 손에 집혀지지 않지…… 그건 쇄골 뒤에 있으니까…… 바로 이놈이 제2 늑골이로군…… 그렇지……이게……제3……이게 제4……음……그렇지……아니, 왜 몸은 움츠리는 거야?"

"당신 손가락이 차서 그래요!"

"뭐 그렇다고 목숨이 떨어지진 않을 테니 몸을 비틀

건 없어. 그러니까 이놈이 제3 늑골이라…… 이놈은 제4늑골이고…… 겉보기엔 요렇게 빼빼 말랐는데도 늑골이 잘 만져지지 않는군. 아니, 이래가지곤 어느 게 어느 건지 통 알 수가 없는걸. 줄을 그어 봐야겠어. 목탄이 어디 있더라?"

클로치코프는 목탄을 찾아내서 아뉴타의 가슴 위와 늑골 위치에다 몇 개의 평행선을 그었다.

"자, 됐어. 이제 모든 걸 확실히 알 만하군. 그럼 이젠 타진(打診)을 해도 되겠지. 좀 일어나!"

아뉴타는 일어서서 턱을 들었다. 클로치코프는 타진을 시작했다. 그는 타진 공부에만 정신이 팔려서 입술과 코와 손가락이 추위로 새파래져 되어 가는 것을 알지 못했다. 아뉴타는 오들오들 떨면서도 학생이 그것을 알아차리고, 줄을 그으며 타진하던 공부를 중단하지나 않을까 두려워하고 있었다. 그렇게 되면 의사 시험에 실패할지도 모르기 때문이었다.

"이젠 분명히 알겠어."

타진을 끝마치고 나서 클로치코프가 말했다.

"목탄이 지워지지 않도록 그냥 그대로 앉아 있어. 난 좀더 외울 테니……."

학생은 다시 되풀이해 외우면서 방안을 거닐기 시작했다. 가슴 위에 검은 줄이 쭉쭉 그려진 아뉴타는 추위에 몸을 움츠리고 앉아서 무엇인가를 생각하고 있었다.

아뉴타는 좀처럼 말이 없었고, 언제나 입을 다문 채 줄곧 무슨 생각에만 잠겨 있는 여자였다.

지난 6,7년 동안 이집에서 저집으로 떠돌아다니며 아뉴타는 클로치코프와 같은 학생을 다섯이나 알고 있었다. 지금 그들은 모두 대학을 졸업하고 사회에 나가 있었다. 그리고 출세한 사람들이란 으레 그렇듯이, 그들은 벌써 옛날에 아뉴타를 잊어버리고 말았다. 한 사람은 파리에 가 있고, 두 사람은 의사가 되었으며, 네번째 사람은 미술가, 다섯번째는 이미 대학 교수까지 되었다는 말이 있었다. 클로치코프는 여섯번째 사내였다. 그도 역시 오래지 않아서 공부를 마치고 사회로 나가게 될 것이다. 클로치코프에게 눈부신 미래가 약속되어 있음은 의심할 나위도 없으나 지금은 형편이 영 말이 아니었다. 담배도 차도 떨어지고 설탕이라고는 네덩어리가 남아 있을 뿐이다. 될 수 있는 대로 빨리 이삯바느질을 끝내서 단골집에 갖다 주고, 이번에 받을 25카페이카로 차와 담배를 사와야만 했다.

"들어가도 좋은가?"

누가 문 밖에서 불렀다.

아뉴타는 재빨리 양털 숄을 어깨에 둘렀다. 화가인 페치소프가 들어왔다.

"부탁이 있어서 왔네."

이마에 내려온 머리칼 사이로 눈을 번들거리며 그는

클로치코프를 향해 말을 꺼냈다.
 "자네의 저 어여쁜 아가씨를 두 시간만 좀 빌려 줄 수 없겠나? 그림을 그리고 있는데 모델이 없어서 야단일세!"
 "암, 좋고말고!"
 클로치코프는 쾌히 승낙했다.
 "아뉴타, 갔다와."
 "난 그런 데 가기 싫어요."
 아뉴타는 낮은 소리로 대답했다.
 "무슨 소리! 다른 일이라면 모르지만, 예술을 창조하는 사람의 부탁인데, 도와드릴 수만 있다면 당연히 도와드려야지."
 아뉴타는 주섬주섬 옷을 주워 입기 시작했다.
 "그런데, 자넨 무슨 그림을 그리는 건가?"
 클로치코프가 물었다.
 "사랑의 여신. 좋은 주제지. 그러나 여간한 일이 아니라네. 모델을 자꾸 갈아가며 그려 봐야겠어. 어젠 푸른 발을 가진 모델을 놓고 그려 봤지. 왜 발이 시퍼렇냐고 물었더니, 양말에서 물이 옮았다는 거야! 그런데 자넨 밤낮 외우기만 하고 있는 건가! 싫증도 낼 줄 모르니, 자넨 참 행복한 사람이군."
 "의학 공부란 암기를 하지 않고는 도대체 문앞에도 갈 수 없거든."
 "음, 고맙네. 그러나 클로치코프, 자네 이거 사람 사는 꼴이 뭔가. 돼지우리나 다름없군! 아주 난장판이야!"

"그럼 어떡하나? 달리 살 도리가 있어야지. 아버지한테서는 한 달에 겨우 12루블밖에 오지 않는데, 그걸 가지고 어디 제대로 살아갈 수가 있나."

"하기야 그렇지……."

화가는 못마땅하다는 듯이 잔뜩 얼굴을 찌푸렸다.

"그래도 좀더 나은 생활을 할 수는 없을까? 문명인이라면 반드시 미학적으로 살아야 한단 말일세. 그렇지 않나? 그런데 자넨 이게 뭔가? 잠자리는 치워 놓지도 않았고, 저 구정물에, 저기 저 먼지……. 접시엔 어제 먹다 남은 죽이 아닌가. 푸우!"

"그야 옳은 말이지만……."

클로치코프는 얼굴을 붉혔다.

"아뉴타가 오늘은 너무 바빠서 청소할 시간이 없었어."

화가와 아뉴타가 밖으로 나가자 클로치코프는 소파에 드러누워 다시 외우기 시작했다. 그러다가 그는 스르르 잠이 들고 말았다. 한 시간 가량 자고 나서 잠이 깬 그는, 머리 밑에 주먹을 괴고 우울한 생각에 잠겨 있었다. 문명인이면 반드시 미학적이어야 한다는 화가의 말을 되씹어 보는 것이었다. 그리고 보니 자기 주위의 너저분한 것들이 이제는 정말 싫증나고 구역질이라도 할 것 같았다. 그는 자기의 앞날을 머릿속에 그려 보았다. 진찰실에서 의젓하게 환자들을 상대하고, 훌륭한 귀부인인 아내와 함께 널찍한 식당에서 차를 마신다……. 그렇지만 지금 당장 눈앞에는 담배 꽁초가 둥실 떠 있는 구정물 통이 흉하디흉한 꼴을 하고 있을 뿐이었다. 아뉴타도 못생긴데다가 꾀죄죄하고 초라한 여자로만 여겨졌다. 그래서 그는 어떠한 일이 있더라도 빨리 헤어져야겠다고 마음속으로 다짐했다. 아뉴타가 화가의 집에서 돌아와 외투를 벗고 있을 때, 그는 벌떡 일어나 앉아서 정색을 하며 말했다.

"그런데 말이야, 할 말이 있으니까 거기 좀 앉아 봐. 우리 그만 헤어질 때가 온 것 같아. 간단히 말해서, 이제 나는 더이상 당신과 함께 살고 싶지 않아."

화가에게서 돌아온 아뉴타는 몸을 가누지 못할 만큼 피곤해 있었다. 벌거숭이가 되어 오랜 시간 동안 서 있었던 탓에, 얼굴은 더욱 야위고 턱은 더욱 뾰죽해진 것 같았다. 아뉴타는 학생의 말에 아무런 대꾸도 하지 않았다. 그저 입술만 가늘게 떨고 있을 뿐이었다.

"그렇게 할 거지? 어차피 우린 헤어져야 할 사이였잖아."

학생은 말을 이었다.

"당신은 착하고도 영리한 여자니까, 내 말을 알아듣겠지……."

아뉴타는 다시 외투를 걸쳐 입고 잠자코 바늘이며 실 같은 것을 주워 모아 바느질감을 종이에 돌돌 말아 들었다. 창가에 설탕 네 덩어리가 들어 있는 봉지를 보자,

그것을 탁자 위의 책 옆에 갖다 놓았다.

"이 설탕은 당신 거예요……."

가느다란 목소리로 이렇게 말하고 아뉴타는 눈물을 보이지 않으려고 옆으로 얼굴을 돌렸다.

"아니, 울긴 왜 울어?"

클로치코프는 허둥지둥 방 안을 거닐며 말했다.

"참, 왜 이러는지 알 수 없군……. 우린 어차피 헤어져야 한다는 걸 잘 알면서 그래. 언제까지나 같이 있을 순 없잖아?"

아뉴타는 보따리를 싸들고 마지막 인사를 하기 위해서 그에게 돌아섰다. 그는 여자가 불쌍한 마음이 들었다.

'일 주일만이라도 더 있게 해줄까?'

그는 생각해 보았다.

'그래, 조금만 더 있어 보지 뭐. 일 주일 후에 내보내면 되니까.'

그리고 그는 자기 마음이 약한 것을 탓하며 무뚝뚝하게 외쳤다.

"아니 왜 우두커니 서 있는 거야! 가려면 가고, 가기 싫으면 외투라도 벗을 것이지. 가지 않아도 좋아! 그냥 여기 있어!"

아뉴타는 아무 말 없이 외투를 벗었다. 그리고 소리나지 않게 코를 풀고 긴 한숨을 내쉬고 나서 언제나 앉아 있던 창가의 의자로 조용히 가서 앉았다.

학생은 교과서를 집어들고 다시 방안을 왔다갔다 하기 시작했다.
 "우측 폐는 세 부분으로 나눈다……."
 그는 계속해서 외웠다.
 "상부는 흉곽 내면에서 4,5개의 늑골에 걸쳐 있는데……."
 복도에서는 누군가가 커다란 소리로 고함을 쳤다.
 "그리고리, 차 마시러 오게!"

사 모 님

 매사에 공정하며, 관대한 인물이라고 자처하고 있는 N현(縣)의 교육감 표도르 페트로비치는, 어느날 자기 사무실에서 브레멘스키라는 교사와 면담하고 있었다.
 "어려운 일이오, 브레멘스키 씨."
 그는 입을 열었다.
 "해고되는 수밖에 다른 길은 없을 것 같소. 당신과 같은 그런 목소리를 가지고 교단에서 계속 있을 순 없는 일이오. 그런데 어쩌다 목소리가 그 모양으로 못 쓰게 되어 버렸소?"
 "네, 땀을 흠뻑 흘리고 나서 차가운 맥주를 좀 들이켰더니 그만……."
 교사는 'S' 소리만이 유난히 나타나는 목쉰 소리로 말했다.
 "원 그런 기막힌 일이 어디 있담! 14년간이나 교사로 일해 온 사람이 하루아침에 불행 속에 빠져 버리게 되다니! 그런 어이없는 일 때문에 앞길이 막혀 버리다니, 그게 어디 될 말이오! 그럼 앞으로 어떡할 작정이오?"
 교사는 아무 대답도 하지 못했다.
 "가족은 있소?"

교육감이 물었다.
"네, 아내와 어린애가 둘 있습니다."
교사는 계속 씩씩거리며 대답했다.
 더이상 할 말이 없었다. 교육감은 자리에서 일어나 흥분한 얼굴로 이리저리 방안을 거닐기 시작했다.
"어떻게 했으면 좋을지 통 좋은 생각이 안 나는군."
그는 이렇게 말했다.
"교사로 있을 순 없을 테고, 연금을 받을 때도 아직 되지 않았고. 그렇다고 아무데로나 저 갈 곳으로 가라고, 되는대로 내버려둔다는 것도 차마 할 수 없는 일이고……. 14년간이나 근무했으니, 말하자면 우리 사람이나 다름없지 않소. 그러니 당연히 우리가 당신을 도와주어야 할 텐데……. 그러나 어떻게 하면 당신에게 도움이 되겠소? 내 입장이 돼서 생각해 보시오. 무슨 방법으로 내가 도와줄 수 있겠는지."
 다시 말이 끊어지고 교육감은 방안을 거닐며 생각에 잠겼다. 뜻밖에 닥쳐온 재난 때문에 아주 풀이 죽은 브레멘스키도 의자 한 귀퉁이에 엉덩이를 걸치고 역시 생각에 잠겨 있었다. 갑자기 교육감은 희색이 만면하여 손가락까지 탁탁 튕기며 말을 꺼냈다.
"어째서 진작 그 생각을 못했는지 알 수가 없군! 좋은 수가 있소. 들어 보시오. 다음 주에 여기 있는 서기 한 사람이 정년으로 퇴직하게 되는데, 그 자리라도 괜찮다면 당신이 들어오시오. 어떻겠소?"

교육감이 그렇게까지 봐주리라고는 생각지도 못했던 브레멘스키도 역시 얼굴에 기쁨을 감추지 못했다.

"그럼 잘 됐어, 오늘이라도 이력서를 쓰도록 하시오."

교육감이 말하였다.

브레멘스키를 보내고 난 후, 표도르 페트로비치는 가슴이 후련해지는 만족한 기분을 느꼈다. 우선 쉰 목소리로 말하는 그 교사의 궁색한 꼴이 눈앞에 얼씬거리지 않게 된 게 다행이었다. 그리고 빈 자리를 브레멘스키에게 주기로 한 것은, 자기가 성실하고 교양이 있는 인간으로서 양심대로 공정하게 일을 처리한 증거라고 생각하자 말할 수 없이 유쾌해졌다.

그러나 그 유쾌한 기분도 오래 가지는 못했다. 그가 집으로 돌아와서 저녁 식사를 할 때, 그의 아내인 나스타샤 이와노브나는 문득 생각난 듯이 말을 꺼냈다.

"어머나! 하마터면 잊어버릴 뻔했네! 어제 니나 세르게예브나가 찾아와서 어떤 청년 하나를 부탁하고 갔어요. 당신 계신 데에 이번에 자리가 하나 난다던데요."

"응, 그렇지만 그 자린 벌써 다른 사람 넣기로 했는걸."

교육감은 눈살을 찌푸리며 말했다.

"내가 인사(人事)에 얼마나 철저한지 당신은 잘 알고 있지 않소?"

"그건 저도 알고 있지만, 그 부탁만은 예외로 취급할

수 있잖아요. 그녀는 우릴 한 집안이나 다름없이 생각해 주고 있는데, 우린 여태껏 뭐 하나 해준 것도 없잖아요? 그러니 거절할 생각일랑 아예 하지도 마세요. 당신 맘대로 하면, 그녀는 어떻게 생각하며 또 제 꼴은 뭐가 되겠어요?"

"그래, 누굴 봐달라는 거요?"

"폴주힌이래요."

"아니, 폴주힌이라니? 신년 연회 때 차츠스키를 연주하던 바로 그자 말이오? 그래, 그 신사 양반이? 천만의 말씀!"

교육감은 들었던 수저를 놓아 버렸다.

"천만의 말씀!"

그는 되풀이했다.

"절대로 안 될 말이지!"

"아니, 어째서요?"

"젊은 녀석이 제가 직접 나서지 못하고 여자들의 힘을 빌리려는 게 벌써 쓸모없는 놈팽이란 걸 알 만하지 않소! 어째서 제 발로 나한테 찾아오지 못한단 말이오? 그렇지 않소!"

식사를 다 하고 나서, 그는 서재에 있는 소파에 드러누워 그날 온 신문과 편지를 읽기 시작했다.

'경애하는 표도르 페트로비치에게' 시장의 부인에게서 온 편지였다. '언젠가 당신은, 내가 흔히 찾아 볼 수 없는 매력적인 여자라고 말씀하신 일이 있습니다. 이제 당신이 하신 말씀이 진심인지를 알 수 있는 때가 왔습니다. 2, 3일 안으로 이번에 퇴직하는 서기 자리를 부탁하러 폴주힌이라는 청년이 찾아갈 것입니다. 그는 아주 착실하고 훌륭한 젊은이입니다. 그 사람을 채용하여 나의 부탁을 들어주시기를……' 사연은 이러했다.

"천만의 말씀! 절대로 안 될 말이지."

교육감은 중얼거렸다.

그 후에도 그는 폴주힌을 부탁하는 그 따위 추천장을 받지 않는 날이 없었다. 맑게 갠 어느날 아침, 장본인인 폴주힌이 그의 집에 나타났다. 알맞게 살이 붙은 얼굴에 매끄럽게 면도를 하고, 새로 맞춘 김징 양복을 멋있게 차려입은 청년이었다.

"공무에 관한 일이라면 여기선 이야기할 수 없으니 내 사무실로 찾아오도록 하게."

교육감은 그의 부탁을 듣고 나서 퉁명스럽게 한 마디 쏘았다.

"실례했습니다, 교육감님. 제가 아는 분들이 모두 이리로 찾아가 뵈어야 한다고 가르쳐 주었기 때문에……."

"음……."

교육감은 증오에 찬 눈으로 청년의 뾰족한 구두 끝을 바라보며 신음에 가까운 소리를 냈다.

"자네 아버님께서는 꽤 넉넉하게 지내시는 걸로 아는

데……. 자네는 그런 취직자리를 구해야 할 만큼 곤란한 건 아닐 테지? 봉급이래야 몇 푼이나 된다구!"
"저는 봉급을 바라서가 아니라 역시 관청 일을 보는 것이……."
"그럴 테지……. 그러나 한 달 후엔 싫증이 나서 집어치우게 될 걸세. 그렇지만 그 자리를 자기 천직으로 삼는 구직자들이 있다는 걸 알아야 하네. 그들은 경제적으로 넉넉하지도 못한 사람들이고, 또 그 자리를……."
"아닙니다. 교육감님."
폴주힌은 교육감의 말을 막으며 나섰다.
"열심히 근무하겠다는 걸 맹세합니다."
교육감은 화가 불끈 치밀어올랐다.
"내 말 좀 들어 보게."
그는 멸시하는 듯한 미소를 지으며 청년에게 물었다.
"그렇다면, 어째서 자네는 바로 내게 찾아오지 못하고, 부인네들에게 미리 부탁을 하고 다니냔 말일세."
"저는 그게 교육감님의 기분을 상하게 할 줄은 몰랐습니다."
폴주힌은 얼굴을 붉히며 대답했다.
"그러나 추천장 정도로는 되지 않는다고 하신다면 무시험 채용 증서를 보여 드리지요."
그는 호주머니에서 종이를 꺼내어 교육감 앞에 내놓았다. 공문 형식으로 된 증명서 맨 밑줄에는 분명히 현지사의 서명이 되어 있었다. 그저 어떤 성가신 사모님의 부탁에 못 이겨 내용도 읽어 보지 않고 사인해 버린 것이 분명했다.
"하는 수 없군, 손을 들었네, 들었어."
교육감은 증명서를 읽고 나서 한숨을 쉬며 말했다.
"할 수 없지. 그럼 내일 이력서를 제출하게……."
폴주힌이 가버리자, 그는 참을 수 없는 증오감에 몸을 떨었다.
"망할 놈의 자식!"
방안을 왔다갔다 하면서 씩씩거리며 내뱉듯이 말했다.
"저런 허깨비만도 못한 놈의 말을 들어줘야 하다니! 여자들이나 쫓아다니는 개만도 못한 자식! 에이, 거지 같은 놈!"
그는 방금 폴주힌이 나가 버린 문에다 퉤 하고 침을 뱉었다. 그러나 당황하지 않을 수 없었다. 바로 그때 관공청 건물 관리부장의 부인이 서재로 들어왔기 때문이다.
"저, 잠깐만 드릴 말씀이 있어요. 교육감님! 지금 교육감님 계신 데 자리가 하나 비어 있다더군요…… 내일이나 모레쯤 폴주힌이라는 청년이 찾아갈 거예요……."
부인은 계속 재잘거리고 있었지만, 교육감은 얼빠진 사람처럼 뿌옇게 흐린 눈으로 멍하니 여자를 바라보고 있었다. 인사치레로 웃는 흉내만 내고 있을 뿐이었다.
이튿날, 자기 사무실에서 브레멘스키를 앞에 놓고 교

육감은 그에게 사실대로 이야기하지 못하고 한참 동안 망설이고만 있었다. 그는 별별 궁리를 다해 봤으나 도대체 무슨 말을 어떻게 꺼내야 할지 알 수 없었다. 그에게 솔직히 모든 사실을 털어놓고 용서를 구하고 싶었으나, 술에 취했을 때처럼 혀가 굳어 버려서 말을 듣지 않았다. 귓속이 웅웅거렸다. 그러자 그는 부하 앞에서 이런 난처한 입장에 처한 자기의 처지에 화가 났다. 그는 주먹으로 책상을 쾅 치며 벌떡 일어나서 성난 소리로 고함쳤다.

"당신이 들어갈 자리는 없어요! 없어요, 없어! 내가 죽을 지경이오! 제발 아무 말도 하지 말아 주시오! 날 못 살게 굴지 말아요, 제발!"

그러면서 그는 사무실에서 밖으로 나가 버렸다.

약사 부인

두서너 개의 구불구불한 거리로 이루어진 자그마한 B 읍은 깊이 잠들어 있다. 주위는 고요하다. 어디선가 멀리서, 아마도 교외에서인지, 개 짖는 소리가 겨우 들려올 뿐이다. 곧 날이 밝아올 것이다.

모두 오래 전에 잠들었으나, 약사 체르노모르지크의 부인만은 잠을 이루지 못하고 있었다.

부인은 벌써 세 번씩이나 자리에 누웠으나 여전히 잠은 오지 않았다. 무슨 까닭인지 몰랐다. 부인은 열려진 창가에 앉아서 거리를 내다보았다.

무덥고 지루함에 화가 났다. 울고 싶을 만큼 화가 치밀었다. 그러나 왜 그런지는 여전히 모를 일이었다.

부인에게서 몇 걸음 뒤로 떨어진 곳에는 남편 체르노모르지크가 얼굴을 벽으로 돌린 채, 달콤하게 코를 골며 자고 있었다. 벼룩이 물어뜯는다 해도 알지 못할 정도로 깊이 잠들어 있는 그의 얼굴에는 미소까지 감돌고 있었다.

그는 도시의 모든 사람이 기침 때문에 그칠 새 없이 그의 약국에서 약을 사가는 꿈을 꾸고 있었다. 약국은 도시의 변두리에 자리잡고 있어서 부인은 멀리 들을 바라볼 수 있었다. 그녀는 동쪽 하늘 끝이 점점 밝아지며, 큰 불이 일어나는 것처럼 붉은 색으로 변해가는 것을 바라보고 있었다.

멀리 떨어져 있는 숲 뒤에서 커다랗고 둥근 해가 불쑥 솟아올랐다.

갑자기 밤의 정적을 깨뜨리고 누군가의 발걸음 소리와 달각거리는 박차 소리가 들려왔다. 말소리도 들렸다.

"장교들이 야영으로 가는 거겠지……."

부인은 생각했다.

잠시 후, 흰 장교복을 입은 두 사람의 모습이 나타났다. 한 사람은 키가 크고 뚱뚱하며, 또 한 사람은 키가 작고 말랐다. 그들은 울타리를 따라 느릿느릿 걸으면서 커다란 소리로 무슨 말을 하고 있었다. 약국에 가까이 오자 두 사람은 더욱 느릿느릿 걷기 시작했다. 그들은 창문을 바라보았다.

"약 냄새가 풍기는데……."

작고 마른 사람이 말했다.

"약국이 있다! 아, 그렇지. 나는 지난 주일에 피마자 기름을 사러 여기 온 일이 있었어. 이곳 약사는 찌푸린 얼굴에 당나귀 턱을 한 남자야. 무슨 턱이 그 모양인지!"

"응, 그래……."

나지막한 소리로 뚱뚱한 장교가 말했다.

"자는군. 부인도 잠들었어. 오브초소프, 여기 약사 부인은 대단한 미인이야."
"나도 봤지. 아주 근사하더군. 그런데 그 부인은 정말 당나귀 턱을 사랑할 수 있을까? 어때?"
"웬걸, 사랑하지 않을걸."
그는 약사가 가엾다는 듯한 표정을 지으며 한숨을 내쉬었다.
"부인이 창문 뒤에서 자고 있어! 저런, 귀여운 입을 반쯤 벌리고……. 발을 침대에서 늘어뜨리고."
"여보게, 어떻게 생각하나?"
장교는 발걸음을 멈추며 말했다.
"약국에 들러서 무엇인가를 사도록 하세! 부인을 볼 수 있을지도 모르니."
"생각해 봐, 지금은 밤인데!"
"무슨 상관이야. 밤이라고 약을 팔지 말라는 법은 없으니까. 자 가세!"
"그럴까……."
부인은 커튼 뒤에 숨어서 나직한 벨 소리를 들었다. 그녀는 남편을 바라보았다. 그는 여전히 미소를 띤 채 드르렁드르렁 코를 골고 있었다. 부인은 재빨리 옷을 걸치고 맨발에 신발을 신었다. 그리고 약국으로 달려갔다.
유리창 밖에 두 사람의 그림자가 보였다. 부인은 램프에 불을 켜고 자물쇠를 열려고 문 쪽으로 바삐 걸어갔다. 이미 그녀는 지루하지도 않았고, 화가 치밀어오르지도 않았다. 그리고 울고 싶지도 않았다. 다만 가슴이 몹시 울렁거릴 따름이었다. 뚱뚱한 군의(軍醫)와 야원 오브초소프가 들어왔다.

"무엇을 사시겠어요?"

부인은 가슴 위의 옷깃을 여미며 물어 보았다.

"저…… 박하정을 15카페예크 가량 주십시오!"

부인은 천천히 약장에서 통을 꺼내서 저울에 달기 시작했다. 두 사람은 눈을 깜빡거리지도 않고 그녀의 등을 바라보고 있었다. 군의는 배부른 고양이처럼 눈을 가늘게 뜨고 있었으나, 오브초소프는 매우 심각한 표정이었다.

"부인이 약국에서 약을 팔다니, 제 생애에선 처음 보는 일입니다."

라고 군의가 말했다.

"여기선 조금도 이상할 것이 없습니다……."

부인은 오브초소프의 불그스름한 얼굴을 곁눈으로 바라보며 대답했다.

"제 남편은 조수를 두지 않아서 제가 항상 도와주고 있거든요."

"그래요? 그런데 약국이 너무 작군요! 그런 통들이 몇 개나 됩니까? 그리고 당신은 독약이 많은 이 안에서 일하기가 무섭지 않은가요?"

부인은 박하정을 종이에 싸서 군의에게 내주었다. 오

브초소프는 부인에게 15카페예크를 지불했다.

침묵 속에 약 30초가 흘렀다. 군의와 오브초소프는 두루두루 살피다가 문 쪽으로 발을 옮겼다. 그러고는 다시 주위를 둘러보았다.

"소다를 15카페예크 가량 주십시오!"
라고 군의가 말했다.

부인은 또다시 느릿느릿 움직이며 약장으로 손을 가져갔다.

"이 약국에는 없나요? 저, 이런 것 말입니다……."

오브초소프는 손가락을 움직거리며 중얼거렸다.

"저, 당신도 아실 텐데…… 아, 활명수 말입니다. 활명수를 가지고 계십니까?"

"네, 있습니다."

부인은 대답했다.

"브라보! 당신은 보통 여자가 아니라 선녀로군요. 세 병만 우리에게 주십시오!"

부인은 서둘러 소다를 포장하고는 문을 열고 어둠 속으로 사라졌다.

"근사한데!"

군의가 눈을 껌뻑거리며 말했다.

"오브초소프, 저런 파인애플은 마데이라 섬에서도 찾아낼 수 없을 거야, 그렇지? 자넨 어떻게 생각하나? 그런데 자네, 코고는 소리가 들리나? 바로 그 약사 나리가 주무시는 거라네."

 이윽고 부인이 돌아와서 진열대 위에 다섯 개의 병을 세워 놓았다. 부인은 방금 어둠 속에 들어갔다 나와서인지 얼굴이 다소 흥분한 듯 빨갛게 물들어 있었다.

 "쉬…… 조용히!"

 부인이 병마개를 뽑고 마개뽑이를 떨어뜨렸을 때, 오브초소프가 말했다.

 "소리내지 마세요. 남편이 깰 테니까."

 "깨도 할 수 없죠."

 "그분은 저렇게 달콤하게 자고 있잖아요. 당신 꿈을 꾸고 있을 겁니다……. 그러니 당신을 위해서!"

 "게다가……."

 군의가 나직한 소리로 말을 꺼냈다.

 "남자들이란 답답한 작자들이거든요. 줄곧 잠이나 잔다면 좋아지려는지. 아아, 이 물에 붉은 술이라도 있었으면……."

 "다음엔 또 무슨 생각을 하시겠어요!"

라고 말하며 부인은 웃었다.

 "정말 좋겠습니다! 약국에서 술을 팔지 않는다는 건 유감인데요! 그러나 당신은 약처럼 술도 팔아야 할 겁니다. 여기엔 붉은 술이 없나요?"

 "있어요."

 "그럼 됐습니다! 그것을 주십시오!"

"얼마나 드릴까요?"

"먼저 한 운치야씩 물에 타 주십시오. 그 다음은 두고 봅시다. 오브초소프, 그렇지? 처음엔 물을 섞고, 다음엔 물 없이……."

군의와 오브초소프는 진열대 옆에 앉아서 모자를 벗었다. 그리고 붉은 술을 마시기 시작했다.

"사실 술은 말이지, 더러운 것입니다! 그러나 당신 같은 미인 앞에서는…… 에…… 술은 신주(神酒)와 다름없이 느껴지거든요. 부인, 당신은 정말 아름답군요! 저는 마음속에서 당신 손에 키스합니다."

"그리고 이 공상이 실현될 수 있는 것이라면, 저는 어떤 희생이라도 무릅쓰겠습니다!"

오브초소프는 말하였다.

"맹세합니다! 저는 생명이라도 바치겠어요!"

"그런 말은 그만두세요……."

부인은 얼굴을 붉히며 정색을 하고 말했다.

"아무튼 당신은 아름다워요!"

군의는 슬쩍 부인을 넘겨다보며 낮은 소리로 웃었다.

"샛별 같은 두 눈은 쏘는 것 같아요! 빵! 빵! 축하합니다. 당신이 이겼어요! 우린 졌습니다!"

약사 부인은 불그스름한 그들의 얼굴을 바라보며 잡담을 듣고 있었다. 그리고 곧 활기를 띠기 시작했다. 이미 부인은 즐거운 마음까지 들었다. 그녀는 그들과 이야기하기 시작했다. 큰 소리로 웃어대며 애교를 떨기도 하고, 장교들의 간곡한 요청에 두 운치야 가량 되는 붉은 술을 마시기까지 하였다.

"장교님, 야영에서 좀더 자주 거리로 나와 주세요."
부인이 말했다.
"여기는 정말 지루해서 못 견디겠어요. 솔직히 말해 죽을 지경이에요."
"그럴 겁니다!"
군의는 후우 한숨을 쉬었다.
"당신 같은 미인이, 자연의 기적이, 글쎄, 시골에 파묻혀 있으니! 그리보예도프는 〈벽촌, 사라토프로〉에서 잘 표현했어요! 그런데 이제 갈 때가 됐나 봅니다. 이렇게 알게 돼서 정말 기쁩니다! 모두 얼마지요?"

부인은 눈을 천장으로 돌리고, 한참 동안 입술을 움직이더니,
"12루블, 48카페예크요!"
라고 대답했다.

오브초소프는 주머니에서 두툼한 돈지갑을 끄집어내서 오랫동안 돈을 세고는 부인에게 주었다.
"당신의 남편은 세상 모르고 자는군요. 꿈을 꾸고 있겠죠."
오브초소프는 부인의 손을 잡으며 중얼거렸다.
"저는 실없는 말을 좋아하지 않습니다……"

"어째서, 실없는 말이에요? 오히려 이건 필요한 말입니다. 저 셰익스피어까지도 '젊을 때부터 젊었던 사람은 행복하다' 라고 말했잖아요……."

"손을 놓으세요!"

마침내 두 장교는 오랜 이야기 끝에 부인의 손에 키스할 수 있었다. 그러고는 무엇인가 잊어버린 것은 없는지 한참 동안 생각하다가 허전한 마음으로 약국을 나섰다.

부인은 재빨리 침실로 달려가서 바로 그 창문 곁에 앉았다. 부인은 군의와 오브초소프가 약국을 나서서 느릿느릿 스무 걸음쯤 걸어가다가 걸음을 멈추고 무슨 말인가 속삭이는 것을 보았다. 무슨 밀일까? 그녀의 가슴이 울렁거렸다. 관자놀이까지 맥박이 고동쳤다. 그러나 왜 그런지는 자신도 몰랐다.

5분 가량 지나서 군의가 오브초소프와 헤어져 앞으로 걸어가고, 오브초소프는 약국 쪽으로 되돌아왔다. 그는 한두 번 약국 옆을 왔다갔다 했다. 문 옆에 멈췄다가는 다시 발걸음을 돌렸다. 이윽고 조심스럽게 벨을 울렸다.

"뭐야? 누가 왔나?"

부인은 갑자기 남편의 목소리를 들었다.

"종소리가 나는데 귀가 없어!"

약사는 퉁명스럽게 소리쳤다.

"제길, 무슨 질서가 이럴까!"

그는 자리에서 일어나 잠옷을 걸치고 반은 잠에 취한 채 허둥지둥 약국으로 걸어갔다.

"무엇이…… 필요합니까?"

그는 오브초소프에게 물었다.

"저…… 박하정 15카페예크 정도 주십시오."

하품을 하며 코를 실룩거리는 약사는 걸으면서도 졸고 있었다. 그는 약장으로 가서 약통을 끄집어냈다. 2분 가량 지난 후, 약사 부인은 오브초소프가 약국에서 나오는 것을 보았다. 그리고 몇 걸음 걸어가다가 먼지 쌓인 거리 위에 박하정을 던져 버리는 것을 볼 수 있었다. 그가 걸어가는 맞은편 모퉁이에서 군의가 걸어왔다. 두 사람이 마주쳤다. 그러고는 무어라고 손짓을 해가며 아침 안개 속으로 자취를 감추었다.

"나는 왜 이렇게 불행할까!"

부인은 다시 잠들려고 재빨리 옷을 벗는 남편을 증오에 찬 눈초리로 바라보며 이렇게 중얼거렸다.

"아아, 왜 이렇게 불행할까!"

부인은 되풀이했다. 그녀의 눈에는 슬픔 어린 눈물이 맺혀 있었다.

"아무도, 아무도 몰라 줘……."

"진열장 위에 15카페예크를 놓고 왔어."

이불을 뒤집어쓰며 약사는 중얼거렸다.

"어서 그 돈을 가져와요……."
그리고 그는 곧 잠들어 버렸다.

옮긴이 후기

 러시아 작품을 읽는 사람은 으레 이름이 복잡하다는 것을 느낄 것이다. 러시아인에게는 이름과 성 이외에도 부칭이라는 것이 있고, 이름마다 애칭(愛稱)과 비칭(卑稱)이 따른다. 그래서 독자들은 종종 한 사람을 두 사람 내지 세 사람으로 혼동하는 예가 많으므로, 여기서 간단히 러시아인의 인명에 관하여 설명해 보기로 하겠다.
 〈골짜기〉에 나오는 츠이부킨 노인의 정확한 이름은 그리고리 페드로비치 츠이부킨이다. 첫번째 그리고리는 이름이고, 두번째 페트로비치는 부칭이고, 마지막 츠이부킨은 성이다.
 부칭이란 것은 아버지의 이름에서 딴 것으로, 남자라면 아버지의 이름 끝에 -오비치, -이예비치, -이치를 붙이고, 여자라면 -예브나, -이나 등을 붙인다.
 가령 아버지 이름이 파블로프였다면 그 아들의 부칭은 파블로비치가 되고, 딸일 경우에는 파블로브나가 되는 것이다.
 이렇게 생각한다면 츠이부킨 노인의 아버지의 이름이 페트로프였다는 것을 알 수 있다. 즉, 그 사람의 부칭을 알면 그의 아버지의 이름을 알 수 있도록 편리하게 되어 있다. 여자가 결혼했을 때, 성을 바꾸고 안 바꾸는 것은 본인의 뜻에 달렸지만, 부칭만은 결혼해도 변하지 않는다.

러시아인은 손윗사람을 부를 때엔 반드시 이름과 부칭만을 부르게 되어 있다. 이렇게 부르는 것이 최대급의 경칭이다. 그래서 어떤 사람에게 소개를 받을 때, '당신의 이름과 부칭은?' 하고 묻는 것은 에티켓이라고 할 수 있다. 여기 실린 〈약혼녀〉에서도 냐쟈의 어머니는 니나 이바노브나라는 이름과 부칭만으로 불리고 있다.

그리고 러시아인에게는 그 사람의 이름에 대해서 애칭이라는 것이 있다. 〈귀여운 여인〉에서도 사샤를 사엔카라고 부르고, 〈골짜기〉에서 리파를 리브인카라고 부르는 것은 모두 애칭이다. 이와 같은 애칭은 이름과 애칭 사이에 별다른 차이를 못 느끼게 하지만, 흔히 부르는 애칭 가운데는 그 이름과 전혀 닮지 않은 것도 있어서 독자가 착각을 일으킬 때가 많다.

예를 들어, 톨스토이의 〈부활〉에 나오는 여주인공의 이름인 카추사가 예카체리나의 애칭이라는 것을 아는 사람은 드물 것이다. 남자의 경우에는 니콜라이가 콜랴라고 불리는 예도 있다.

이 애칭은 부모가 아이들을 부를 때, 다정한 친구 사이 혹은 부부간에 흔히 사용한다.

이상에서 간단히 말한 부칭, 애칭 관계를 고려해서 읽는다면, 처음으로 러시아 작품을 읽는 사람이라도 이름을 혼동하지 않고 읽을 수 있으리라 믿는다.

옮긴이 약력

한국외국어대학교 노어과 졸업
미국 인디애너 대학원 수료
한국외국어대학교 교수

역　서

투르게네프 《사냥의 수기》
투르게네프 《루딘》
투르게네프 《아샤》
투르게네프 《처녀지》
톨스토이 《부활》
톨스토이 《인생의 길》
솔제니친 《이반 데니소비치의 하루》

체호프 단편집　〈서문문고024〉

초판 발행 / 1972년 4월 25일
개정판 1쇄 / 1996년 8월 30일
글쓴이 / 체 호 프
옮긴이 / 김 학 수
펴낸이 / 최 석 로
펴낸곳 / 서 문 당
주소 / 서울시 마포구 성산1동 20—12호
전화 / 322—4916~8　팩스 / 322—9154
등록일자 / 1973. 10. 10
등록번호 / 제13-16

* 잘못된 책은 바꾸어 드립니다

서문문고 목록

001~303
- ◆ 번호 1의 단위는 국학
- ◆ 번호 홀수는 명저
- ◆ 번호 짝수는 문학

001 한국회화소사 / 이동주
002 황야의 늑대 / 헤세
003 고독한 산책자의 몽상 / 루소
004 멋진 신세계 / 헉슬리
005 20세기의 의미 / 보울딩
006 가난한 사람들 / 도스토예프스키
007 실존철학이란 무엇인가 / 볼노브
008 주홍글씨 / 호돈
009 영문학사 / 에반스
010 쯔바이크 단편집 / 쯔바이크
011 한국 사상사 / 박종홍
012 플로베르 단편집 / 플로베르
013 엘리어트 문학론 / 엘리어트
014 모옴 단편집 / 서머셋 모옴
015 몽테뉴수상록 / 몽테뉴
016 헤밍웨이 단편집 / E. 헤밍웨이
017 나의 세계관 / 아인스타인
018 춘희 / 뒤마피스
019 불교의 진리 / 버트
020 뷔뷔 드 몽빠르나스 / 루이 필립
021 한국의 신화 / 이어령
022 몰리에르 희곡집 / 몰리에르
023 새로운 사회 / 카아
024 체호프 단편집 / 체호프
025 서구의 정신 / 시그프리드
026 대학 시절 / 슈토름
027 태초에 행동이 있었다 / 모로아
028 젊은 미망인 / 쉬니츨러
029 미국 문학사 / 스필러
030 타이스 / 아나톨프랑스
031 한국의 민담 / 임동권
032 비계 덩어리 / 모파상
033 은자의 황혼 / 페스탈로치
034 토마스만 단편집 / 토마스만
035 독서술 / 에밀파게
036 보물섬 / 스티븐슨
037 일본제국 흥망사 / 라이샤워
038 카프카 단편집 / 카프카
039 이십세기 철학 / 화이트
040 지성과 사랑 / 헤세
041 한국 장신구사 / 황호근
042 영혼의 푸른 상흔 / 사강
043 러셀과의 대화 / 러셀
044 사랑의 풍토 / 모로아
045 문학의 이해 / 이상섭
046 스탕달 단편집 / 스탕달
047 그리스, 로마신화 / 벌핀치
048 육체의 악마 / 라디게
049 베이컨 수상록 / 베이컨
050 미뇽레스코 / 아베프레보
051 한국 속담집 / 한국민속학회
052 정의의 사람들 / A. 까뮈
053 프랭클린 자서전 / 프랭클린
054 투르게네프단편집 / 투르게네프
055 삼국지 (1) / 김광주 역
056 삼국지 (2) / 김광주 역
057 삼국지 (3) / 김광주 역
058 삼국지 (4) / 김광주 역
059 삼국지 (5) / 김광주 역
060 삼국지 (6) / 김광주 역
061 한국 세시풍속 / 임동권
062 노천명 시집 / 노천명
063 인간의 이모저모 / 라 브뤼에르
064 소월 시집 / 김정식
065 서유기 (1) / 우현민 역
066 서유기 (2) / 우현민 역
067 서유기 (3) / 우현민 역
068 서유기 (4) / 우현민 역
069 서유기 (5) / 우현민 역
070 서유기 (6) / 우현민 역
071 한국 고대사회와 그 문화 / 이병도
072 피사지에서 생긴일 / 슬론 윌슨

서문문고목록 2

- 073 마하트마 간디전 / 로망롤랑
- 074 투명인간 / 웰즈
- 075 수호지 (1) / 김광주 역
- 076 수호지 (2) / 김광주 역
- 077 수호지 (3) / 김광주 역
- 078 수호지 (4) / 김광주 역
- 079 수호지 (5) / 김광주 역
- 080 수호지 (6) / 김광주 역
- 081 근대 한국 경제사 / 최호진
- 082 사랑은 죽음보다 / 모파상
- 083 퇴계의 생애와 학문 / 이상은
- 084 사랑의 승리 / 모옴
- 085 백범일지 / 김구
- 086 결혼의 생태 / 펄벅
- 087 서양 고사 일화 / 홍윤기
- 088 대위의 딸 / 푸시킨
- 089 독일사 (상) / 텐브록
- 090 독일사 (하) / 텐브록
- 091 한국의 수수께끼 / 최상수
- 092 결혼의 행복 / 톨스토이
- 093 율곡의 생애와 사상 / 이병도
- 094 나심 / 보들레르
- 095 에머슨 수상록 / 에머슨
- 096 소아나의 이단자 / 하우프트만
- 097 숲속의 생활 / 소로우
- 098 마을의 로미오와 줄리엣 / 켈러
- 099 참회록 / 톨스토이
- 100 한국 판소리 전집 / 신재효,강한영
- 101 한국의 사상 / 최창규
- 102 결산 / 하인리히 빌
- 103 대학의 이념 / 야스퍼스
- 104 무덤없는 주검 / 사르트르
- 105 손자 병법 / 우현민 역주
- 106 바이런 시집 / 바이런
- 107 종교론,국민교육론 / 톨스토이
- 108 더러운 손 / 사르트르
- 109 신역 맹자 (상) / 이민수 역주
- 110 신역 맹자 (하) / 이민수 역주
- 111 한국 기술 교육사 / 이원호
- 112 가시 돋친 백합/ 어스킨콜드웰
- 113 나의 연극 교실 / 김경옥
- 114 목녀의 로맨스 / 하디
- 115 세계발행금지도서100선 / 안춘근
- 116 춘향전 / 이민수 역주
- 117 형이상학이란 무엇인가 / 하이데거
- 118 어머니의 비밀 / 모파상
- 119 프랑스 문학의 이해 / 송면
- 120 사랑의 핵심 / 그린
- 121 한국 근대문학 사상 / 김윤식
- 122 어느 여인의 경우 / 콜드웰
- 123 현대문학의 지표 외/ 사르트르
- 124 무서운 아이들 / 장콕토
- 125 대학·중용 / 권태익
- 126 사씨 남정기 / 김만중
- 127 행복은 지금도 가능한가 / B. 러셀
- 128 검찰관 / 고골리
- 129 현대 중국 문학사 / 윤영춘
- 130 펄벅 단편 10선 / 펄벅
- 131 한국 화폐 소사 / 최호진
- 132 사형수 최후의 날 / 위고
- 133 사르트르 평전 / 프랜시스 장송
- 134 독일인의 사랑 / 막스 뮐러
- 135 사서삼경 입문 / 이민수
- 136 로미오와 줄리엣 /셰익스피어
- 137 햄릿 / 셰익스피어
- 138 오델로 / 셰익스피어
- 139 리어왕 / 셰익스피어
- 140 맥베스 / 셰익스피어
- 141 한국 고시조 500선/강한영 편
- 142 오색의 베일 /서머셋 모옴
- 143 인간 소송 / P.H. 시몽
- 144 불의 강 외 1편 / 모리악
- 145 논어 /남만성 역주
- 146 한여름밤의 꿈 / 셰익스피어
- 147 베니스의 상인 / 셰익스피어
- 148 태풍 / 셰익스피어
- 149 말괄량이 길들이기/셰익스피어

서문문고목록 3

150 뜻대로 하셔요 / 셰익스피어
151 한국의 기후와 식생 / 차종환
152 공원묘지 / 이블린
153 중국 회화 소사 / 허영환
154 데미안 / 헤세
155 신역 서경 / 이민수 역주
156 임어당 에세이선 / 임어당
157 신정치행태론 / D.E.버틀러
158 영국사 (상) / 모로아
159 영국사 (중) / 모로아
160 영국사 (하) / 모로아
161 한국의 괴기담 / 박용구
162 윤손 단편 선집 / 윤손
163 권력론 / 러셀
164 군도 / 실러
165 신역 주역 / 이기석
166 한국 한문소설선 / 이민수 역주
167 동의수세보원 / 이제마
168 좁은 문 / A. 지드
169 미국의 도전 (상) / 시라이버
170 미국의 도전 (하) / 시라이버
171 한국의 지혜 / 김덕형
172 감정의 혼란 / 쯔바이크
173 동학 백년사 / B. 웜스
174 성 도밍고성의 약혼 / 클라이스트
175 신역 시경 (상) / 신석초
176 신역 시경 (하) / 신석초
177 베를렌 시집 / 베를렌느
178 미시시피씨의 결혼 / 뒤렌마트
179 인간이란 무엇인가 / 프랭클
180 구운몽 / 김만중
181 한국 고사조사 / 박을수
182 어른을 위한 동화집 / 김요섭
183 한국 위기(圍棋)사 / 김용국
184 숲속의 오솔길 / A.시티프터
185 미학사 / 에밀 우티쯔
186 한중록 / 혜경궁 홍씨
187 이백 시선집 / 신석초
188 민중을 반란을 연습하다
  / 귄터 그라스
189 축혼가 (상) / 샤르돈느
190 축혼가 (하) / 샤르돈느
191 한국독립운동지혈사(상)
  / 박은식
192 한국독립운동지혈사(하)
  / 박은식
193 항일 민족시집 / 안중근외 50인
194 대한민국 임시정부사 / 이강훈
195 항일운동가의 일기 / 장지연 외
196 독립운동가 30인전 / 이민수
197 무장 독립 운동사 / 이강훈
198 일제하의 명논설집 / 안창호 외
199 항일선언·창의문집 / 김구 외
200 한말 우국 명상소문집 / 최창규
201 한국 개항사 / 김용욱
202 전원 교향악 외 / A. 지드
203 직업으로서의 학문 외
  / M. 베버
204 나도향 단편선 / 나빈
205 윤봉길 전 / 이민수
206 다니엘라 (외) / L. 린저
207 이성과 실존 / 야스퍼스
208 노인과 바다 / E. 헤밍웨이
209 골짜기의 백합 (상) / 발자크
210 골짜기의 백합 (하) / 발자크
211 한국 민속약 / 이선우
212 젊은 베르테르의 슬픔 / 괴테
213 한문 해석 입문 / 김종권
214 상록수 / 심훈
215 채근담 강의 / 홍응명
216 하디 단편선집 / T. 하디
217 이상 시전집 / 김해경
218 고요한물방아간이야기
  / H. 주더만
219 제주도 신화 / 현용준
220 제주도 전설 / 현용준
221 한국 현대사의 이해 / 이현희
222 부와 빈 / E. 헤밍웨이
223 막스 베버 / 황산덕
224 적도 / 현진건

서문문고목록 4

- 225 민족주의와 국제체제 / 힌슬리
- 226 이상 단편집 / 김해경
- 227 심락신강 / 강무학 역주
- 228 굿바이 미스터 칩스 (외) / 힐튼
- 229 도연명 시전집 (상) / 우현민 역주
- 230 도연명 시전집 (하) / 우현민 역주
- 231 한국 현대 문학사 (상) / 전규태
- 232 한국 현대 문학사 (하) / 전규태
- 233 말테의 수기 / R.H. 릴케
- 234 박경리 단편선 / 박경리
- 235 대학과 학문 / 최호진
- 236 김유정 단편선 / 김유정
- 237 고려 인물 열전 / 이민수 역주
- 238 에밀리 디킨슨 시선 / 디킨슨
- 239 역사와 문명 / 스트로스
- 240 인형의 집 / 입센
- 241 한국 골동 입문 / 유병서
- 242 토마스 울프 단편선 / 토마스 울프
- 243 철학자들과의 대화 / 김준섭
- 244 파리시절의 릴케 / 버틀러
- 245 변증법이란 무엇인가 / 하이스
- 246 한용운 시전집 / 한용운
- 247 중론송 / 나아가르쥬나
- 248 알퐁스도데 단편선 / 알퐁스 도데
- 249 엘리트와 사회 / 보트모어
- 250 O. 헨리 단편선 / O. 헨리
- 251 한국 고전문학사 / 전규태
- 252 정을병 단편집 / 정을병
- 253 악의 꽃들 / 보들레르
- 254 포우 걸작 단편선 / 포우
- 255 양명학이란 무엇인가 / 이민수
- 256 이육사 시문집 / 이원록
- 257 고시 십구수 연구 / 이계주
- 258 안도라 / 막스프리시
- 259 병자남한일기 / 나만갑
- 260 행복을 찾아서 / 파울 하이제
- 261 한국의 효사상 / 김익수
- 262 갈매기 조나단 / 리처드 바크
- 263 세계의 사진사 / 버몬트 뉴홀
- 264 환영(幻影) / 리처드 바크
- 265 농업 문화의 기원 / C. 사우어
- 266 젊은 처녀들 / 몽테를랑
- 267 국가론 / 스피노자
- 268 임진록 / 김기동 편
- 269 근사록 (상) / 주희
- 270 근사록 (하) / 주희
- 271 (속)한국근대문학사상 / 김윤식
- 272 로렌스 단편선 / 로렌스
- 273 노천명 수필집 / 노천명
- 274 콜롱바 / 메리메
- 275 한국의 연정담 / 박용구 편저
- 276 심현학 / 황산덕
- 277 한국 명창 열전 / 박경수
- 278 메리메 단편집 / 메리메
- 279 예언자 / 칼릴 지브란
- 280 충무공 일화 / 성동호
- 281 한국 사회풍속야사 / 임종국
- 282 행복한 죽음 / A. 까뮈
- 283 소학 신강 (내편) / 김종권
- 284 소학 신강 (외편) / 김종권
- 285 홍루몽 (1) / 우현민 역
- 286 홍루몽 (2) / 우현민 역
- 287 홍루몽 (3) / 우현민 역
- 288 홍루몽 (4) / 우현민 역
- 289 홍루몽 (5) / 우현민 역
- 290 홍루몽 (6) / 우현민 역
- 291 현대 한국시의 이해 / 김해성
- 292 이효석 단편집 / 이효석
- 293 현진건 단편집 / 현진건
- 294 채만식 단편집 / 채만식
- 295 삼국사기 (1) / 김종권 역
- 296 삼국사기 (2) / 김종권 역
- 297 삼국사기 (3) / 김종권 역
- 298 삼국사기 (4) / 김종권 역
- 299 삼국사기 (5) / 김종권 역
- 300 삼국사기 (6) / 김종권 역
- 301 민화란 무엇인가 / 임두빈 저
- 302 건초더미 속의 사랑 / 로렌스
- 303 야스퍼스의 철학 사상
  / C.F. 윌레프